KB262223

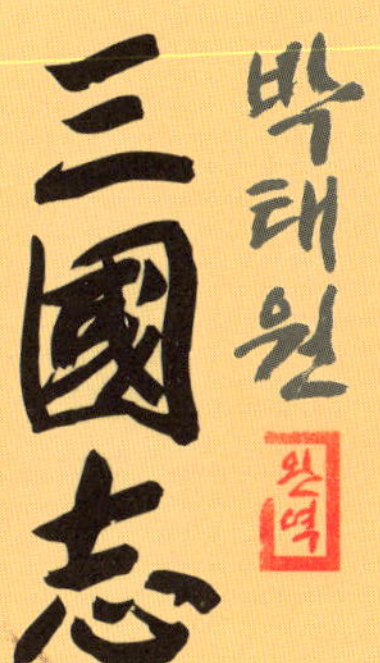

박태원

三國志

완역

三國志

박태원

완역

삼고초려 (三顧草廬)

4

나관중 지음

박태원 삼국지 4
삼고초려(三顧草廬)

1판 1쇄 인쇄　　2008년 4월 25일
1판 1쇄 발행　　2008년 4월 29일

지 은 이　　나관중
옮 긴 이　　박태원
발 행 인　　박현숙
펴 낸 곳　　도서출판 **깊은샘**

출　　력　　으뜸애드래픽
인　　쇄　　(주)신화프린팅코아퍼레이션

등　　록　　1980년 2월 6일 제2-69
주　　소　　서울시 종로구 낙원동 58-1 종로오피스텔 606호 우편번호 110-320
전　　화　　764-3018, 764-3019
팩　　스　　764-3011

ISBN 978-89-7416-194-1 04810
ISBN 978-89-7416-190-3(전10권)

제갈량(諸葛亮)*

자는 공명(孔明). 삼고의 예로써 유비가 그를 찾았을 때 천하삼분지계를 설파하면서 유비의 군사가 되었다. 손권과 유비의 동맹을 성사시키고 적벽대전에서 조조의 군대를 크게 무찔렀다. 유비가 촉한의 황위에 오른 뒤 승상이 되었다. 유비가 병으로 죽자 후주 유선을 받들어 촉나라를 다스리는 데 전념했다. 남만의 수령 맹획을 일곱 번 잡아 일곱 번 놓아주어 맹획의 충성을 서약받기도 했다. 위나라를 정벌하기 위해 후주 유선에게 올린 출사표는 천하의 명문장이다. 오장원에서 병을 얻어 죽었다.

유비(劉備)*

촉한의 초대 황제. 자는 현덕(玄德). 관우, 장비와 의형제를 맺었다. 황건적의 난이 일어나자 동생들과 토벌에 참전 하였다. 원소, 조조의 관도대전에서는 원소와 동맹하고, 이에 패하자 형주의 유표에게로 갔다. 세력이 미약하여 이곳저곳을 의탁하다 삼고초려해서 제갈량을 맞고 본격적인 기반을 다지기 시작했다. 이후 촉으로 세력을 확장하여 국호를 촉한이라하고 황제의 위에 올랐다. 관우의 죽음에 복수하기 위해 오를 공격했으나 실패하고 병으로 죽었다.

관우(關羽)*

자는 운장(雲長). 촉한의 오호대장. 유비, 장비와 더불어 의형제를 맺고 팽생토록 그 의를 저버리지 않았다. 조조에게 패하고 사로잡혔을 때 조조가 함께 하기를 종용했으나 원소의 부하 안량과 문추를 베어 조조의 후대에 보답한 다음 오관을 돌파하여 유비에게로 돌아갔다. 유비의 익주 공략 때에는 형주에 머무르면서 보인 위풍은 조조와 손권을 두렵게 하였다. 여몽의 계략에 사로잡혀 죽었다.

장비(張飛)*

자는 익덕(翼德). 촉한의 오호대장. 유비, 관우와 함께 의형제를 맺고 평생 그 의를 저버리지 않았다. 수많은 전투에서 절세의 용맹을 떨쳤다. 특히 형주에 있던 유비가 조조의 대군에 쫓겨 형세가 아주 급박하게 되었을 때 장판교 위에서 일갈하여 위나라 군대를 물리침으로 해서 그 이름을 날렸다. 관우가 죽은 후 관우의 복수를 위하여 오를 치려는 와중에 부하에게 암살되었다.

방통(龐統)

유비의 모사. 자는 사원(士元). 수경선생 사마휘가 복룡 봉추 중에 한 사람만 얻어도 천하를 얻을 수 있다고 한 봉추(鳳雛)가 바로 방통이다. 적벽대전에서 연환계로 조조에게 치명타를 입혔다. 법정 등과 함께 촉 공략을 추진했으나, 성도 진격 도중 낙성 공방전 때 낙봉파(洛鳳坡)에서 화살에 맞아 젊은 나이로 죽었다.

조운(趙雲)*

자는 자룡(子龍). 촉한의 오호대장. 처음에는 공손찬 휘하에 있다가 나중에 유비의 신하가 되어 용맹을 떨쳤다. 유비가 장판에서 유비의 아들 선을 필마단기로 조조의 대군들 사이에서 구출하여 용명을 떨쳤다. 이후 많은 전투에서 승전고를 울렸다. 유비 사후에도 공명을 보좌하며 촉한의 노장군으로서 선봉에 서서 뒤따르는 많은 장수의 큰 귀감이 되었고 많은 전공을 올렸다.

미부인(糜夫人)*

유비의 뒤를 이어 황제위에 올라 후주(後主)라 불리우는 되는 유선의 어머니다. 장판파 싸움에서 부상을 당하고 조운을 만나 아두를 부탁한 뒤, 자신은 우물에 뛰어들어 목숨을 끊었다

조조(曹操)*

위나라 건립. 자는 맹덕(孟德). 황건적 난 평정에 공을 세우고 두각을 나타내어 마침내 헌제를 옹립하고 종횡으로 무략을 휘두르게 되었다. 화북을 거의 평정하고 이어서 남하를 꾀했는데, 적벽에서 손권과 유비의 연합군에 대패한 이후로 세력이 강남에는 넘지 못하고 북방의 안정을 꾀했다. 그는 실권은 잡았으나 스스로는 제위에 오르지 않았다. 인재를 사랑하여 그의 휘하에는 용맹한 장수와 지혜로운 모사가 많이 모였다.

주창(周倉)

관우 휘하의 장군. 장보의 부하였으나 그가 죽은 뒤 와우산에 웅거하여 산적질을 하다가 관우를 만나 그림자처럼 따라다니며 충성을 다하였다. 관우와 최후까지 행동을 같이하고 죽었다.

손권(孫權)*

오의 대제(大帝). 자는 중모(仲謨). 손견의 둘째 아들로 형 손책이 죽자 그 뒤를 이어 주유 등의 보좌를
받아 강남의 경영에 힘썼다. 유비와 연합하여 남하한 조조의 대군을 적벽에서 격파함으로써 강남에서의
그의 지위는 확립되었다. 그 후 형주의 귀속 문제를 둘러싸고 유비와 대립하다가 219년 관우를 죽이고
형주를 점령했다. 그 결과 위, 오, 촉 3국의 영토가 거의 확정되었다.

조비(曹丕)

자는 자환(子桓). 위(魏) 문제(文帝). 조조의 차남으로 태어났으며 시문에 뛰어났다. 조조의 대권을 이
어받아 위를 건국하여 황제가 되었다. 재위 7년 동안 삼국을 통일하기 위해 애쓰다가 병이 들어 조예를
태자로 지명하고 조진, 조휴, 사마의, 진군 등에게 후사를 부탁하고 세상을 뜬다.

장료(張遼)*

자는 문원(文遠). 조조의 명장. 여포의 부장이었으나 조조가 하비에서 여포를 격파하자 조조에게
항복했다. 이후 여러차례 조조를 따르며 용기와 지략으로 많은 전공을 세웠다. 조비를 따라 오를
토벌할 때 같이 원정을 했는데 조비를 구하려다 오장 정봉의 화살에 죽었다.

주유(周瑜)*

오의 명장. 자는 공근(公瑾). 손책과 둘도 없는 친구사이다. 장소와 함께 손책을 보좌하여 오나라
의 기초를 공고히 했다. 손권 집권 때 적벽싸움에서 대승을 거두며 손 씨 정권을 공고히 하였다. 이
어 남군태수가 된 주유는 촉을 취하려다 파구(巴丘)에서 병으로 죽었다.

노숙(魯肅)*

오의 명장. 자는 자경(子敬). 많은 재산을 가진 호족으로서 주유의 천거로 손권과 회견하여 천하
통일의 대계를 개진함으로써 그의 신뢰를 얻어 그의 오른팔이 되었다. 제갈량, 주유와 함께 적벽대
전에서 조조군을 물리친 주역의 한 사람이다.

1권 도원에서 맺은 의

• 나의 아버지 박태원과 삼국지/박일영

도화 만발한 동산에서 의형제를 모으고 세 영웅은 나가서 황건적을 쳤다 / 장익덕이 대로하여 독우를 매질하고 하국구는 환관들을 죽이려 들었다 / 은명원 모임에서 동탁은 정원을 꾸짖고 황금과 명주로 이숙은 여포를 꼬였다 / 동탁이 임금을 폐하고 진류왕을 세우니 조조가 역적을 죽이려다 보도를 바쳤다 / 교조를 내니 제후들이 조조에게 응하고 관을 칠 새 세 영웅이 여포와 싸우다 / 금궐에불을 질러 동탁이는 행흉하고 옥새를 감추어 손견은 맹세를 저버렸다 / 원소는 반하에서 공손찬과 싸우고 손견은 강을 건너 유표를 치다 / 교묘할사 왕 사도의 연환계야 동탁을 봉의정에서 호통 치게 만드는구나 / 왕 사도를 도와서 여포는 역적을 죽이고 가후의 말을 듣고 이각은 장안을 범하다 / 왕실을 위하여 마등은 의기를 들고 아비 원수를 갚으러 조조는 군사를 일으키다 / 현덕은 북해로 가서 공융을 구하고 여포는 복양에서 조조를 치다

• 박태원 삼국지의 출간이 갖는 의미/조성면

2권 난세, 풍운의 영웅들

도 공조는 서주를 세 번 사양하고 조맹덕은 여포와 크게 싸웠다 /이각과 곽사가 크게 싸우고 양봉과 동승이 함께 거가를 보호하다 / 조조는 거가를 허도로 옮기고 여포는 밤을 타서 서주를 엄습하다 / 소패왕 손책이 태사자와 싸우고 또다시 엄백호와 크게 싸우다 / 여봉선은 원문에서 화극을 쏘아 맞히고 조맹덕은 육수에서 적과 싸워 패하다 / 원공로는 칠로로 군사를 일으키고 조맹덕은 세 곳의 장수들을 모으다 / 가문화는 적을 요량해 승패를 결하고 하후돈은 화살을 뽑고 눈알을 먹다 / 하비성에서 조조는 군사를 무찌르고 백문루에서 여포는 목숨이 끊어지다 / 조조는 허전에서 사냥을 하고 동 국구는 내각에서 조서를 받다 / 조조는 술을 마시며 영웅을 논하고 관공은 성을 열게 해서 차주를 베다 / 원소와 조조가 각기 삼군을 일으키고 관우와 장비는 함께 두 장수를 사로잡다

3권 오관을 돌파하고 천리를 달려서

예정평이 벌거벗고 국적을 꾸짖고 길 태의가 독약을 쓰고 형벌을 받다 / 국적이 행흉하여 귀비를 죽이고 황숙이 패주해서 원소에게로 가다 / 토산에서 관공은 세 가지 일을 다짐받고 조조를 위해 백마의 포위를 풀어주다 / 원본초는 싸움에 패해서 장수를 잃고 관운장은 인을 걸어 놓고 금을 봉해 두다 / 형님을 찾아가는 한수정후 관운장 천 리 먼 길을 필마로 달리면서 오관을 돌파하고 육장을 베었다 / 채양을 베어 형제가 의혹을 풀고 고성에 모여 군신이 의리를 세우다 / 소패왕이 노하여 우길을 베고 벽안아가 앉아서 강동을 거느리다 / 관도에서 싸워 본초는 싸움에 패하고 오소를 들이쳐서 맹덕은 군량을 불사르다 / 조조는 창정에서 본초를 깨뜨리고 현덕은 형주로 가서 유표에게 의지하다 / 원담과 원상이가 기주를 가지고 다툴 때 허유는 조조에게 장하를 틀 계책을 드리다 / 조비는 난리를 타서 견씨에게 장가들고 곽가는 계책을 남겨 두어 요동을 정하다 / 채 부인은 병풍 뒤에서 밀담을 엿듣고 유황숙은 말 타고 단계를 뛰어넘다

【 삼국지 일러두기 】

1. 이 책은 1959년~1964년 평양 국립문학예술서적출판사와 조선문학예술총동맹출판사
에서 간행된 박태원 역『삼국연의(전 6권)』를 저본으로 삼았다.

2. 저본의 용어나 표현은 모두 그대로 살렸으나, 두음법칙에 따라 그리고 우리말 맞춤법
에 따라 일부 용어를 바꾸었다. 예) 령도→영도, 렬혈→열혈

3. 저본에는 한자가 병기되어 있으나, 이 책에서는 맨 처음에 나올 때는 한자를 병기하고
이후에는 생략했다.

4. 저본의 주는 가능하면 유지하였으나 독자의 편의를 위해 약간의 수정을 가하였다.

5. 저본에 충실하게 하는 것을 원칙으로 하였으나 매회 끝에 반복해 나오는 "하회를 분해
하라"와 같은 말은 삭제했다.

6. 본서에 이용된 삽화는 청대초기 모종강 본에 나오는 등장 인물도를 썼으며 인물에 대
한 한시 해석은 한성대학교 국문과 정후수 교수의 도움을 받았다.

고구려
흉노
황하
유주幽州
기주冀州
병주幷州
위魏
청주靑州
연주
사주司州
장안長安
낙양洛陽
서주徐州
옹주雍州
허도許都
형주荊州
예주豫州
양주揚州
한중漢中
장강
성도成都
무창武昌
익주益州
촉蜀
오吳
복주福州
교주交州

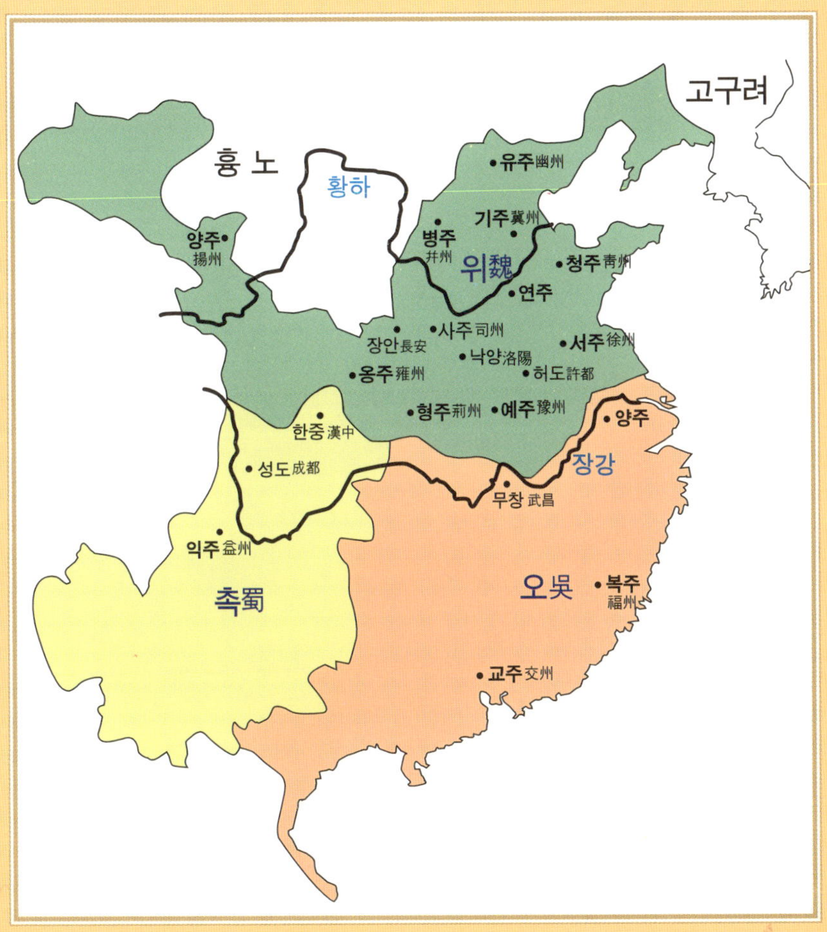

삼국정립도

현덕이 남장에서 은사(隱士)를 보고
단복이 신야에서 영주를 만나다

| 35 |

이때 채모가 막 성으로 돌아가려 하는데 조운이 군사를 거느리고 뒤를 쫓아 성에서 나왔다.

원래 조운이 술을 마시고 있는 중에 문득 인마가 동하는 것을 보고 급히 안으로 들어가서 살펴보니 석상에 현덕이 보이지 않는다. 조운은 깜짝 놀라서 곧 관사로 돌아와 알아보았다.

그러자 누가 있다가

"채모가 군사를 데리고 서쪽으로 쫓아 나갔소이다."

하고 말한다.

이리하여 조운은 부랴부랴 창을 들고 말에 뛰어올라 본래 데리고 온 삼백 명 군사를 거느리고 서문으로 뛰어나온 것이었다.

바로 채모를 만나자 조운은 급히

"우리 주인이 어디 계시오."

하고 물었다.

채모가 대답하기를

"사군께서 자리를 빠져나가신 채 어디로 가셨는지 나도 모르겠소"

한다.

조운은 본시 자상한 사람이라 조급히 행동하려 들지 않고 그 즉시 말을 채쳐 앞으로 나가며 멀리 바라보았다. 앞에는 큰 시내가 하나 가로놓여 있고 따로이 길이라고는 없다.

그는 곧 다시 말을 돌려 채모에게로 돌아와서

"그대가 우리 주공을 잔치에 나오시라고 청해 놓은 터에 지금 어째서 군사를 몰아 뒤를 쫓는 것은 무슨 까닭이냐."

하고 꾸짖었다.

채모가 대답한다.

"구군 사십이주의 관원들이 모두 여기 모여 있으니 내가 상장이 되어 어찌 호위하지 않을 수가 있겠소."

조운은 다시 그를 향하여

"그대가 대체 우리 주공을 핍박해서 어디로 가시게 했는가."

하고 물었으나, 채모는

"나는 사군께서 필마로 서문을 나가셨단 말을 듣고 예까지 쫓아 나왔으나 보이지가 않는구면."

하고 말할 뿐이다.

조운은 마음에 놀랍고 또 의아하여 바로 시냇가까지 나가서 살펴보았다. 자세히 보니 건너편 언덕에 말발굽 자국이 있다.

조운은 '아무리 위급하기로서니 말을 타신 채 이 시내를 건너뛰

셨을 리는 없는데’ 하고 속으로 생각하며 삼백 명 군사를 풀어서 사면으로 흩어져 찾아보게 하였다. 그러나 도무지 종적을 알 길이 없다.

조운은 다시 말머리를 돌렸다. 이때 채모는 이미 성내로 들어가 버린 뒤였다. 조운이 문 지키는 군사들을 붙잡고 캐어물으니, 다들

“유 사군께서 말을 달려 서문으로 나가셨소이다.”
하고 말한다.

조운은 다시 성내로 들어갈까 하다가 혹시 복병이나 있지 않을까 염려스러워 드디어 그 길로 군사를 이끌고 신야로 돌아왔다.

한편 현덕은 말에 올라탄 채 단번에 시내를 뛰어넘자 마음이 흡사 취한 듯 어린 듯 ‘이 넓은 시내를 단번에 뛰어넘다니 이는 정녕코 하늘이 도우신 게다’ 하고 속으로 생각하며 길을 따라서 남장(南漳) 쪽을 바라고 말을 채쳐 나갔다.

어느덧 해가 뉘엿뉘엿 서산을 넘으려 한다. 한창 가노라니 목동 하나가 소 잔등이에 걸터앉아서 피리를 불며 온다.

현덕이

“내가 저 애만 못하구나.”
하고 탄식하며 말을 세우고 바라보는데, 그 목동이 또한 불던 피리를 뚝 멈추고 소를 세우더니 한동안 현덕을 바라보다가

“장군께서 혹시 황건적을 깨뜨리신 유현덕이란 분이나 아니신가요.”
하고 묻는다.

현덕이 놀라서

“너 같은 시골에 사는 애가 대체 내 이름은 어디서 들었더냐”
하고 되물으니, 목동이

“저야 본시 알 턱이 없지만 늘 사부님을 뫼시고 있는 까닭에 손님들이 찾아오시는 때면 흔히 ‘유현덕이란 분이 있는데 신장은 칠척 오촌이요 손을 드리우면 무릎을 지나고 눈으로 자기 귀를 능히 돌아보는데 그가 곧 당세의 영웅이야’ 하고 말씀하시는 것을 들어 왔지요. 그런데 지금 장군을 뵈니 생기신 모양이 바로 그러시기에 영락없다고 생각을 했지요.”
하고 대답한다.

현덕은 다시 물었다.

“너의 사부님이 누구시냐.”

목동이 대답하여

“저의 사부님이 성씨는 사마(司馬)씨시고 함자는 휘(徽)시고 자는 덕조(德操)시며 본관은 영천이신데 도호(道號)는 수경(水鏡) 선생이시랍니다.”
하고 말한다.

“그래 너의 사부님께서는 누구와 벗하고 지내시니.”

“양양 방덕공(龐德公)과 방통(龐統)이란 분하고 벗하세요.”

“방덕공과 방통하고 어떻게 되시는 분이냐.”

“두 분이 숙질간이시지요. 방덕공 그 어른은 자가 산민(山民)이신데 저의 사부님보다 십 년이 맏이시고 방통이란 어른은 자가 사원(士元)이신데 저의 사부님보다 오 년이 아래세요. 언젠가 한 번은 저의 사부님이 나무 위로 올라가셔서 뽕을 따고 계시노라니까 마침 방통 어른이 찾아오셔서 나무 아래 앉아 두 분이 서로 말

씀을 하셨는데 하루 종일 말씀들을 하시면서도 도무지 물릴 줄을
모르셨답니다. 저의 사부님이 방통 어른을 무던히 사랑하셔서 아
우님이라고 부르시지요.”
　현덕이
　“너의 사부님이 그래 어디 사시느냐.”
하고 물으니, 목동이 손을 들어 멀리 가리키며
　“저기 숲속에 바로 장원이 있습니다.”
하고 대답한다. 현덕은
　“내가 바로 유현덕이다. 네 나를 인도해서 너의 사부님을 만나
뵙게 하여 다오.”
하고 말하였다.
　동자가 앞을 서서 현덕을 인도하여 두 마장 남짓 가서 장원 앞
에 당도하였다. 현덕이 말에서 내려 대문 안으로 들어서서 중문
앞에 이르니 문득 안으로부터 거문고 소리가 들려 나오는데 심히
아름답다.
　현덕이 동자더러 아직 들어가 통보하지 말라고 이르고 귀를 기
울여 듣고 있노라니까 거문고 소리가 홀지에 뚝 끊이더니 안에서
한 사람이 웃으면서
　“거문고 소리가 맑고 그윽하다가 홀연 소리 가운데 고항(高亢)한
가락이 떠오르니 필연 영웅이 엿듣고 있는 게야.”
하고 나온다.
　동자가 그를 손으로 가리키며 현덕에게
　“저 어른이 저의 사부님 수경 선생님이세요.”
하고 일러 준다.

삼고초려

　현덕이 눈을 들어 그 사람을 살펴보니 송형학골(松形鶴骨)[1]에 기우(器宇)가 범상치 않다. 그는 황망히 앞으로 나가서 예를 베풀었는데 그때까지도 그저 옷이 젖어 있었다.

　수경이 대뜸

"공이 오늘 다행히 큰 화를 면하셨소이다."

하고 한마디 한다.

　현덕이 마음에 놀라고 의아해하기를 마지않을 때 동자가 있다가

"이 어른께서 유현덕이세요."

하고 말하였다.

　수경은 그를 초당으로 청해 들여 손과 주인이 자리를 나누어 앉았다. 현덕이 둘러보니 서가 위에는 책이 그득 쌓여 있고 창 밖에는 소나무 · 대나무가 빽빽이 서 있으며 석상(石牀) 위에는 거문고가 놓여 있어 맑은 기운이 표연히 떠돈다.

"명공은 어디서 오십니까"

하고 수경이 물어서,

"우연히 이곳을 지나다가 동자가 일러 주어 존안을 뵈니 이처럼 기쁘고 다행할 데가 없습니다."

하고 현덕이 대답하니, 수경이 웃으며

"공은 구태여 숨기려 마십시오. 공은 지금 화를 피해서 여기를 오셨지요."

하고 말한다.

---

1) 소나무 형체에 두루미 골격이란 말이니, 흔히 이르는 선풍도골(仙風道骨)이라는 문자나 한가지로, 풍채와 골격이 범상한 사람들과는 다르다는 것을 형용해 말한 것이다.

현덕이 마침내 양양에서 있은 일을 일장 이야기하니, 수경은

"내 공의 기색을 살피고 이미 그런 줄 알았소이다."

하고, 인하여 현덕에게

"내가 명공의 성화를 듣자온 지 이미 오랜데 어찌하여 오늘에 이르기까지 이렇듯 낙탁불우(落魄不偶)[2]하십니까."

하고 물었다.

현덕이

"이 사람의 명도가 기구해서 그렇지요."

하고 대답하니,

"아니외다. 이는 대개 장군이 좌우에 사람을 얻지 못하시기 때문입니다."

하고 수경은 말한다.

"유비가 비록 무재하기는 하여도 문관에는 손건·미축·간옹의 무리들이 있고, 무장에는 관우·장비·조운 같은 사람들이 있어서 충성을 다해 보좌하여 주는 통에 그 힘을 많이 입고 있소이다."

"그야 관우·장비·조운 같은 사람들은 모두 만인적이지만 그들을 잘 쓸 사람이 없는 게 가석한 일이외다. 손건이나 미축 같은 사람들이야 다 백면서생일 뿐이지 경륜제세지재(經綸濟世之才)[3]는 못 되니까요."

"유비도 매양 몸을 굽혀서 산야의 유현(遺賢)[4]들을 구해 보고는 있으나 아직도 그러한 사람을 만나지 못했으니 어찌 하겠습니까."

---

2) 역경에 빠져서 운수가 기구하다는 뜻.
3) 천하를 다스리며 세상을 건질 만한 재주.
4) 세상에 알려지지 않은 채 산야에 묻혀 있는 어진 사람.

삼고초려

“공은 공자의 말씀도 못 들으셨습니까. ‘십실지읍(十室之邑) 필유
충신(必有忠信)’[5]이라 말씀하셨는데 어찌 사람이 없다고 하십니까.”

“유비가 우매해서 알아보지를 못하는 것이니 선생은 부디 가르
쳐 주십시오.”

“공은 형양 제군의 어린아이들이 부르고 있는 요언(謠言)을 들
어 보셨습니까. 그 노래는 이러합니다.

팔 년 구 년 그 어간에 쇠잔하기 시작해서	八九年間始欲衰
십삼 년에 이르러는 남는 것이 없으리.	至十三年無孑遺
필경은 천명이 돌아갈 데 있으니	到頭天命有所歸
진흙 속의 숨은 용이 비상천을 하누나.	泥中蟠龍向天飛

이 노래가 건안 초년에 불리기 시작했는데 건안 팔년에 이르러
유경승이 전처를 잃고 바로 집안이 어지러워졌으니 이것이 이른
바 ‘쇠잔하기 시작해서’라는 것이요, ‘남는 것이 없으리’란 머지
않아서 유경승이 세상을 떠나고 보면 그 수하의 문관 · 무장들이
다 영락해서 없어지고 말리라는 것이요, 그리고 ‘천명이 돌아갈
데 있으니’와 ‘용이 비상천을 하누나’ 하는 것은 대개 장군을 가
르쳐서 이른 말일 줄로 나는 짐작합니다.”

현덕이 이 말을 듣자 마음에 놀라며

“유비 같은 사람에게 어찌 그게 당한 일이겠습니까.”

하고 겸사하니, 수경이 다시 입을 열어

---

5) 열 집밖에 살지 않는 작은 고을에도 찾아보면 반드시 성실하고 미더운 사람이 있
   다는 뜻.

“지금 천하 기재(奇才)가 모두 이곳에 있으니 공은 몸소 나서서 구해 보시지요.”

하고 권한다. 현덕이

“그 천하 기재가 어디 있습니까. 대체 그게 누군가요.”

하고 급히 물어보니,

“복룡(伏龍)·봉추(鳳雛) 두 사람 중에 한 사람만 얻으시면 가히 천하를 편안히 할 수 있으리다.”

하고 대답한다.

“복룡·봉추란 어떤 사람이오니까.”

현덕이 채쳐 묻는 말에 수경은 손뼉을 치고 크게 웃으며

“좋아, 좋아.”

한다.

현덕이 다시 물어보려 할 때, 수경은

“날이 이미 저물었으니 장군은 예서 하룻밤 묵어가시지요. 내일 내 말씀하오리다.”

하고 즉시 동자에게 분부해서 상을 차려다 대접하고 말은 후원으로 끌어들여 잘 먹이게 하였다.

현덕이 저녁 대접을 받고 나서 바로 초당 곁에서 그 밤을 지내는데 그는 수경이 한 말을 생각하고 자리에 누워서도 잠을 이루지 못하였다.

그러자 밤이 이슥하여 홀연 웬 사람이 문을 두드리고 들어오는 소리가 나고

“원직(元直)이 어디서 오우.”

하는 수경의 묻는 소리가 들렸다.

삼고초려

현덕이 와상 위에 일어나 앉아 가만히 들어 보니, 그 사람의 대답이

"전부터 유경승이 착한 사람을 좋아하고 악한 사람을 미워한다고 들었기에 일부러 찾아가 보았는데 급기야 만나 보니 한갓 허명뿐으로, 착한 사람을 좋아는 하면서도 쓰지를 못하고 악한 사람을 미워는 하면서도 버리지를 못하는 위인이라, 그래 글을 써 놓고 떠나 예까지 온 길이오."

한다.

수경이

"공은 왕좌지재(王佐之才)를 가지고 있으니 마땅히 사람을 가려서 섬겨야 할 것인데 어째서 경솔하게 경승을 가 본단 말이오. 영웅호걸이 바로 눈앞에 있건만 공은 몰라보오."

하니, 그 사람이 곧

"선생의 말씀이 옳소."

한다.

현덕은 그들의 수작을 듣고 크게 기뻐하여 속으로 '이 사람이 필시 복룡·봉춘인가 보다' 하고 곧 나가서 만나 볼까 하고도 생각하였으나 너무 서두는 것 같아서 그만두고, 날이 밝기를 기다려 수경을 보자고 청해서

"간밤에 온 사람이 누굽니까."

하고 물었다.

"내 친구외다."

하고 수경이 대답한다.

현덕이 한 번 만나 보기를 청했더니, 수경의 말이

“그 사람이 영명한 주인을 찾아간다고 벌써 다른 데로 가 버렸
소이다.”

한다.

현덕은 그 사람의 성명을 물어보았으나, 수경은

“좋아, 좋아.”

하고 웃고 만다. 현덕이 다시

“복룡·봉추란 과연 어떤 사람이오니까.”

하고 물어도, 그는 역시

“좋아, 좋아.”

하고 웃을 뿐이다. 현덕은 수경에게 산에서 나가 자기를 도와서
함께 한실을 붙들어 세우자고 간청해 보았으나, 수경은

“산야에 한가로이 지내는 사람이 세상에 나서서 무슨 일을 하리
까. 이제 나보다 열 배나 나은 사람이 와서 공을 도와 드리게 될
것이니 공은 찾아보십시오.”

하고 듣지 않았다.

한참 이렇듯 이야기를 하고 있을 때 홀지에 장원 밖에서 사람
들의 지껄이는 소리, 말 우는 소리가 들리며 동자가 들어와서

“웬 장군 한 분이 군사 수백 명을 거느리고 왔습니다.”

하고 보한다. 현덕이 깜짝 놀라 급히 밖으로 나가 보니 바로 조운
이다. 현덕은 크게 기뻐하였다.

조운이 말에서 내려 그를 들어와 보고

“제가 어젯밤에 고을로 돌아가서 두루 찾았으나 주공을 못 뵙고
밤을 도와 수소문해서 여기를 왔습니다. 혹시 누가 고을을 들이
치러 올지도 모를 일이니 주공께서는 속히 신야로 돌아가시지요.”

삼고초려

하고 말해서 현덕은 수경을 하직하고 조운과 함께 말게 올라 신야를 향해서 나섰다.

그러자 몇 리를 가지 않아 저편에서 한 떼의 인마가 왔다. 보니 바로 운장과 익덕이라 서로 보고 못내 기뻐들 하였는데, 현덕이 말 타고 단계 뛰어넘은 이야기를 하자 모두 경탄함을 마지않았다.

고을로 돌아가서 현덕이 손건의 무리와 의논을 해 보니, 손건이 있다가

"우선 경승에게 글을 보내셔서 이번 일을 알리시는 것이 좋을까 보이다."

하고 말한다. 현덕은 그의 말을 좇아 즉시 손건을 시켜서 글월을 가지고 형주로 가게 하였다.

유표가 그를 불러들여

"내가 현덕을 청해서 양양 잔치에 참여케 했는데 무슨 까닭에 자리를 피해서 가 버렸단 말인가."

하고 묻는다.

손건은 서찰을 올리고 채모가 계책을 써서 모해하려 한 일과 말 타고 단계를 뛰어넘어 간신히 화를 면한 일을 자세히 이야기하였다.

유표는 크게 노해서 그 즉시 채모를 불러들여

"네가 언감 내 아우를 해치려 한단 말이냐."

하며 꾸짖고 좌우에 명하여 끌고 나가서 목을 베라고 하였다.

채 부인이 뛰어나와 울면서 목숨을 빌어도 유표의 노여움은 좀처럼 풀리지 않는데, 손건이 있다가

"만약 채모를 죽이시면 황숙이 이곳에 계시기가 불안할까 합

니다.”

하고 말해서, 유표는 마침내 채모를 꾸짖기만 해서 놓아 주고 장자 유기를 시켜 손건과 함께 현덕에게로 가서 사죄를 드리게 하였다.

유기가 명을 받들고 신야로 가자 현덕이 맞아들여서 연석을 베풀어 대접하는데 술이 거나하게 취하자 유기가 홀연 눈물을 떨어뜨린다.

현덕이 까닭을 묻자, 유기는

“계모 채씨가 매양 모해할 마음을 품고 있건만 소질(小姪)이 화를 모면할 계책이 없으니 숙부께서는 부디 좋을 도리를 가르쳐 주십시오.”

하고 말한다.

현덕은 다만

“그저 효도만 극진히 하고 보면 자연 무사할 것일세.”

하고 권할 뿐이었다.

그 이튿날 유기가 울며 떠나는데 현덕이 말 타고 그를 배웅하며 성 밖까지 나가서, 인하여 말을 가리키며 유기더러

“만약 이 말이 아니었다면 나는 벌써 황천에 갔을 사람일세.”

하고 말하니, 유기는

“그것은 말의 힘이 아니라 곧 숙부님의 홍복이십니다.”

하고 말하였다. 수작을 파하고 작별하자 유기는 울면서 떠나갔다.

현덕이 말을 돌려 성으로 들어오는데 문득 거리 위로 웬 사람 하나가 머리에 갈포 두건을 쓰고 몸에 베 도포를 입고 허리에 검은 띠를 두르고 발에 검정 신을 신고 길게 노래를 부르며 오는데

그 노래는 이러하다.

> 천지가 뒤집히니 불이 꺼지려 하는구나.[6]
> 큰 집이 무너질 제 나무 하나로 못 버티네.
> 산중의 어진 선비 밝은 주인 찾건마는
> 어진 선비 구한다며 밝은 주인은 날 몰라보네.

 현덕은 이 노래를 듣자 속으로 '이 사람이 수경이 말하던 복룡이나 봉추가 아닌가' 하고 생각하여 드디어 말에서 내려 서로 본 다음에 관가로 맞아들여 그 성명을 물었다.
 그 사람이 대답하여 하는 말이
 "저는 영상 사람으로서 성은 단(單)이요 이름은 복(福)이라 합니다. 사군께서 어진 이를 부르시며 선비들을 용납하신단 말씀을 들은 지 오래라 막하에 몸을 의탁하려 하면서도 감히 바로 찾아뵙지 못하고 짐짓 거리에서 노래를 불러 들으시게 한 것입니다." 한다.
 현덕은 크게 기뻐하여 그를 상빈으로 대접하였는데, 단복이
 "아까 사군께서 타고 오시던 말을 다시 한 번 보여 주시지요." 하고 청해서 현덕이 안장을 벗기고 당하(堂下)로 끌어 오게 하니, 단복이 보고 하는 말이
 "이것이 적로마가 아니오니까. 비록 천리마이기는 하나 주인을 해치니 타셔서는 아니 됩니다."

---

6) 원문은 '火欲殂'이다. 옛적에는 금(金), 목(木), 수(水), 화(火), 토(土)의 오행을 써서 상생(相生) · 상극(相剋) 이치로 왕조의 흥망을 설명하였다. 불[火]은 한나라를 대표하는 것이라, 불이 꺼지려 한다고 함은 곧 한나라가 망하려 하고 있다는 뜻이다.

한다. 현덕은

"그건 벌써 땠소이다."

하고 드디어 단계를 뛰어넘은 일을 일장 이야기하였다.

들고 나자 단복이

"그는 주인을 구한 것이지 주인을 해한 것은 아니니 언제고 반드시 한 번은 주인을 해치고 말 것인데, 제게 예방할 방도가 하나 있습니다."

하고 말한다.

"어디 그 방도를 들려주시지요."

하고 청하니,

"공의 의중에 원한이 있는 사람이 있으시거든 이 말을 내어 주십시오. 그래서 그 사람을 해하게 한 뒤에 타시고 보면 자연 무사하오리다."

하고 대답한다.

현덕은 그 말을 듣고 낯빛이 변했다.

"공이 처음으로 여기를 오셨는데 바른 길로 가르치려고는 하지 않으시고 저를 이롭게 하자고 남을 해치는 일을 일러 주시니, 유비는 감히 가르치심을 받지 못하겠습니다."

단복이 웃으며 사죄한다.

"사군께서 어지시고 덕이 있으시단 말씀을 전에 들었으나 그대로 믿기가 어려워 시험 삼아서 이 말씀을 드려 본 것입니다."

현덕도 낯빛을 고치고 자리에서 일어나 사례하였다.

"유비에게 무슨 남에게 미칠 만한 인덕이 있으리까. 오직 선생이 가르쳐 주셔야지요."

단복이 다시 말한다.

"제가 영상에서 이리로 오는데 신야 백성이

신야목 유황숙　　　　　　　　新野牧劉皇叔
고을에 도임하자 우리 살림 넉넉하네　　自到此民豊足

하고 노래들을 부릅디다. 이것으로도 가히 사군의 인덕이 백성에게 미치고 있는 것을 알 수 있습니다."

현덕은 드디어 단복으로 군사를 삼아서 본부 인마를 조련하게 하였다.

한편 조조는 기주로부터 허도에 돌아온 뒤로 항상 형주를 취하려는 뜻이 있어서 특히 조인·이전과 항장 여광·여상의 무리에게 군사 삼만 명을 주어서 번성(樊城)에 둔치고 앉아 호시탐탐 형양 지방을 넘겨다보며 허실을 살피게 하고 있었다.

이때 여광과 여상이 조인을 보고

"지금 유비가 신야에 둔병하고, 군사를 뽑으며 말을 사들이고 마초와 군량을 쌓아 놓고 앉았으매 그 뜻이 작지가 않으니 불가불 빨리 도모하지 않으면 아니 되겠소이다. 저희 두 사람이 승상께 항복한 뒤로 아직 털끝만 한 공도 세운 것이 없으니 정령 오천만 내어 주시면 유비의 머리를 베어다 승상께 바치오리다."

하고 품하니, 조인은 크게 기뻐하여 여광·여상에게 군사 오천을 주고 가서 신야를 들이치게 하였다.

탐마가 나는 듯이 현덕에게 보하여 현덕이 단복을 청해다가 의

30

논하니, 단복이 계책을 드리는데

"이미 적이 우리를 치러 온다면 저들을 지경 안으로 들이지 말아야 할 것입니다. 이제 관공으로는 일군을 거느려 좌편에서 나가 적의 중로를 대적하게 하고 장비는 일군을 거느려 우편에서 나가 적의 뒷길을 대적하게 하며 주공께서는 몸소 조운을 데리시고 군사를 내어 앞길을 나가서 맞으시면 적을 가히 깨뜨리실 수 있을 것이외다."

한다.

현덕은 그 말을 좇아서 즉시 관우와 장비 두 사람을 보낸 뒤에 단복 · 조운과 함께 이천 인마를 영솔하고 관을 나서서 마주나갔다.

사오 리를 못 가서 산 뒤에 티끌이 크게 일어나며 여광 · 여상이 군사를 거느리고 들이닥쳐서 양편은 각기 진을 쳤다.

현덕이 문기 아래로 말 타고 나서서

"오는 자가 누구관대 감히 내 지경을 범하노."

하고 크게 부르니, 여광이가 말 타고 나서며

"나는 대장 여광으로서 승상의 균명을 받들고 특히 너를 사로잡으러 오는 길이다."

하고 외친다.

현덕은 대로하여 조운을 시켜 나가서 싸우게 하였다. 두 장수가 어우러져 싸우기 두어 합이 못 되어 조운은 한 창에 여광을 찔러서 말 아래 거꾸러뜨렸다.

현덕이 군사를 휘몰아 적진을 들이치자 여상은 이를 막아 낼 길이 없어서 그대로 군사를 끌고 달아났다.

삼고초려

그러자 한창 달아나는 중에 길가에서 한 떼의 군사가 내달으니 이를 거느리는 대장은 곧 관운장이다. 관운장이 한바탕 몰아치니 여상은 군사를 태반이나 잃고 길을 빼앗아 달아났다.

그러나 다시 십 리를 못 가서 또 한 떼의 군사가 내달아 길을 막더니 앞선 대장이 장팔사모를 꼬나 잡고

"장익덕이 예 있다."

하고 큰 소리로 외치며 바로 여상에게로 달려든다. 여상은 미처 손도 못 놀려 보고 장비의 한 창에 찔려 말에서 뒤재주쳐서 떨어지자 그대로 죽어 버렸다. 남은 군사들이 사면으로 흩어져 달아난다. 현덕은 군사를 합해가지고 그 뒤를 쫓아 태반이나 사로잡았다.

현덕은 회군하여 고을로 돌아오자 단복을 후대하고 삼군을 호상(犒賞)하였다.

한편 패군이 조인을 돌아가

"두 분 여 장군이 다 전사하시고 군사들은 거의 다 생금당하고 말았소이다."

하고 보하자, 조인이 크게 놀라 이전을 불러 의논하니 이전의 말이

"두 장수가 적을 업신여기다가 죽었으니 이제 마땅히 안병부동하고 승상께 말씀을 올려 대군을 청해다가 토멸하도록 하는 것이 상책이외다."

한다.

그러나 조인은 말하였다.

"그렇지 않소. 이제 두 장수가 전사하였고 또 허다한 군마를 잃었으니 이 원수를 불가불 급히 갚아야 하겠는데, 신야 같은 작은

고을을 치는데 무슨 승상의 대군을 수고로이 한단 말이오.”

“유비는 인걸이라 우습게보면 아니 됩니다.”

“공은 어째서 그리 겁이 많으시오.”

“병법에도 이르기를 ‘지피지기백전백승(知彼知己百戰百勝)’[7]이라 하였으니 내가 싸우는 것을 겁내서 그러는 게 아니라 다만 반드시 이기리라고 기약할 수가 없기 때문에 그러는 것이외다.”

조인이 노해서

“공은 두 마음을 품고 있소. 나는 기필코 유비를 생금하고야 말 테요.”

하고 말하는데, 이전이 다시

“장군이 만약 가신다면 이 사람은 번성을 지키고 있겠소이다.”

하니, 조인이 더욱 노하여

“네 만약 같이 가지 않는다면 참말 두 마음을 품은 것으로 알 겠다.”

하고 뇌까린다.

이전은 하는 수 없이 조인과 더불어 이만 오천 군마를 거느리고 강을 건너서 신야를 바라고 나아갔다.

> 비장들이 송장 되어 들것에 담겨 오자
> 주장이 설분(雪憤)하려 다시 군사 일으킨다.

승부가 어찌 될 것인고.

---

7) 적을 알고 자기를 알아야 백 번 싸워 백 번 이길 수 있다는 병가(兵家)의 말.

이때 조인이 분함을 이기지 못하여 본부 군사를 크게 일으켜 거느리고 밤을 도와 강을 건너서 신야를 말굽 아래 짓밟아 버리려고 서두른다.

한편 단복은 승전하고 신야로 돌아오자 현덕을 보고

"조인이 번성에 군사를 둔치고 있으니 이제 두 장수가 죽은 것을 알면 반드시 대군을 일으켜 가지고 싸우러 올 것입니다."

하고 말하였다.

현덕이

"그러면 그걸 어떻게 막아야 하오."

하고 물으니, 단복이

"저희가 만약에 군사를 모조리 거느리고 온다면 번성이 텅 빌 것이니 우리는 그 틈을 타서 번성을 뺏도록 하지요."

한다.

　현덕이 계책을 묻자 단복은 그의 귀에다 입을 대고 이러이러하게 하면 된다고 가만히 일러 주었다. 현덕은 듣고 크게 기뻐하여 미리 준비를 하여 두었다.

　그러자 홀연 탐마가 들어와서

　"조인이 대군을 거느리고 강을 건너왔소이다."

하고 보한다. 단복은

　"과연 내 짐작이 맞지."

하고, 드디어 현덕에게 청해서 군사를 거느리고 나가서 적을 맞았다.

　양군이 서로 진을 치고 대하자 조운이 말을 내어

　"적장은 나와 대답하라."

하고 외쳤다.

　조인이 이전에게 명해서 진에 나가 조운과 싸우게 하였는데 십여 합쯤 싸우다가 이전은 당해 내지 못하고 말을 돌려 본진으로 달아났다. 조운은 곧 말을 놓아 그 뒤를 쫓았다. 그러나 양익의 군사들이 활을 쏘아서 막는 통에 마침내 양군은 각기 싸움을 중지하고 영채로들 돌아갔다.

　이전이 돌아가서 조인을 보고

　"적의 군사가 정예해서 우습게보아서는 아니 되겠으니 번성으로 돌아가느니만 같지 못할까 보이다."

하고 말하니, 조인은 대로해서

　"네가 아직 출진하기도 전에 이미 군심을 해이하게 했는데 이제 또 싸움에 패했으니 그 죄가 참을 당해 마땅하다."

삼고초려

하고 바로 도부수를 꾸짖어 이전을 끌어내다가 목을 베라고 하였다.

그러나 여러 장수들이 굳이 간해서 조인은 마침내 영을 거둔 다음에 이전을 후군으로 돌리고 자기가 몸소 전군을 거느리기로 하였다.

이튿날 조인은 북을 치며 군사를 끌고 나가자 진 하나를 벌려 놓은 다음에, 사람을 시켜서 현덕에게

"내 진을 아느냐."

하고 물었다. 단복은 곧 높은 데 올라가서 바라본 뒤에 현덕을 보고

"이는 팔문금쇄진(八門金鎖陳)인데 팔문이란 휴(休)·생(生)·상(傷)·두(杜)·경(景)·사(死)·경(驚)·개(開)의 여덟 문이니 만약 생문·경문(景門)·개문으로 들어가면 길하고 상문·경문(驚門)·휴문(休門)으로 들어가면 상하고 두문과 사문으로 들어가면 망합니다. 이제 저희가 비록 팔문을 정제하게 벌려 놓기는 하였으나 한가운데 중심이 빠져 있으니 만약 동남각의 생문으로 들어가서 정서방의 경문(驚門)으로 나온다면 저 진이 반드시 어지러워질 것입니다."

하고 말하였다.

현덕은 영을 전해서 군사들로 하여금 진을 굳게 지키게 한 다음, 조운에게 명하여 오백 군을 거느리고 동남각으로부터 들어가서 바로 서쪽으로 나오라 하였다.

조운은 영을 받자 창 들고 말에 올라 군사를 거느리고 바로 동남각으로부터 일제히 고함치며 중군으로 짓쳐 들어갔다. 조인은

문득 북쪽을 바라고 달아난다. 그러나 조운이 그 뒤를 쫓지 않고 서문으로 뛰어나왔다가 다시 서쪽으로 동남각상으로 되돌아 나가며 들이치니 조인의 군사는 크게 어지러워졌다.

현덕은 군사를 휘동해서 닥치는 대로 몰아쳤다. 조인의 군사는 크게 패하여 달아났다. 단복은 뒤를 쫓지 말라고 영을 내려 군사를 수습해 가지고 돌아갔다.

조인은 한 마당 싸움에 지고 나서야 비로소 이전의 말을 믿어, 다시 그를 청해다 놓고 의논하였다.

"유비 군중에 반드시 능한 자가 있는 게요. 그렇기에 우리 진을 깨뜨렸지."

이전이 말한다.

"내 여기 있으면서도 실은 번성이 근심이외다."

"오늘 밤에 겁채를 해 보아서 이기면 다시 의논하기로 하고, 만약에 이기지 못하거든 곧 군사를 돌려 번성으로 돌아갑시다그려."

"그건 아니 됩니다. 유비에게 필시 준비가 있을걸요."

그러나 조인은

"원 그처럼 의심이 많으면 어떻게 군사를 쓴단 말이오."

하며, 드디어 이전의 말을 듣지 않고서 자기가 몸소 군사를 거느려 전대가 되고 이전으로 후응을 삼아 이날 밤 이경에 겁채를 하기로 하였다.

한편 단복이 영채 안에서 현덕과 일을 의논하고 있으려니까 갑자기 계절풍이 일어난다.

"오늘 밤에 반드시 조인이 겁채하러 올 것입니다."

하는 단복의 말에, 현덕이

삼고초려

“그럼 어떻게 막아야 하오.”

하고 묻자, 단복은 웃으며

“내게 다 예산이 있습니다.”

하고 비밀히 군사들을 배치해 놓았다.

이경이 되어 조인이 군사를 거느리고 현덕의 영채로 가까이 들어오며 보니 영채 안에 사면 불이 일어나서 채책이 활활 타오른다.

조인은 준비가 있는 것을 알자 급히 퇴군령을 놓았다. 조운이 내달아서 몰아친다. 조인은 미처 군사를 수습해서 영채로 돌아가지 못하고 급히 북강을 향해서 달아났다.

그가 강변에 이르러 막 배를 찾아 강을 건너려 할 때 언덕 위로부터 한 떼의 군사가 짓쳐 나오니 이를 거느리는 장수는 곧 장비다.

조인이 죽기로써 싸우고 이전 또한 그를 보호해서 배에 올라 강을 건너는데 군사들의 태반이 물속에 빠져 죽었다.

조인은 강을 건너 언덕에 오르자 그대로 말을 달려 번성으로 돌아가 사람을 시켜 성문을 열라고 외치게 하였다.

그러자 성 위에서 북소리가 한 번 크게 울리더니 한 장수가 군사를 거느리고 내달으며

“내 이미 번성을 취한 지 오래다.”

하고 호통을 친다. 모든 사람이 놀라서 자세히 보니 바로 관운장이다.

조인은 소스라쳐 놀라 말머리를 돌려 달아났다. 운장이 쫓아오며 뒤를 몰아친다.

조인은 또 허다한 군마를 잃고 밤을 도와 허창으로 돌아가며

길에서 물어, 그제야 단복이 군사로 있어 꾀를 내고 계책을 정한 것임을 알았다.

조인이 패해서 허창으로 돌아간 이야기는 잠깐 두어 두고, 이 때 현덕이 싸움에 크게 이기고 군사를 거느려 번성으로 들어가니 현령 유필이 나와서 영접한다. 현덕은 백성을 안무하였다.

유필은 장사 사람으로서 역시 한실 종친이다. 현덕을 자기 집으로 청해다가 연석을 배설하고 대접하는데 한 사람이 그의 곁에 뫼시고 서 있었다.

현덕은 그 사람의 기우가 헌앙한 것을 보고 유필에게

"이 사람이 누구요."

하고 물으니, 유필이

"이애는 내 생질 되는 구봉(寇封)입니다. 본래 나후(羅侯) 구씨의 아들인데 부모가 다 돌아가서 내게 와서 의지하고 지내는 터이지요."

하고 말한다.

현덕이 그를 사랑해서 의자(義子)를 삼고 싶다고 했더니 유필은 흔연히 허락하고 드디어 구봉더러 현덕을 아버지라고 하게 하고 성을 고쳐서 유봉(劉封)이라 부르게 하였다.

현덕이 유봉을 데리고 돌아가서 운장과 익덕에게 절하여 뵙게 하고 그들을 숙부라 부르게 하니, 운장이 있다가

"형님께서 이미 아들을 두셨으면서 구태여 양자를 하실 일이 무엇입니까. 뒤에 반드시 변이 생기고 맙니다."

하고 말한다.

현덕은

"나만 저를 친자식처럼 대해 주면 저도 반드시 나를 친아비로 알고 섬길 터인데 무슨 변이 생긴다고 그러는가."

하고 말하였으나 운장은 마음에 좋아하지 않았다.

현덕은 단복과 의논한 다음에 조운에게 군사 일천 명을 주어서 번성을 지키고 있게 하고 자기는 여러 사람들을 거느리고 신야로 돌아갔다.

한편 조인은 이전과 함께 허도로 돌아가서 조조를 보자 땅에 엎드려 울면서 싸움에 장수와 군사를 잃은 전후수말을 세세히 고하고 죄를 청하였다.

조조가

"본래 승부란 병가지상사지만 대체 누가 유비를 위해서 계책을 내었다고 하더냐."

하고 물어서, 조인은

"그것이 단복의 계책이라고 합니다."

하고 대답하였다.

"단복이란 어떤 사람인고."

하고 조조가 다시 묻자, 이때 정욱이 있다가 웃으면서

"그것이 단복이가 아닙니다. 그 사람이 어려서부터 칼 쓰기를 좋아했는데 중평 말년에 남의 원수를 대신 갚아 주느라고 살인을 한 뒤에 머리를 풀어헤치고 얼굴에 칠을 하고 도망을 해 가다가 그만 형리에게 붙들리고 말았습니다. 이름은 물어도 대답을 하지 않아서 형리는 그를 결박 지워 수레에다 태워 가지고 북을 치며 조리를 돌려 그를 아는 사람이 나서기를 바랐던 것인데, 비록 그를 알아보는 사람이 있어도 감히 나서서 말을 하지 못했습니다. 다행히 이때 그의 동무가 몰래 묶은 것을 풀고 구해 주어서 그는 마침내 성명을 고치고 도망을 한 뒤로 마음을 잡아 학문에 힘을 쓰며 널리 이름 있는 선생들을 찾아다녔고 일찍이 사마휘하고도 내왕하고 지냈으니 이 사람인즉 바로 영천의 서서(徐庶)로 자는 원직(元直)이니 단복이라고 하는 것은 곧 그의 가명입니다."
하고 말한다.

조조는 물었다.

"서서의 재주가 공과 비교해서 어떻소."

"저보다 열 배나 낫습니다."

조조가 듣고

"아깝구나. 어진 선비가 유비에게로 돌아가서 이미 우익이 이루어졌으니 이 노릇을 어찌할꼬."

하고 한탄하자, 정욱은

"서서가 비록 유비한테 가 있기는 하지만 만약에 승상께서 쓰려고만 하신다면 불러오기가 어렵지 않습니다."

하고 말하였다.

"무슨 수로 저를 오게 한단 말이오"

하고 조조가 물으니,

"서서는 본래 효성이 지극한 사람입니다. 어려서 그 부친을 여의고 오직 노모가 집에 있을 뿐인데 지금은 그의 아우 서강(徐康)마저 이미 죽어서 연로한 모친을 봉양할 사람이 없이 된 형편이라 이제 승상께서 그 모친을 허창으로 데려다 놓으시고서 편지로 그 아들을 불러오라고 분부를 내리시면 서서가 반드시 이리로 올 것

삼고초려

입니다."

하고 정욱은 계책을 말하였다.

　조조는 크게 기뻐하여 곧 사람을 시켜 밤을 도와 가서 서서의 모친을 데려오게 하였다. 영을 듣고 간 사람이 하루가 못 되어 그를 데리고 돌아왔다.

　조조는 그를 후하게 대접하며

　"영랑 서원직으로 말하면 천하 기재인데 지금 신야에서 역신 유비를 도와 조정을 배반하고 있으니 이것은 바로 아름다운 옥을 더러운 진흙 속에 떨어뜨린 것 같아서 실로 애석한 일이외다. 이제 노부인께서 수고스러우시나마 일봉 서신으로 영랑을 허도에 불러 오신다면 내가 천자께 여쭈어서 반드시 중상(重賞)이 내리도록 하여 드리리다."

하고, 마침내 좌우에 분부해서 문방사보(文房四寶)[1]를 가져오게 하고 서서의 모친더러 편지를 쓰라고 청하였다.

　서서의 어머니는 조조에게

　"유비가 대체 어떠한 사람인가요."

하고 한마디 물었다.

　조조는 이에 대답하여

　"패군의 하잘것없는 무리로서 '황숙'이라 함부로 칭하고 있으나 전혀 신의라고는 없는 자니 이른바 밖은 군자나 안은 소인이라 할 위인이지요."

하고 말하였다.

---

1) 문방구(文房具), 즉 글을 쓰는데 드는 모든 기구 중에서 가장 중요한 종이, 붓, 먹, 벼루 네 가지를 말한다.

이 말을 듣자 서서의 어머니는 음성을 가다듬어 그를 꾸짖었다.

"네 그 무슨 허무맹랑한 수작이냐. 내가 전에 들으매 현덕은 중산 정왕의 후예요 효정 황제 각하 현손으로 몸을 굽혀 선비를 맞아들이고 예를 공손히 해서 사람을 대접하는 까닭에 그 어진 이름이 일찍부터 널리 알려졌다고 하더라. 이러므로 세상의 철모르는 아이나 머리 센 늙은이나 소 치는 아이와 나무하는 지아비들도 다 그의 이름을 알고 있으니 참으로 당세의 영웅이라, 내 아이가 가서 돕는다니 이는 바로 제 주인을 얻었다고 할 것이다. 너로 말하면 비록 이름은 한나라 승상이나 실상은 한나라 역적인데 도리어 현덕을 역신이라고 하면서 내 아이로 하여금 밝은 데를 등지고 어두운 데로 오게 하려 드니, 어찌 부끄럽지도 않단 말이냐."

말을 마치자 서서의 어머니는 바로 벼룻돌을 집어 들어 조조를 쳤다. 조조는 대로해서 무사를 꾸짖어 서서의 어머니를 밖으로 잡아내어다가 목을 베게 하였다.

이때 정욱이 이것을 급히 멈추게 하고 안으로 들어가서 조조를 간하였다.

"서서의 모가 승상을 노여우시게 하는 것은 제가 자청해서 죽으려 하는 것입니다. 승상께서 만약 그를 죽이시고 보면 의롭지 않으시다는 이름을 얻으시는 반면에 서서의 모의 덕만 드러내 주시게 됩니다. 서서의 모가 죽고 보면 서서가 반드시 죽기로써 유비를 도와 원수를 갚으려 들 것이니, 차라리 살려 두시면 서서가 몸과 마음이 두 곳으로 나뉘어 설사 앞으로 유비를 돕는대도 제 힘을 다하지는 못하게 될 것입니다. 그리고 서서의 모를 살려 두시면 제가 서서를 속여서 이리로 불러다가 승상을 보좌하게 할 계책도 있습니다.”

들고 나자 조조는 그러이 여겨 드디어 서서의 어머니를 죽이지 않고 별실에다 두어 두고 조식 공양을 하게 하였다.

정욱은 날마다 가서 문안을 드리고 전에 서서와 형제의 의를 맺은 일이 있다고 꾸며 대며 서서의 어머니를 마치 저의 친어머니처럼 대하였다. 그리고 때때로 물건을 보내는데 그때마다 반드시 자필로 편지를 써서 함께 보내니 서서의 어머니도 역시 친필로 답서를 써서 보내곤 하였다.

정욱은 이렇게 해서 서서 어머니의 필적을 손에 넣자 곧 그 글씨체를 본떠서 가서(家書) 한 통을 꾸며 가지고 심복인에게 주어 바로 신야현에 가서 단복의 장막을 찾게 하였다.

군사가 그 사람을 인도해서 서서에게 데리고 가니, 서서는 모친에게서 글월이 온 것을 알자 급히 불러들여서 물었다.

그 사람이

“저는 관사의 심부름꾼인데 노부인의 분부를 받잡고 글월을 가지고 온 길입니다”

하고 아뢴다.

서서가 글봉을 뜯어보니 사연은 이러하다.

근자에 네 아우 강이 죽으매 사고무친하여 비창한 생각을 금하지 못하던 중에 뜻밖에도 조 승상이 사람을 보내 나를 속여서 허도로 데려다 놓고 네가 배반한다고 말하며 나를 옥에 가두려 하는 것을 요행 정욱의 무리의 구원을 입어 일시 모면하기는 하였으나 네가 와서 항복을 해야만 비로소 내가 죽음을 면

할 듯하니 이 글이 이르는 날에 네 부디 이 어미가 너를 길러 낸
은공을 생각하여 밤을 도와 찾아와서 효도를 온전히 하고, 앞
으로 서서히 고향에 돌아가기를 도모하여 큰 화를 면하도록 하
라. 지금 내 목숨이 매어 달린 실과 같아서 전혀 구원을 바랄 뿐
이라 다시 여러 말을 아니 하노라.

이를 보고 나자 서서는 눈물이 샘솟듯 하였다. 그는 곧 편지를
가지고 현덕에게로 가서 말하였다.

“저는 본래 서서로 자는 원직입니다. 난을 피하느라고 단복이라
성명을 고쳤던 것인데 전자에 유경승이 어진 이를 부르며 선비들
을 용납한다는 말을 듣고 일부러 찾아 갔습니다마는 급기야 서로
만나 이야기를 해 보니 한갓 무용지인이었습니다. 그래서 글을 써
놓고 하직한 다음 심야에 사마 수경의 장상으로 가서 그러한 사
정을 이야기하였더니 수경이 저더러 주인을 못 알아본다고 깊이
책망하며, 유 예주께서 여기 계신데 어찌하여 섬기지 않느냐고 하
였습니다. 그래 제가 짐짓 미친 체하고 길에서 노래를 불러 사군
께서 들으시게 하였던 것인데 사군께서는 다행히 버리지 않으시
고 저를 중히 써 주셨습니다. 그러나 이제 조조가 연로하신 어머
님을 간계로 속여서 허창으로 데려다 가두어 놓고 장차는 해치려
고까지 하고 있으니 이를 어찌하겠습니까. 어머님이 친히 글월을
보내 부르시니 제가 아니 갈 수 없습니다. 견마의 수고를 다해서
사군께 보답하려 아니 하는 바가 아니나 어머님이 잡혀 계시니 힘
을 다할 수가 없습니다그려. 그래 이제 하직을 여쭙고 후일 다시
뵙기를 도모하려 합니다.”

45

현덕은 듣고 나자 크게 울며

"모자간의 정리란 각별한 것이니 원직은 내 생각일랑 조금도 하지 마시고 어서 가 자당을 만나 뵈시오. 그 뒤에 혹 다시 가르침을 받기로 하더라도."

하고 말하였다.

서서는 그 길로 하직을 고하고 떠나려 하였다. 그러나 현덕은

"부디 하룻밤만 더 묵고 내일 떠나도록 하시오."

하고 그를 붙들었다.

이때 손건이 현덕을 보고 가만히 말하였다.

"원직은 천하 기재로서 신야에 오래 있어서 우리 군중의 허실을 모조리 알고 있는 터인데 이제 만약 조조에게 가게 두신다면 조조가 필연 그를 중하게 쓸 것이니 그렇게 되면 우리가 위태합니다. 주공께서는 그를 굳이 붙들어 두시고 부디 놓아 보내지 마십시오. 조조가 원직이 오지 않는 것을 보면 반드시 그 모친을 죽이고 말 것이니 원직이 자기 모친이 죽은 것을 알면 반드시 모친의 원수를 갚기 위해서 힘을 다해 조조를 칠 것입니다."

그러나 현덕은 이렇게 말하였다.

"그것은 아니 될 말이오. 남을 시켜서 그 어머니를 죽이게 하고 내가 그 아들을 쓴다는 것은 어진 일이 아니오. 붙들어 두고 가지 못하게 해서 남의 모자지간 천륜을 끊는다는 것은 의롭지 않은 일이라 내가 차라리 죽으면 죽었지 어질지 않고 의롭지 않은 일은 결단코 하지 않겠소."

그의 말에 여러 사람들은 모두 감탄하였다.

현덕은 서서를 청해다가 함께 술을 마셨다.

서서가

"이제 어머님이 갇혀 계시단 말씀을 들으니 비록 금파옥액(金波
玉液)[2]이라도 목을 넘지 않습니다."

하니, 현덕이 또한

"공이 장차 가신단 말씀을 들으매 비록 용간봉수(龍肝鳳髓)[3]라도
나 역시 맛을 모르겠소이다."

하고 말한다. 두 사람은 마주 대하여 울면서 그 자리에 앉아 날이
밝기를 기다렸다.

이때 여러 장수들은 서서를 전송하기 위해서 이미 성 밖에다가
연석을 배설하여 놓고 있었다.

현덕이 서서와 말머리를 가지런히 하고 성을 나서서 장정에
이르러 말에 내려 서로 작별하는데, 현덕이 술잔을 들며 서서를
보고

"유비는 연분이 박해서 선생을 모시고 지내지 못하게 되었거니
와 부디 선생은 새 주인을 잘 섬겨 공명을 이루시오."

하고 말하니, 서서는

"제가 재주가 적고 지혜가 옅건만 사군께서는 중히 써 주셨습니
다. 이제 불행히 중도에서 떠나가기는 실로 어머님을 위하기 때문
이니 설사 조조가 제 아무리 핍박을 하더라도 저는 이 몸이 마칠
때까지 그를 위해서는 단 한 가지 꾀도 써 주지 않을 생각입니다."

하고 울었다.

"선생이 이제 가 버리시면 유비도 멀리 산 속으로나 들어가 버

---

2) 아름다운 술을 형용해서 하는 말.
3) 천하에 다시없는 진미(珍味)라는 뜻으로 하는 말.

릴까 보이다.”

“제가 사군을 모시고 함께 왕패의 업을 도모하려 하기는 이 마음 하나를 믿기 때문인데 이제 어머님의 연고로 해서 마음이 산란해졌으니 설사 이곳에 그대로 있더라도 일에 유익할 것이 없습니다. 사군께서는 이제 별로이 재주가 높은 이를 구하셔서 함께 대업을 도모하시면 될 일인데 어찌 이처럼 낙담하신단 말씀입니까.”

“아무리 천하의 고명한 선비라 하더라도 선생의 위에 나설 사람은 아마도 없을까 보이다.”

현덕의 말에 서서는

“저는 한낱 가죽나무 같은 용렬한 재목인데 어찌 감히 그런 중한 명가(名價)가 당하기나 한 일이겠습니까.”

하며 작별하기에 앞서 다시 한 번 돌아보고, 여러 장수들에게

“바라건대 제공은 부디 사군을 잘 섬겨서 앞으로 이름을 죽백(竹帛)에 드리우며 공적을 청사(靑史)에 표하도록 하고 행여나 이 서서처럼 시종여일치 못한 것을 본받지 마오.”

하고 당부하였다.

그 말에 모든 장수들이 마음에 비감해하지 않는 이가 없었다.

현덕은 차마 서로 떨어지지 못하여 좀 더 바래주겠다고 더 가고, 조금만 더 가서 헤어지자고 또 갔다.

마침내 서서는 현덕에게

“이제는 그만 들어가 보시지요. 저는 여기서 작별 인사를 여쭙겠습니다.”

하고 말하였다.

현덕은 마상에서 서서의 손을 잡고

"선생이 한 번 가시면 우리는 서로 천리만리 떨어져서 대체 언제나 다시 만나 본단 말씀이오."

하고 말을 마치자 눈물이 비 오듯 하였다. 서서도 역시 울면서 길을 떠났다.

현덕은 숲가에 말을 멈추고 서서 서서가 종자를 데리고 말을 몰아 총총히 떠나가는 뒷모양을 바라보다가 그만 울음을 터뜨리며

"원직이 가 버렸으니 나는 장차 어찌할꼬."

하고 울부짖는다.

다시 눈물을 씻고 바라보고 있는데 저편에 있는 수림이 가려서 그만 보이지를 않는다. 현덕은 채찍을 들어서 그 편을 가리키며

"내 저 나무들을 모조리 베어 버릴까 보다."

하고 말하였다.

여러 사람이

"왜 그러십니까."

하고 그 까닭을 묻자, 현덕은

"저 나무들이 가려서 서원직을 바라볼 수 없으니 말이다."

하며 한창 그 편을 보고 있는데, 홀지에 서서가 급히 말을 채쳐 다시 이리로 돌아온다.

'원직이 다시 돌아오니 가지 않을 생각이 있는 것이나 아닐까'

하고, 현덕은 흔연히 말을 몰아 마주 나가면서

"선생이 이처럼 돌아오시는 것이 필시 무슨 뜻이 있어서 그러시는 게 아닌가요."

하고 물었다.

서서는 말을 멈추고 서자 곧 현덕을 보고 말하였다.

삼고초려

"제가 마음이 하도 산란해서 그만 한 말씀 여쭙는 것을 잊었습니다. 여기 천하 기재가 하나 있는데 바로 양양성 이십 리 밖 융중(隆中)에서 살고 있으니 사군께서는 부디 구해 보십시오."

"수고스럽지만 원직이 나를 위해서 한 번 청해다 만나 보게 해 주시구려."

"그 사람은 그처럼 불러다가 볼 인물이 아니니 사군께서 친히 가서서 구하셔야 합니다. 만약 그 사람만 얻으시면 바로 주나라에서 여망(呂望)[4]을 얻고 한나라에서 장량을 얻은 것이나 진배없사오리다."

"그 사람이 선생과 비해서 그 재덕이 어떠하오."

"어찌 저 같은 위인에게다 비기겠습니까. 허나 굳이 비유해 말하자면, 노둔한 말을 기린 곁에다 느런히 세우고, 보잘것없는 까마귀로 봉황의 짝을 지우는 격이라고나 할까요. 이 사람이 매양 관중(管仲)[5]과 악의(樂毅)[6]에다 자기를 비기고 있는데, 저로서 본다면 관중·악의도 이 사람에게는 미치지 못할 것 같으니 이 사람에게는 경천위지(經天緯地)[7]하는 재주가 있어서 천하에 오직 한 사람뿐일까 합니다."

---

4) 흔히 이르는 강태공(姜太公)이다. 본성은 강(姜)이요 이름은 상(尙)이요 자는 자아(子牙)인데, 그 조상이 여(呂)에 봉지(封地)를 받았던 까닭에 여상(呂尙)이라고도 한다. 주나라의 공신(功臣). 위수 가에서 낚시질을 하고 있었는데 문왕이 사냥을 나왔다가 그를 만나 수레에 태워 가지고 돌아갔다. 문왕의 아들 무왕이 은나라의 주왕을 칠 때 기이한 계책을 베풀어서 공을 세웠다.
5) 춘추시대 제나라의 유명한 재상. 이름은 이오(夷吾)요, 중(仲)은 그의 자다. 제 환공을 보좌하여 아홉 번 제후들을 모으고 천하에 패(覇)를 이루었다.
6) 전국시대 연나라의 상장군(上將軍). 그는 일찍이 조(趙), 초(楚), 한(韓), 위(魏), 연(燕)의 다섯 나라 군자를 거느리고 제나라를 쳐서 칠십여 성을 함몰하였다.
7) 천지를 능히 경륜할 수 있을 만한 위대한 재능.

현덕이 기뻐서,

"대체 그 사람의 성명이 무엇이오."

하고 물으니, 서서가

"그는 낭야 양도(陽都) 사람으로 성은 제갈(諸葛)이요 이름은 량(亮)이요 자는 공명(孔明)이니 사예교위 제갈풍(諸葛豊)의 후손입니다. 그의 선친 규(珪)의 자는 자공(子貢)인데 태산군승(泰山郡丞)으로 일찍 세상을 떠나 제갈량은 그의 숙부 현(玄)에게 몸을 붙이고 있었는데, 제갈현이 본래 형주 유경승과 교분이 있어 그를 의지해 와서 드디어 양양에 집을 정하고 살았습니다. 뒤에 현이 세상을 떠나자 양은 그 아우 균(均)과 남양에서 몸소 밭을 갈며 지내 오는데 양보음(梁父吟)[8]을 좋아해서 매양 읊조리며, 그가 사는 곳에 와룡강(臥龍岡)이란 언덕이 하나 있어서 별호를 '와룡 선생'이라고 한답니다. 이 사람이야말로 절대 기재이니 사군께서는 부디 급히 찾아가 보십시오. 만약 그 사람이 나서서 사군을 보좌해 드린다면 어찌 천하를 정하지 못할까 근심하겠습니까."

하고 말한다.

현덕이

"전일에 수경 선생이 나더러 '복룡 · 봉추 두 사람 중 하나만 얻으면 가히 천하를 편안하게 할 수 있으리다' 하고 말했는데, 지금 공이 말씀하는 사람이 바로 복룡 · 봉추가 아니오."

하고 다시 물으니, 서서가

"봉추는 양양 방통이고, 복룡이 바로 제갈공명입니다."

---

8) 가곡(歌曲)의 이름.

하고 대답한다.

현덕은 마음에 기쁘기가 이를 데 없어서

"오늘에야 비로소 복룡·봉추라는 말의 뜻을 알겠군. 그렇듯 고명한 이가 바로 눈앞에 있을 줄이야 누가 생각이나 했을까. 선생의 말씀이 아니었다면 유비는 눈이 있어도 청맹과니나 다름이 없었을 것이외다."

하고 말하였다.

후세 사람이 서서가 말을 달려와서 공명을 천거한 것을 칭찬해서 지은 시가 있다.

> 후 기약도 못하고서 울며 작별 지을 적에
> 애연한 그 심사는 두 사람이 같았거니
> 일러주는 한마디 말 뇌성과도 흡사하여
> 능히 남양 땅에 와룡을 일으키다.

서서는 공명을 천거하고 나서 다시 현덕을 작별하고 말을 채쳐 떠나갔다.

현덕은 서서가 일러 주는 말을 듣고 그제야 사마덕조의 하던 말이 해혹(解惑)되어 흡사 취했다가 술에서 깨어난 듯하였고 마치 꿈을 꾸다가 잠에서 깨어난 것 같았다.

그는 수하 장수들을 거느리고 신야로 돌아가자 즉시 예물을 후히 갖추어 관우·장비와 더불어 남양으로 가서 공명을 청해 오려 하였다.

한편 서서는 현덕을 작별하고 떠나 왔으나 생각할수록 자기를 차마 놓지 못하던 그의 연연한 정이 마음에 느꺼웠다.

그는 혹시 공명이 현덕을 도우러 산에서 나오지 않을지도 모른다는 데 생각이 멈추자 드디어 말을 몰아 와룡강 아래로 갔다.

초려(草廬)로 들어가서 공명을 보니 공명이 온 뜻을 묻는다. 서서는 그에게 말하였다.

"내 본래 유 예주를 섬기려 하였으나 어머님이 조조에게 잡히신 몸이 되어, 내게 글을 보내 부르시기로 이제 부득이 작별하고 가는 길이오. 내가 떠날 때 현덕에게 공을 천거했거니와, 현덕이 곧 찾아오실 터인데 공은 부디 사양 마시고 평생 재주를 다해서 도와 드리면 그만 다행이 없을까 보오."

그 말을 듣자 공명은 금시에 불쾌한 기색을 보이며

"그대는 나를 제향(祭享)에 쓸 희생(犧牲)[9]으로 만들 생각이오."
라고 한마디 하고는 그대로 소매를 떨치고 들어가 버린다.

서서는 무안해서 물러 나오자 다시 말에 올라 길을 재촉해서 허도로 모친을 뵈러 갔다.

벗을 보고 한마디 당부함은 주인을 사랑하는 뜻이요
천 리 먼 길을 달려감은 어버이를 생각하는 마음이라.

뒷일이 어찌 될 것인고.

이때 서서가 길을 재촉해서 허창으로 가니 조조는 서서가 이른 것을 알자 즉시 순욱·정욱 등 모사들에게 분부하여 나가서 맞아 들이게 하였다.

서서가 상부로 들어가서 조조에게 참현하니, 조조가

"공은 고명한 선비인데 어찌하여 몸을 굽혀 유비 같은 사람을 섬긴단 말이오."

하고 묻는다. 서서가

"이 사람이 소싯적에 난을 피해 강호로 돌아다니다가 우연히 신야에 이르러 마침내 현덕과 가까이 지내게 된 것이외다. 이제 노모가 이곳에서 승상의 근념해 주심을 입고 있으니 실로 참괴하고 감격하기가 이를 데 없사외다."

하고 말하니, 조조가 다시

“공이 이제 이곳에 오셨으니 조석으로 자당을 모시고 지내게 되었고 나 역시 공에 가르침을 받게 되었소.”
하고 말한다.

서서는 절하여 사례한 다음에 밖으로 나오자 급히 모친을 가서 뵙고 당하에 배복하여 울었다. 그를 보자 모친이 깜짝 놀라
“네가 여기는 어찌 왔느냐.”
하고 묻는다. 서서가
“근자에 신야에서 유 예주를 섬기다가 어머님의 하서(下書)를 받자옵고 밤을 도와 이리로 달려온 길입니다.”
하고 여쭈니, 모친은 발연대로해서 손을 들어 서안을 치며 크게 꾸짖는다.

“이 욕된 놈아. 네가 강호로 떠돌아다니기 여러 해기로 나는 그래도 네 학업이 제법 진취했으리라 여겼더니 어째서 도리어 처음만도 못하단 말이냐. 네 이미 글을 읽었으니 모름지기 충효가 양전(兩全)할 수 없음을 알아야 할 것이야. 네 어찌 조조가 기군망상하는 역적임을 모른단 말이냐. 유현덕으로 말하면 그 인의가 사해에 펼쳐 있고 더욱이 한실 종친이시니 네가 이미 섬기기로 했으면 주인을 바로 얻은 것인데, 이제 한 장 거짓 편지를 받자 한 번 자세히 살펴보려고도 않고 마침내 영명한 주인을 버리고 간악한 자를 찾아오므로 하여 스스로 악명을 취하고 마니 참으로 어리석은 놈이다. 내 무슨 낯으로 너와 서로 대하랴. 너야말로 조상을 욕되게 하며 부질없이 천지간에 살아 있는 놈이로구나.”

이렇듯이 모친의 꾸지람을 듣고 서서는 땅에 배복한 채 감히 낯을 들어 모친을 우러러보지도 못하고 있었는데, 모친이 병풍 뒤로

들어간 지 얼마 지나 않아 사람이 나와

"노부인께서 들보에 목을 매셨습니다."

하고 보한다.

서서는 황망히 들어가서 구원하였으나 노쇠한 어머니는 이미
숨이 끊어진 뒤였다.

후세 사람이 지은 「서모찬(徐母讚)」이 있다.

어질도다 그 어머니

꽃다운 그 이름이 천추유전하리로다.

홀어미로 절개 지켜 집을 옳게 다스리고

아들을 가르치되 내 몸 돌아 안 보도다.

산같이 높은 기개 의기도 장할씨고

유 예주를 찬미하고 위(魏) 무제(武帝)를 꾸짖도다.

가마와 도끼도 두려울 줄 있으랴

자식 욕이 조상에게 미칠 것만 겁내도다.

복검(伏劍)과 동무 되고 단기(斷機)와 짝하리라

살아서 이름 나고 죽어 제 곳 찾았으니

어질도다 그 어머니

꽃다운 그 이름이 천추유전하리로다.

서서는 모친이 이미 돌아가신 것을 보자 통곡하며 땅에 혼절하
였다가 한참만에야 겨우 정신을 차려 깨어났다.

조조는 사람을 시켜서 예물을 보내며 조문하게 하고, 또 자기
가 몸소 와서 영전에 전(奠)을 올렸다.

서서는 모친을 허창 남쪽 들에 장사지내고 시묘를 살았는데 조

조가 보내 주는 것은 일절 받지 않았다.

이때 조조는 남정할 의논을 하려 하였는데, 순욱이 있다가

"지금 추운데 용병하시는 것이 옳지 않으니 봄이나 되거든 한 번 크게 군사를 일으켜서 멀리 나가 보시는 것이 좋을까 보이다."
하고 간해서, 조조는 그 말을 좇아 마침내 장하의 물을 끌어다가 못을 만들어 현무지(玄武池)라 하고 그 안에서 수군을 조련하며 남정할 준비를 하였다.

한편 현덕은 예물을 준비해 가지고 융중으로 가서 제갈량을 찾아보려 하였는데, 이때 문득 사람이 들어와서

"문 밖에 어떤 아관박대(峨冠博帶)[1]하고 풍골이 범상치 않은 선생 한 분이 찾아오셔서 주공을 뵙겠다고 하십니다."
하고 보한다.

현덕은 '그가 바로 공명이나 아닌가' 하고 즉시 의관을 정제하고 맞으러 나갔다. 만나 보니 곧 사마휘다.

현덕이 크게 기뻐하여 후당으로 청해 들여 자리를 권한 다음에

"유비가 그날 선생을 하직하고 돌아온 뒤로 날마다 군무에 바빠서 다시 찾아뵙지 못했는데 이제 이처럼 왕림해 주시니 평시에 앙모하던 정을 적이 풀겠소이다."
하고 인사를 하니, 사마휘가

"서원직이 여기 있다는 말을 들었기로 한 번 만나 보러 온 길이외다."

---

1) 높은 관과 넓은 띠. 높은 선비의 의관을 형용해서 하는 말.

삼고초려

하고 말한다.

현덕이

"근자에 그의 자당이 조조 손에 잡혀 가, 사람을 보내 편지로 그를 오라고 불러서 원직은 허창으로 떠났소이다."

하고 대답하니, 사마휘는

"아차, 조조의 계교에 속았구나. 내가 전에 듣기를 원직의 자당이 지극히 현철한 부인이라고 하옵디다. 아무리 조조에게 잡혀 갔더라도 그는 결단코 글을 보내서 자기 아들을 부르려고는 아니 할 분인데, 그 편지는 틀림없이 거짓으로 쓴 것일 게라, 원직이 가지 않으면 자당께서 오히려 살 수 있지만 이제 그가 갔으니 자당은 필연 세상을 떠나고 말았으리다."

하고 못내 안타까워한다.

현덕이 놀라서 그 까닭을 묻자

"원직 자당의 그 높으신 의리로서는 필시 그 아들 보기를 죽기처럼 부끄러워하실 부인이십니다."

하고 사마휘는 대답하였다.

현덕이 다시

"원직이 갈 때에 남양 제갈량을 천거하던데 그 사람은 어떠하오니까."

하고 물으니, 사마휘의 말이

"원직이 가려거든 그냥 가 버릴 것이지 구태여 남을 끌어내어 심혈을 토하게 할 건 무엇인고."

한다.

"선생은 어째서 그런 말씀을 하시나요."

하니, 사마휘가 대답하여

"공명이란 사람은 박릉(博陵) 최주평(崔州平), 영천 석광원(石廣元), 여남 맹공위(孟公威) 그리고 서원직 해서 네 사람과 가장 친한 사이이니 이들 네 사람이 모두 정순(精純)하기에 힘을 쓰나 오직 공명이 홀로 그 대략(大略)을 보고 있소이다. 그가 일찍이 무릎을 끌어안고 길게 읊조리며 네 사람을 보고 '그대들이 벼슬을 하면 자사·군수는 될 수 있으리다' 하고 말한 일이 있어서, 그때 여러 사람이 공명의 뜻을 물었더니 공명은 웃으며 대답을 아니 했는데 이 사람이 매양 자기를 관중·악의에다 비하고 있으니 그 재주는 이루 헤아릴 길이 없소이다."

하고 말한다.

"어이 이리 영천에 현사들이 많을까요."

"예전에 은규란 사람이 천문을 잘 보았는데 그가 일찍이 '뭇별이 영천 분야에 모여 있으니 그 땅에 반드시 현사가 많을 것이오' 하고 말한 일이 있답니다."

이때 운장이 곁에 있다가

"저는 관중과 악의가 춘추·전국 때의 명인들로서 그 공업이 천하를 덮었다고 들었는데 공명이 자기를 이 두 사람에게 비하는 것은 너무 지나친 일이 아닐까 합니다."

하자, 사마휘는 웃으며

"나로서 본다면 이 두 사람에게 비하는 것이 오히려 적당치 않으니 나는 다른 두 사람에게다 그를 비하고 싶소."

라고 대답하니, 운장이

"그 두 사람이란 대체 누구 말씀이오니까."

삼고초려

하고 물으니, 사마휘는

"가히 흥주(興周) 팔백 년의 강자아(姜子牙)와 왕한(旺漢) 사백 년의 장자방(張子房)에게다 비할 것이오."

하고 대답한다.

여러 사람이 그 말에 모두 악연히 놀라는데 사마휘는 섬돌을 내려서며 하직하고 가려 하였다. 현덕은 그를 붙들었으나 듣지 않았다.

사마휘는 문을 나서자 한 번 하늘을 우러러 크게 웃으며

"와룡이 비록 그 주인은 만났으나 그때를 만나지 못했으니 아깝구나."

하고 말을 마치자 표연히 가 버렸다. 현덕은

"참으로 은거하는 현사로군."

하고 감탄하였다.

그 이튿날이다.

현덕이 관우·장비와 함께 종인들을 데리고 융중으로 가며, 멀리 바라보니 산 아래 농부 서넛이 가래로 밭을 갈며 노래들을 부르고 있다.

창천이 원개(圓蓋)라면 육지는 바둑판인가.
사람들 흑백으로 나뉘어 영욕을 다투누나.
영화로운 자 안일하고 욕된 자는 분주하다.
남양 초려에 높이 누워 잠이 오히려 부족하다.

현덕은 노래를 듣고 나자 말을 세우고 농부를 불러서

"이 노래가 어떤 사람이 지은 겐고."

하고 물었다. 농부가

"와룡 선생께서 지으신 것이외다."

하고 대답한다.

"와룡 선생이 어디 사시노."

"이 산 남쪽으로 그 일대가 높은 언덕이니 이것이 와룡강이요 와룡강 앞에 성긴 숲이 있고 그 안에 초가집 한 채가 있으니 그것이 바로 제갈 선생 계신 곳이외다."

현덕은 사례하고 말을 채쳐 앞으로 나갔다. 그로써 서너 마장을 못 가서 멀리 와룡강이 보이는데 과연 그 맑은 경개가 범상치 않다.

후세 사람에게 와룡이 살던 곳을 읊은 고풍 한 편이 있으니 그 시는 이러하다.

양양성 썩 나서서 서문 밖 이십 리에
드높은 언덕 하나 냇가에 솟아 있네.
언덕은 높고 높아 구름을 떠받치고
냇물은 그 기슭을 감돌아 흘러간다.
기세는 곤한 용이 바위 위에 서리고 앉은 듯
형상은 외로운 봉이 나무 그늘에 잠이 든 듯
싸리문을 반만 지친 저기 저 초려 안에
높은 선비 홀로 누워 상기 아니 일어나네.
대숲은 우거져서 푸른 병풍 둘러친 듯
사시장철 울타리엔 꽃향기가 그윽하다
책상머리에는 고서가 쌓여 있고

삼고초려

이 집을 찾는 이에 속된 무리 없었더라.
잔나비는 실과 들고 지게를 두드리며
두루미는 문 밖에서 글 읽는 소리 듣고 있네.
오동 복판 거문고는 금낭 속에 들어 있고
세전지물 칠성검(七星劍)은 벽상에 걸려 있다.
초려 안의 저 선생님 유아(幽雅)도 하신지고
한가하면 몸소 나와 밭갈이에 힘을 쓰고.
이제 봄 하늘에 뇌성 치면 꿈을 깨고 떨쳐나가
한 소리 크게 외쳐 천하를 정하려니.

현덕이 장원 앞에 이르러 말에서 내려 친히 문을 두드리니 안으로서 동자가 나와 묻는다.

"손님은 뉘신가요."

현덕은 그에게 말을 일렀다.

"네 들어가서, 한 좌장군 의성정후 영 예주목 황숙 유비가 특히 선생을 뵈러 왔습니다 하고 여쭈어라."

동자가 말한다.

"그 허다한 명자(名字)를 저는 다 외우지 못하겠습니다."

"그럼 그냥 유비가 찾아왔습니다 그래라."

"선생님은 오늘 아침에 나가셨는걸요."

"어디를 가셨니."

"정해 놓고 다니지를 않으시니 어디 가신지를 모릅니다."

"그럼 언제쯤이나 돌아오실까."

"돌아오시는 것도 일정하시지가 않아서 혹 사오 일 될 때도 있고 또 십여 일 될 때도 있답니다."

　　현덕은 낙심해하기를 마지않는데 장비가 있다가

　　"이미 보지 못한 바에는 어서 돌아가십시다."

하고 재촉한다.

　　"잠시 기다려 보자."

하고 현덕은 말하였으나, 운장이

　　"그냥 돌아가시고 다시 사람을 보내서 알아보시는 것이 좋을까 보이다."

하고 말하여, 그는 그러기로 마음을 정하고 동자더러

　　"선생께서 돌아오시거든 유비가 다녀갔습니다고 여쭈어라."

하고 당부하기를 마친 뒤에 드디어 말에 올라 돌아오는데 두어 마장 오다가 말을 세우고 융중 경치를 돌아보니, 과연 산이 높진 않되 아름답고 물이 깊진 않되 맑으며 땅이 넓진 않으나 평탄하고 숲이 크진 않으나 무성한데 잔나비와 두루미가 서로 놀고 소나무·대나무가 어우러져 한창 푸르다.

　　한동안 보고 섰으려니까 홀연 헌앙하고 풍채가 당당한 사람 하나이 머리에 소요건(逍遙巾) 쓰고 몸에 검은 베 도포를 입고 손에 청려장을 짚고서 산벽소로(山僻小路)에서 나온다.

　　현덕은

　　"이 분이 필시 와룡 선생이야."

하고 급히 말에서 내려 앞으로 나아가 예를 베풀며,

　　"선생은 와룡이 아니신가요."

하고 물었다.

　　"장군은 누구십니까."

하고 그 사람이 되묻는다.

삼고초려

현덕이

"유비올시다."

하고 대답하니, 그 사람은

"나는 공명이 아니라 공명의 친구 박릉 최주평입니다."

한다.

현덕은

"성화를 듣자온 지 오랜데 이제 다행히 만나 뵀으니 우선 아무 데나 앉아서 한 말씀 가르치심을 받았으면 합니다."

하고 그와 숲속 돌 위에 마주 앉으니 관우와 장비는 그 곁에 뫼시고 선다.

최주평이 물었다.

"장군은 무슨 일로 공명을 만나려고 하십니까."

현덕이 말한다.

"방금 천하가 크게 어지러워 사방이 소요하기로 공명을 찾아서 나라를 다스리며 천하를 태평하게 할 계책을 구하려는 것이외다."

최주평이 웃으며

"공이 어지러운 세상을 바로잡기로 위주하시니 이는 비록 어지신 마음이나, 자고 이래로 치란(治亂)이 무상(無常)하니 고조께서 참사기의하여 무도한 진나라를 멸하신 때부터는 난에서 치로 들어간 것이요, 애제·평제 이대에 이르기까지 이백 년 동안 태평을 누린 끝에 왕망이 찬역하니 이는 또 치에서 난으로 들어간 것이요, 광무께서 중흥하여 기업을 회복하시니 이는 다시 난에서 치로 들어간 것이요, 이제 이르기까지 이백 년을 백성이 편안하게 지내 온 까닭에 병란이 다시 사방에서 일어나니 이는 바야흐로 치로부터 또 다시 난으로 들어가는 때라 졸연히 바로잡을 수가 없는 것인데, 장군이 이제 공명으로 하여금 뒤집힌 천지를 바로잡게 하여 조각난 건곤을 모으게 하려 하시니 이는 도저히 용이한 일이 아니라 부질없이 심력만 허비하게 되지 않을까 두렵소이다. ‘천리에 순응하는 자는 편안하고 천리를 거슬리는 자는 고생한다’고 일렀고, ‘수(數)가 있는 곳에 도리도 이를 빼앗지는 못하고 명(命)이 있는 곳에 사람도 이를 억지로는 못한다’ 하였는데 장군은 그 말을 듣지 못하셨습니까.”

한다.

들고 나서 현덕이

“선생의 말씀하신 바가 실로 고견이기는 하나 다만 유비가 한실의 묘예로서 마땅히 나라를 바로잡아야 옳을 터에 어찌 감히 그것을 수와 명에 맡겨 버리겠습니까.”

하니, 최주평은

“산야의 필부가 감히 천하사를 논할 일이겠습니까마는 공이 물으시기에 망령되이 한 말씀 했을 뿐입니다.”

하고 말한다.

“아니외다. 선생께 많은 가르치심을 받았소이다. 그런데 공명이 어디를 갔는지 모르시겠습니까.”

“나 역시 찾아보려 하던 차라 어디 갔는지 모릅니다.”

현덕은 그를 보고

“선생을 모시고 함께 고을로 돌아갔으면 하는데 의향에 어떠십니까.”

하고 청해 보았으나, 최주평은

"천성이 한산한 것을 좋아해서 공명에 뜻을 두지 않은 지가 오래랍니다. 후일에 다시 뵙기로 하지요."

하고 말을 마치자, 그는 길게 읍하고 가 버렸다.

현덕이 관우·장비와 함께 다시 말 타고 가는데, 장비가

"보려는 공명은 못 보고 생각지도 않은 썩은 선비를 만나서 한담만 많이 했소."

하고 투덜거려서, 현덕은

"그도 역시 은사의 말이니라."

하고 말하였다.

세 사람이 신야로 돌아온 지 수일이 지나서다. 현덕이 사람을 보내서 공명의 소식을 알아보게 했더니 돌아와서 보하는 말이

"와룡 선생께서 돌아와 계십니다."

한다.

현덕이 즉시 말에 안장을 지우라고 분부하는데, 장비가 나서며

"그까짓 촌놈 하나 만나려고 형님이 몸소 가실 것이 무어요. 사람을 보내서 불러옵시다그려."

하고 말한다.

현덕은

"네 맹자 말씀도 못 들었느냐. '어진 이를 보려 하면서 그 길로써 하지 않으면 이는 오히려 그가 들어오기를 바라며 문을 닫는 것과 같으니라'고 하셨다. 공명은 당세의 대현인데 어찌 불러다 볼 법이 있겠느냐."

라고 꾸짖고 드디어 말에 올라 다시 공명을 찾아가려고 나서니 관우와 장비도 말을 타고 그 뒤를 따랐다.

때는 마침 깊은 겨울이라 날씨가 무섭게 춥고 하늘에는 구름이 잔뜩 끼어 있었는데 몇 마장을 가지 않아서 홀연 북풍이 몰아치며 눈이 함박같이 쏟아져서 산은 마치 옥을 깎아 세운 듯하고 수풀은 흡사 은장식을 해 놓은 것같이 되었다.

장비가 또

"날은 차고 땅은 꽁꽁 얼어서 용병도 못할 텐데 무익한 사람을 보러 이렇게 멀리 갈 게 뭐요. 신야로 돌아가서 풍설(風雪)을 피하는 게 좋겠소."

하고 말한다.

"나는 공명에게 내 은근한 뜻을 알리고 싶어서 그러는 것이니까 너희들은 추위가 두렵거든 먼저들 돌아가거라."

하고 현덕이 한마디 하니, 장비가

"죽기도 두려워 않는데 추위를 두려워하겠소. 다만 형님이 공연히 마음을 쓰시는 게 딱해서 그러오."

한다.

현덕은

"그럼 여러 말 말고 그냥 따라나 오너라."

하고 가는데, 거의 초려 가까이 이르렀을 때 문득 길가 주점 안에서 누군지 노래를 부르는 소리가 들려 나왔다.

현덕이 말을 세우고 가만히 들어 보니 노래는 이러하다.

대장부 세상에 나 상기 공명 못 이루니

슬프다 어느 때나 봄은 오려는고.
그대는 못 보았나 동해(東海)의 한 늙은이
다 늦게 운이 틔어 수레 뒤에 몸을 싣고
문왕과 돌아가니 팔백 제후가 기약 않고 다 모인다.
맹진(孟津)을 건널 적에 백어(白魚)가 뛰어들고
목야(牧野)벌 한 번 싸움에 적을 쳐 무찌르니
빛나는 그의 공훈 무신(武臣) 중의 으뜸이라
또 보지 못했는가 고양(高陽) 땅의 한 술꾼이
초야 속에 일어나서 망탕산 융준공(隆準公)께
길이 읍해 현신하고 왕패를 논할 적에 고담준론 놀랍구나
발 씻다 말고 자리로 청해 그 위풍을 흠모했네.
제(齊)나라 칠십이 성(城) 단번에 함몰하니
그 업적을 이을 사람 천하에 또 없으리.
두 사람의 높은 공적 오히려 이러하니
이제 와 누가 즐겨 영웅을 논할쏜가.

노래가 끝나자 또 한 사람이 탁자를 두드리면서 또 노래를 부르니 그것은 이러하다.

고황제(高皇帝) 칼을 들어 천하를 평정하고
기업을 세우신 지 사백 년이 지났어라.
환(桓) · 영(靈) 양대에 화덕(火德)이 쇠진하매
간신적자(奸臣賊子)가 권세를 희롱한다.
푸른 구렁이는 용상(龍床) 곁에 내려오고
요사스런 무지개는 옥당에 나타났다.
사방에 도적 떼는 개미처럼 모여 있고
간웅의 무리들은 매처럼 날개 치니

우리는 휘파람 불며 장단이나 쳐 볼거나
답답해서 촌점으로 술 마시러 나왔다네.
이 한 몸 보전하여 진종일 편안하다
이름은 천추만대에 전하여 무엇 하랴.

노래를 다 부르고 나자 두 사람은 손뼉을 치며 크게 웃는다.
'와룡이 혹시 이 안에 있나' 하고 현덕은 드디어 말에서 내려 점 안으로 들어가 보았다.
두 사람이 탁자를 가운데 놓고 마주앉아 술을 마시고 있는데 위편에 앉은 사람은 얼굴이 희고 수염이 길며 아래편에 앉은 사람은 풍모가 청수하였다.
현덕이 읍하고 나서
"두 분 중에 어느 분이 와룡 선생이십니까."
하고 물으니, 수염 긴 사람이 있다가
"공은 누구신데 와룡은 왜 찾으시나요."
하고 되묻는다.
"이 사람은 유비로서 선생을 찾아뵙고 제세안민할 계책을 구하려고 그럽니다."
하고 대답하니, 수염 긴 사람이 다시
"우리는 와룡이 아니라 다 와룡의 벗으로 나는 영천 석광원이요 이분은 여남 맹공위외다."
하고 말한다.
현덕은 기뻐하여
"유비가 두 분의 대명을 듣자온 지 오랜데 우연히 여기서 만나

삼고초려

뵈다니 참으로 천행입니다. 수행한 말들이 마침 있으니 두 분은 나와 함께 와룡의 장상으로 가서서 같이 이야기나 좀 아니 하시렵니까."

하고 청해 보았다.

그러나 석광원은

"우리들은 다 산야에 묻혀서 게으르게 지내는 무리라 치국안민하는 일은 알지 못하니 구태여 물어보지 마시고 어서 와룡이나 찾아가 보시지요."

하고 말할 뿐이다.

현덕은 마침내 두 사람을 작별하고 말에 올라 와룡강으로 갔다. 장원 앞에 이르러 말에서 내려 문을 두드리고 동자에게

"선생께서 오늘은 댁에 계시냐."

하고 물으니,

"지금 당상에서 책을 보고 계셔요."

하고 동자가 대답한다. 현덕은 크게 기뻐하여 곧 동자를 따라서 안으로 들어갔다.

중문에 이르니 문짝에 연구(聯句)가 씌어 있는데 '담박이명지(淡泊以明志) 영정이치원(寧靜而致遠)'[2]이다.

현덕이 잠깐 걸음을 멈추고, 이 집 주인의 글일 것이 틀리지 않아 보고 있는데 홀연 안에서 글을 읊는 소리가 들려서 중문 곁으로 가 가만히 엿보니, 초당 위에 한 젊은 사람이 화로 앞에가 두 무릎을 끌어안고 앉아서 노래를 부르는데 그 노래는 다음과

---

2) 마음이 담박하니 뜻이 밝아지고, 편안하고 고요하니 생각이 멀리 미치도다.

같은 것이었다.

> 봉황이 하늘을 날 제 오동나무 아니며는
> 보금자리를 치지 않고 선비가 숨어 살 제
> 제 주인이 아니며는 섬기지 아니하네.
> 몸소 들에 나가 밭을 가니 즐겁고야
> 나는야 내 집을 사랑하네.
> 한갓 책을 보고 거문고 희롱하며
> 나는야 천시(天時)를 기다리네.

현덕은 노래가 끝나기를 기다려 초당 위로 올라가서 그에게 예를 베풀고 말하였다.

"유비가 선생을 우러러 사모한 지 오래건만 연분이 없어서 뵙지 못하였소이다. 접때 서원직이 선생의 말씀을 하기에 모처럼 댁을 찾아왔으나 뵙지 못하고 그대로 돌아갔는데 오늘 특히 풍설을 무릅쓰고 온 보람이 있어 이렇듯 존안을 우러러뵈옵게 되니 실로 만행입니다."

그 말을 듣자 그 젊은이가 황망히 일어나 답례를 하며

"장군은 가형을 만나러 오신 유예주가 아니시오니까."

하고 묻는다.

현덕이 마음에 의아해서

"아니 그럼 선생도 와룡이 아니시오."

하고 물으니, 젊은이가 대답하여

"저는 와룡의 아우 제갈균입니다. 저희가 삼형젠데 백형 제갈근은 지금 강동 손중모에게로 가셔서 막빈으로 계시고 공명은 바로 제 중형이십니다."

하고 말한다.

현덕이 다시 물었다.

"와룡께서 지금 댁에 계신가요."

제갈균이 대답한다.

"어제 최주평과 상약하시고 놀러 나가셨습니다."

"어디로 가서 노시나요."

"혹 배 타고 강에 나가 노시기도 하고 혹 산중으로 중을 찾아보시기도 하고 혹 촌으로 친구를 만나러도 가시고 혹 마을에 들어가셔서 거문고도 타시며 바둑도 두시니 가시는 곳이 정해 있지가 않아서 어디로 가셨는지 모르겠습니다."

"유비가 그래 이렇듯 연분이 박한가. 두 번씩 와서도 선생을 못 뵙다니."

하고 현덕이 괴탄하니, 제갈균이

"잠시 앉아 계십시오. 차를 올리겠습니다."

하는데, 장비가 나서며

"선생이 이미 없는 바에는 어서 형님 말에 오르시유."

하고 말한다.

현덕은

"내가 이미 여기까지 온 터에 어찌 말 한마디 없이 그냥 돌아갈 법이 있단 말이냐."

하고 인하여, 제갈균에게

"중씨 와룡 선생이 깊이 도략(韜略)에 통하시고 매일 병서를 보고 계시단 말씀을 들었는데 과연 그러하오니까."

하고 물으니,

"저는 잘 모릅니다."

하고 제갈균이 대답하는데, 장비가 다시 나서서

"그 사람에게 무얼 물어보고 계시유. 풍설이 대단한데 어서 빨리 갑시다."

하고 재촉한다.

현덕이 그를 꾸짖어 못하게 하니, 제갈균이

"가형이 계시지 않아서 거마를 오래 머무르시게 못하겠습니다. 일간 가형이 돌아오시는 대로 즉시 회사(回謝)하시도록 말씀을 여쭙겠습니다."

한다.

"어찌 감히 선생께서 왕림하시기를 바라리까. 내가 수일 후에 다시 한 번 뵈러 오려니와 지필을 빌리시면 중씨 앞으로 글월이나 한 장 남겨 두어 유비의 간곡한 뜻이나 표할까 하나이다."

하고 현덕이 말하자, 제갈균이 곧 문방사보를 내어 주어서 현덕은 언 붓을 풀어 종이를 펼쳐 놓고 편지를 한 장 썼다. 그 사연은 다음과 같다.

유비가 선생의 높으신 성화를 우러러 사모한 지 오래기로 두 차례나 배알하러 왔으나 두 번 다 뵙지 못하고 돌아가니 그 섭섭한 심사를 무엇에다 비기오리까.

유비가 한조의 모예로서 외람되이 명성과 작위를 받고 있사오나, 엎드려 살피건대 방금 조정은 문란하고 기강은 무너졌으며 간웅들은 나라를 어지럽게 하고 악당들은 임금을 속이고 있으니 유비의 심담(心膽)이 그대로 찢어지는 듯하외다.

유비에게 비록 이를 바로잡아 건져 보려는 지성은 있사오나 실상 이를 경륜할 계책이 없사오니 바라건대 선생께서 인자하신 마음과 충의의 뜻으로 개연히 여망(呂望)의 큰 재주를 펴시고 자방(子房)의 큰 계책을 베푸신다면 천하에 이만 다행이 다시없고 사직에 이만 다행이 다시없사오리다.

우선 두어 자로 고하고 다시 목욕재계(沐浴齋戒)[3]한 다음에 와서 존안을 뵙고 하정을 사뢰려 하오니 선생은 양찰하소서.

다 쓰고 나자 현덕은 편지를 제갈균에게 당부한 다음에 하직을 고하고 문을 나왔다. 제갈균은 그를 바래서 문 밖까지 따라 나왔다.

현덕이 재삼 그에게 은근한 뜻을 표한 뒤에 바야흐로 말에 올라 떠나려고 할 때, 문득 동자가 울 밖을 향해서 손을 흔들며

"노 선생님께서 오세요."

하고 말한다.

현덕이 눈을 들어 보니 다리 서쪽에서 한 사람이 머리에 난모(煖帽)를 쓰고 몸에는 여우 털 갖옷을 입고 나귀 등에 앉아서 오는데, 그 뒤로는 청의(靑衣) 입은 동자 하나가 술 담을 호로병을 손에 들고 눈 위로 종종걸음을 치며 따라오고 있다.

보고 있으려니까 그 사람이 다리를 지나오면서 입으로 시 한 수를 읊조리는데 그 시는 이러하였다.

---

3) 부정을 기하고 몸을 깨끗이 하는 것.

밤새 바람이 세차더니 구름은 하늘을 덮고
백설은 휘날리어 옛 강산을 고쳐 놓았네.
허공을 쳐다보니 용들이 다투는가
비늘이 흩날리어 우주를 덮는구나.
나귀 타고 다리를 지내오며
매화꽃 여윈 것을 탄식하네.

현덕은 노래를 듣고 나자 '이 분이 참말 와룡이로군' 하고 곧 말에서 뛰어내려 앞으로 나가 예를 베풀며
"선생께서 이 추위에 어떻게 오십니까. 유비가 등대하고 있은 지 오랩니다."
하니, 그 사람이 황망히 나귀에서 내려 답례한다.
이때 제갈균이 뒤에 있다가
"그 어른은 가형 와룡이 아니라 가형의 악부(岳父) 황승언(黃承彦) 이란 분이십니다."
하고 일러 준다.
현덕이
"바로 지금 읊으신 글귀가 극히 고묘(高妙)하옵디다."
하고 말하니, 황승언이
"늙은 사람이 사위에게서 양보음을 보고 그것 한 편을 외웠는 데, 지금 다리를 지나다가 우연히 울타리 사이의 매화를 보고는 마음에 느끼는 바 있어 읊었더니 뜻밖에도 귀객(貴客)께서 들으셨 습니다그려."
한다.

“서랑을 어디서 보셨습니까.”
하고 물어 보았으나, 황승언은
“바로 이 늙은 사람도 저를 보러 오는 길이올시다.”
하고 대답을 해서 현덕은 그와 작별하고 다시 말에 올라 돌아오
는데 마침 또 바람이 크게 일어나며 눈이 펑펑 쏟아진다. 현덕은
고개를 돌려 와룡강을 바라보며 울울한 심사를 금하지 못하였다.
　후세 사람에게 현덕이 풍설을 무릅쓰고 공명을 찾아간 고사를
읊은 시가 있다. 그 시는 이러하다.

　　　바람 불고 눈 오던 날 어진 이를 보러 갔다
　　　못 만나고 돌아오는 그 심사야 애달파라
　　　시내의 돌다리는 얼어붙어 매끄럽고
　　　안장 밑에 스며드는 추위 갈 길이 멀고멀다.
　　　머리 위로 송이송이 배꽃은 떨어지고
　　　분분히 버들개지 얼굴을 때리는데
　　　말고삐를 잡고 서서 고개 돌려 바라보니
　　　와룡강 언덕 위에 은덩이가 쌓였더라.

　현덕이 신야로 돌아온 뒤 세월이 여류해서 어느덧 새 봄을 맞
이하였다. 현덕은 복자(卜者)에게 명하여 시초(蓍草)4)를 갈라 길일
을 택하게 해서 삼일을 재계목욕하고 새 옷을 갈아입은 다음에
다시 와룡강으로 공명을 찾아가려 하였다. 관우와 장비가 이 말
을 듣자 마음에 미타히 생각하고 드디어 함께 들어가서 현덕을

---

4) 국과(菊科)에 속한 풀. 옛날 사람들은 이것을 점칠 때 사용했다.

간한다.

　높은 선비가 미처 영웅을 심복 못 시키매
　지나친 겸사가 도리어 호걸의 의심을 자아낸다.

　대체 그들이 어떤 말로 간하던고.

| 38 |

이때 현덕이 공명을 두 번 찾아갔다가 못 만나고 또다시 찾아가려 하니 관공이 나서서 한마디 한다.

"형님이 두 번이나 친히 찾아가셨으니 그 예가 너무나 지나쳤다고 하겠습니다. 생각건대 제갈량이 허명만 있지 실상 배운 것은 없는 까닭에 몸을 피하고 감히 만나 뵙지를 못하는 것인데 형님은 어찌하여 이 사람에게 그처럼이나 혹하셨습니까."

그러나 현덕이

"그렇지 않으이. 옛적에 제 환공은 동곽야인(東郭野人)[1]을 만나려

---

1) 제 환공이 어느 관직이 낮은 신하를 만나 보러 세 번 갔다가 못 만나니 좌우는 다시 가지 말라고 그에게 권하였건만 그는 듣지 않고 마침내 다섯 번째 찾아가서 겨우 만나 보았다는 이야기가 있다. '동곽야인'은 이 이야기 속에 나오는 그 관직이 낮은 한 신하를 일컫는다.

하여 다섯 차례나 찾아가서 겨우 한 번 보았는데 하물며 내가 대
현을 만나 보려 함에 있어서랴."
하고 말하니, 장비가 있다가

"형님, 그건 당치 않소. 그까짓 촌놈이 무슨 대현이란 말이오.
이번엔 형님이 가실 것 없고 제가 만약 오지 않거든 내가 참바 한
오라기를 들고 가서 묶어 가지고 오리다."
한다.

현덕은 꾸짖었다.

"너는 주 문왕께서 강자아를 찾아보신 이야기도 못 들었느냐.
문왕 같으신 분도 그처럼 어진 이를 공경하셨는데 네가 어찌 이
처럼 무례할 수 있단 말이냐. 이번에 너는 그만두어라. 내 운장
하고만 갔다 오마."

장비가

"두 분 형님이 다 가신다면 나만 어떻게 빠지우."
하니, 현덕이

"네가 만약 같이 가겠으면 실례를 해서는 아니 되느니라."
라고 다짐하여 장비는 응낙하였다.

이에 세 사람은 말에 올라 종자를 데리고 융중으로 갔다. 초려
반 리 밖에서 현덕이 말에 내려 걸어가는데 마침 중도에서 제갈
균을 만났다.

현덕은 황망히 예를 베풀고

"중씨께서 댁에 계신가요."
하고 물으니, 제갈균은

"어제 저녁 때 마침 돌아왔으니까 장군께서 오늘은 만나 보실

삼고초려

수 있으십니다.”

라고 대답하고 말을 마치자 표연히 저 갈 데로 가 버린다.

현덕이

“이번에는 요행 선생을 뵙게 되었군.”

하고 다행해하는데, 장비가 또

“그자가 무례하오. 곧 우리를 인도해서 저의 집까지 가도 무방할 텐데 그냥 저대로 가 버리다니.”

하고 투덜거린다.

현덕은

“그 사람도 자기 볼 일이 있는 겐데 어떻게 그러기를 바란단 말이냐.”

하고 좋은 말로 타이른다.

세 사람이 초려 앞에 이르러 문을 두드리니 동자가 문을 열고 나온다.

“네 들어가서 유비가 선생을 뵈러 전위해 왔습니다고 여쭈어라.”

하고 현덕이 이르니, 동자 대답이

“오늘 선생님이 댁에 계시기는 하지만 방금 초당에서 낮잠을 주무시고 계십니다.”

하니, 유비가 얼른

“그러면 아직 여쭐 것 없다.”

하고 관우·장비 두 사람에게 분부하여 문 밖에서 기다리고 있게 한 다음, 소리 안 나게 걸어서 안으로 들어갔다. 보니 선생이 초당 평상 위에 번듯이 누워 자고 있다. 현덕은 섬돌 아래에 가 두 손을 맞잡고 서 있었다. 그러나 한동안이 지나도 선생은 잠에서 깨지 않는다.

이때 관우와 장비는 밖에가 오래 서 있었건만 안으로서 아무 동정이 없어서 들어와 보니 현덕이 그대로 시립하고 있는 것이다.

장비는 대로해서 운장을 보고

"저 선생이란 자가 어찌 이렇게 무례하단 말이오. 우리 형님을 계하에다 세워 두고서 저는 높직이 드러누워 자는 체하고 안 일어나다니. 내 집 뒤로 돌아가서 불을 꽉 질러 놓고 어디 제가 일어나나 안 일어나나 한 번 보겠소."

하며 화가 치밀어 푸푸거린다. 운장은 재삼 만류하였다.

현덕은 두 사람더러 도로 문 밖에 나가서 기다리고 있으라 분부한 다음 다시 당상을 바라보니 선생이 몸을 뒤쳐 일어날 듯이 하다가 문득 벽을 향해서 돌아눕더니 다시 잠이 들어 버린다.

동자가 고하려 하는 것을

"아직 고하지 마라."

하고 현덕은 그대로 서 있었다.

그로부터 한 시각이나 다시 지나서야 공명은 비로소 잠을 깨어 시 한 수를 읊는다.

큰 꿈을 뉘 먼저 깨달은고
평생을 내 스스로 알도다.
초당에 봄 잠이 족한데
창밖에 해는 길기도 하여라.

그러더니 곧 몸을 뒤쳐 동자를 보고

“속객(俗客)이 오시지나 않았느냐.”

하고 묻는다.

동자가

“유황숙께서 오셔서 오랫동안 서서 기다리고 계십니다.”

하고 아뢰자, 공명은 자리에서 몸을 일으키며

“왜 빨리 고하지 않았느냐. 내 옷을 좀 갈아입어야겠다.”

하고 드디어 후당으로 들어가더니 다시 한동안이 지나서야 비로소 의관을 정제하고 나와서 현덕을 맞는다.

현덕이 보니 공명의 신장이 팔 척이요 얼굴은 관옥 같으며 머리에는 윤건(綸巾)을 쓰고 몸에는 학창의를 입었는데 표연히 신선 같은 느낌이 있다.

현덕이 그에게 절을 하고

“한실의 묘예, 탁군의 우부(愚夫)가 선생의 대명을 듣자온 지 오래였습니다. 그간 두 번 배알하러 왔으나 한 번 뵙지 못하고 천한 이름을 안두(案頭)에 적어 두고 갔더니 보셨는지요.”

하고 말하니, 공명이 답례하며

“남양의 야인이 게으른 게 버릇이 되어 여러 차례 장군께서 왕림하시게 하였으니 이런 참괴할 데가 없습니다.”

하고 대답하여 두 사람이 인사를 마치자, 손과 주인이 자리를 나누어 좌정하니 동자가 차를 올렸다.

차를 마시고 나서 공명이

“어제 글월을 배독하고 장군의 백성과 나라를 근심하시는 마음은 잘 알았습니다마는 다만 량의 나이 어리고 재주가 얕아 하문하시는 바를 그르칠까 두렵습니다.”

하니, 현덕은

"사마덕조와 서원직의 말이 어찌 허황되리까. 바라건대 선생은 이 몸을 비천하다 마시고 가르침을 내리십시오."

하고 말하였다.

"덕조와 원직은 천하의 고명한 선비요 량으로 말씀하면 한낱 밭 가는 지아빈데 어찌 감히 천하 일을 의논하겠습니까. 두 분이 잘못 천거하였습니다. 장군은 왜 아름다운 옥을 버리시고 쓸모없는 돌덩이를 구하려 하십니까."

"대장부가 천하를 경륜할 기이한 재주를 품고 있으면서 어찌 산속에 파묻혀 헛되이 늙는단 말씀이오니까. 바라건대 선생은 천하 창생을 생각하셔서 유비의 우둔함을 깨우쳐 가르침을 내려 주십시오."

그제야 공명이 웃으며

"어디 장군의 뜻을 한 번 들려주십시오."

하고 말해서, 현덕은 사람을 물리치고 한 무릎 나앉아 그에게 고하였다.

"한실이 기울고 간신이 권세를 희롱하는 이제, 유비가 제 힘을 헤아리지 않고 대의를 천하에 펴려고 하나 지모가 부족해서 필경 성취한 바가 없으니 선생께서 우둔함을 깨우쳐 주시며 액을 덜어 주신다면 실로 만행이겠습니다."

공명이 말한다.

"동탁이 모반한 뒤로 천하 호걸이 일시에 일어났으니, 조조의 형세가 원소에게 미치지 못했으면서도 마침내는 원소를 이길 수 있었던 것은 오직 천시(天時)로 돌릴 일이 아니라 역시 사람의 꾀였습니다. 이제 조조가 백만 대병을 거느려 천자를 끼고 제후들을 호령하니 진실로 그와는 더불어 싸우지 못할 것이요, 손권은 강동에 웅거하여 이미 삼대를 지냈는데 나라는 험고하고 백성은 따르니 그로 후원은 삼을지언정 도모할 수는 없습니다. 형주로 말하면 북으로 한수·면수(沔水)를 점거해서 남해에 다다르고 동으로 오회에 연하고 서으로 파(巴)·촉(蜀)을 통했으니 이는 용무(用武)할 땅이라, 그 주인이 아니고는 능히 지킬 수 없는 것이니 이는 거의 하늘이 장군에게 주신 것이지만 장군께서야 어찌 뜻이 있으시겠습니까. 익주는 요해처니 옥야천리요 천부지국(天府之國)[2]이라 고조께서 이로 인해 제업(帝業)을 이루셨거니와, 이제 유장이 암약(闇弱)해서 나라가 부유하건만 백성을 긍휼(矜恤)할 줄 모르니 지능 있는 선비들은 영명한 군주를 생각하고 있는 터입니다. 장군은 한실 종친으로 신의가 사해에 드러나시고 영웅들을 심복시키시며 어진 이 생각하시기를 목마른 것처럼 하고 계시니, 만약 형주와 익주를 차지하여 그 요해를 보전하시고 서로 융족(戎族)들과 화친하시고 남으로 이(彝)·월(越)들을 어루만지시며 밖으로 손권과 맺으시고 안으로 나라를 다스리시면서 천하에 변이 있기를 기다려, 한 상장에게 명해서 형주 군사를 거느리고 완(宛)·낙(洛)으로 향하게 하시고 장군은 몸소 익주의 무리들을 거느리시고 진천(秦川)으로 나가시면 백성이 단사호장으로 장군을 맞지 않을 자가 있겠습니까. 진실로 이러고 보면 대업을 가히 이룰 수 있고 한실을 가히 일으킬 수 있을 것이라 이는 량이 장군을 위해서 계책을 말씀

---

2) 땅이 기름지고 산천이 험고(險固)하며 물산이 넉넉한 나라.

諸葛亮　　제갈량

撥亂扶危主	난리를 구하여 위태로운 주군을 돕고
慇懃受託孤	정성스럽게 탁고의 사명을 받았네
英才過管樂	특출한 재주는 관중 악의보다 뛰어나고
妙策勝孫吳	신묘한 계책은 손무 오기보다 나았다
凜凜出師表	늠름하구나, 출사표!
堂堂八陣圖	당당하도다, 팔진도!
如公全盛德	선생처럼 뛰어난 덕을 지닌 분
應嘆古今無	고금에 다시 없음을 탄식하노라

드린 것이니 장군은 도모하십시오.”

말을 마치자 그는 동자에게 명해서 그림 한 축을 내어다가 중당(中堂)에 걸게 한 다음에 손으로 가리키며 현덕을 보고

“이것은 서천 오십사 주(州)의 지도입니다. 장군이 패업을 이루려고 하시거든 북으로는 조조에게 사양하여 천시(天時)를 차지하게 하시며 남으로는 손권에게 사양하여 지리(地利)를 차지하게 하시고 장군은 인화(人和)를 차지하도록 하시되, 먼저 형주를 취해서 집을 삼으시고 뒤에 서천을 취해서 기업을 세우셔서 정족지세(鼎足之勢)를 이룬 연후에 가히 중원을 도모할 수 있사오리다.”

한다.

현덕은 듣고 나자 자리를 피하여 공수하고

“선생의 말씀이 유비의 꽉 막혔던 흉격을 탁 터 주셔서 마치 운무를 헤치고 청천을 우러러보는 것 같습니다. 그러나 다만 형주 유표와 익주 유장이 모두 같은 한실 종친이니 어찌 차마 뺏겠습니까.”

하고 말하였다. 그러나 공명은 이에 대답하여

“량이 밤에 천문을 보니 유표는 머지않아 세상을 마칠 것이요, 또 유장은 기업을 세울 주인이 아니라 오랜 뒤에는 반드시 장군께로 돌아올 것입니다.”

하고 말한다. 현덕은 그에게 절하여 사례하였다.

이 일장 설화(說話)는 공명이 미처 초려를 나오기 전에 이미 천하를 삼분할 것을 알고 있었음을 말하는 것이니, 참으로 만고의 사람이 미치지 못하는 것이다. 후세 사람이 칭찬해서 지은 시가 있다.

당시의 ‘예주’ 신세 고단하기 짝 없더니
천행으로 남양 땅에 와룡이 있었구나.
천하가 삼분할 줄 어이 미리 알았던고
선생은 웃으면서 지도를 가리켰네.

현덕은 공명에게 절을 하고

“유비가 비록 이름이 미미하고 덕이 박하지만 선생은 부디 이 몸을 미천하다 마시고 산을 나오셔서 도와주십시오. 내 마땅히 선생의 가르치심을 지성으로 받들겠습니다.”
하고 청하였다.

그러나 공명은

“량이 오랫동안 밭 갈기를 즐겨 해 온 터라 세사(世事)에 간예(干預)하기를 좋아 안 하니 능히 장군의 명령을 받들지 못하겠습니다.”
하고 들어주지 않는다.

현덕은

“선생께서 나와 주시지 않으며 창생들은 어찌합니까.”
하고 말을 마치자 눈물이 비 오듯 하여 도포 소매와 옷깃이 흠뻑 다 젖는다. 공명은 그 뜻이 심히 지성스러운 것을 보고 마침내

“장군께서 이처럼 버리지 않으시니 원컨대 견마의 수고를 다할까 합니다.”
하고 응낙하였다.

현덕은 크게 기뻐하여 그 길로 관우와 장비를 불러들여 가지고 온 예물을 드리게 하였다. 공명은 굳이 사양하고 받지 않았으나, 현덕이

"이것은 대현께 폐백하는 예가 아니라 다만 유비의 촌심을 표하는 것일 따름입니다."
하고 말해서, 공명은 그제야 마지못해 받았다.

현덕 일행은 초려에서 하룻밤을 묵었는데, 이튿날 제갈균이 돌아오자 공명은 그를 보고

"내가 유황숙의 세 번 찾아 주신 은혜를 받았으매 아니 나갈 수 없어 나가는 터이니 너는 예서 부지런히 밭을 갈아 땅을 묵히는 법이 없도록 해라. 내 공을 이루는 날 다시 돌아오겠다."
하고 당부하였다.

후세 사람이 감탄하여 지은 시가 있다.

미처 집을 나서기 전 돌아올 일 예산했네.
그가 공명 세운 날에 응당 생각났으련만
간곡한 님의 부탁 저버릴 길이 없어
추풍오장원(秋風五丈原)에 큰 별은 떨어지다.

또 고풍 한 편이 있으니 그것은 이러하다.

고황제 삼척검을 손에 들고 일어서자
망탕산 흰 구렁이 피 흘리고 숨이 졌네.
진(秦)과 초(楚)를 멸하고서 함양으로 들어간 뒤
이백 년 전한 종사(宗社) 하마 끊어지려더니
장하다 광무 황제 낙양에 일어나서
계계승승 전해 오다 환·영대에 또 쇠했네.
헌제가 천도하여 허창으로 나앉으매

천하 호걸들이 분분히 일어난다.
조조는 천시 얻어 권세를 희롱하고
손씨는 강동에서 기업을 열었건만
고단할손 현덕이라 천하를 두루 돌다
신야에 몸 붙이고 근심이 그지없다.
남양의 와룡 선생 큰 뜻을 품었거니
웅병맹장(雄兵猛將)이 복중(腹中)에 다 들었네.
서서가 떠날 때에 일러준 말 잊지 않고
초려를 세 번 찾아 마음 서로 허락하니
당시에 와룡 선생 춘추가 이십칠 세
거문고 밀어 놓고 총총히 산을 나와
먼저 형주 얻어 놓고 다시 서천 손에 넣고
평생에 경륜한 바 한 번 크게 펴 놓았네.
놀라워라 그 웅변은 바람이냐 뇌성이냐
담소 중에 포부 경륜 일월을 바꿔 놓으니
원대할사 그의 큰 뜻 천하를 안돈하고
빛나누나 그의 이름 천추만대에 아니 썩으리.

　현덕 등 세 사람은 그 길로 제갈균을 작별하고 공명과 함께 신야로 돌아왔다. 현덕은 공명을 스승으로 대접하고 먹으면 한자리에서 같이 먹고 자면 한자리에서 같이 자며 종일 천하 대사를 함께 의논하였다.
　어느 날 공명이
　"조조가 기주에다 현무지를 파 놓고 수군을 조련하니 제가 필시 강남을 침범할 뜻이 있는 것이라 주공은 가만히 사람을 강동으로 보내셔서 그쪽 허실을 탐지해 오게 하시지요."

하고 권해서, 현덕은 그 말을 좇아 곧 사람을 시켜 강동에 가서 소식을 알아 오게 하였다.

한편 손권은 손책이 죽은 뒤로 강동에 웅거하여 부형의 기업을 이어서 널리 어진 선비들을 모아 들이는데 오회 땅에다 빈관을 열어 놓고 고옹과 장굉에게 명하여 사방의 빈객들을 영접하게 하였다.

소문을 듣고 사람들이 연달아 와서 너도나도 하고 서로 천거하니, 때에 회계 감택(闞澤)의 자는 덕윤(德潤)이요, 팽성 엄준(嚴畯)의 자는 만재(曼才)요, 패현 설종(薛綜)의 자는 경문(敬文)이요, 여양 정병(程秉)의 자는 덕추(德樞)요, 오군 주환(朱桓)의 자는 휴목(休穆)이요, 육적(陸績)의 자는 공기(公紀)요, 오인 장온(張溫)의 자는 혜서(惠恕)요, 오상 낙통(駱統)의 자는 공서(公緒)요, 오정 오찬(吾粲)의 자는 공휴(孔休)라, 이러한 무리들이 모두 강동에 이르자 손권은 심히 공경하여 예를 후히 해서 대접하였다.

그는 또 양장(良將) 수 명을 얻었으니, 여양 여몽(呂蒙)의 자는 자명(子明)이요, 오군 육손(陸遜)의 자는 백언(伯言)이요, 낭야 서성(徐盛)의 자는 문향(文嚮)이요, 동군 반장(潘璋)의 자는 문규(文珪)요, 여강 정봉(丁奉)의 자는 승연(承淵)이다. 이들 문무 제인이 서로 보좌하니 이로 말미암아 강동이 사람을 많이 얻었다는 평이 있었다.

건안 칠년에 조조는 원소를 깨뜨리자 강동으로 사자를 보내서 손권에게 명하여, 아들을 조정으로 들여보내 천자를 모시게 하라고 하였다.

손권이 마음에 주저하여 결단하지 못하매 오 태부인이 주유와 장소의 무리를 불러 자기 면전에서 의논들을 하게 하니, 장소는

"조조가 주공께 아들을 입조시키라고 하는 것은 바로 제후를 견제하는 법입니다마는 그렇다고 하여 만약에 보내시지 않는다면 제가 군사를 일으켜 강동으로 내려올 것이라 형세가 자못 위태로울 것이 걱정입니다."

하여 조조가 명하는 대로 인질을 허도로 보내는 것이 좋을 듯싶게 말하였으나, 주유의 생각은 그와 달라

"장군께서 부형의 유업을 이어 육군(六郡)의 무리를 거느리시매 군사는 정예하고 양식은 넉넉하며 장병들이 모두 장군의 명령을 받드는 터에 대체 무슨 걱정이 있으셔서 남에게 볼모를 보내시려 하십니까. 한 번 볼모를 들여 놓고 보면 부득불 조씨와 화친해야 하고 제가 오라고 부르면 부득불 가야만 할 것이니 이렇게 되면 남에게 절제를 받는 것입니다. 그러니 인질을 보내지 마시고 서서히 동정을 보아서 따로 좋은 계책을 세워 막도록 하시지요."

하고 말한다.

오 태부인이

"공근의 말씀이 옳소."

하고 말하여, 손권은 드디어 주유의 말을 좇아 사자를 그대로 돌려보내고 아들을 들여보내지 않았다. 이 일이 있은 뒤로 조조는 강남으로 내려올 뜻을 품게 되었으나 다만 북방이 편안치 않아서 남정을 할 겨를이 없었던 것이다.

건안 팔년 십일월에 손권은 군사를 거느리고 황조를 치러 나가, 대강 한가운데서 싸웠다. 이때 황조의 군사가 패해서 손권의 부장 능조는 쾌선(快船)을 타고 앞을 서서 하구(夏口)로 쳐들어가다가 황조의 부장 감녕의 화살을 맞고 전사하였다. 그러자 능조의

아들 능통(凌統)은 이때 나이 바야흐로 십오 세였는데, 죽기를 무
릅쓰고 앞으로 나아가 아비의 시체를 뺏어 가지고 돌아왔다.

손권은 형세가 이롭지 않은 것을 보고 그대로 군사를 거두어
동오로 돌아왔다.

이야기가 잠깐 바뀐다.

손권의 아우 손익은 단양태수로 있었는데 성깔이 사나운 데다
가 술을 좋아해서 일찍이 취중에 군사들을 매질하기가 일쑤였다.

그리하여 단양 독장 위람(嬀覽)과 군승(郡丞) 대원(戴員) 두 사람은
매양 손익을 죽일 마음이 있더니, 마침내 손익의 종인 변홍(邊洪)
이란 자를 손아귀에 넣어 심복을 삼고 손익 죽일 일을 공모하였다.

그때에 여러 장수와 현령들이 모두 단양에 모여서, 손익은 연
석을 배설하고 그들을 대접하기로 되었다.

손익의 아내 되는 서씨(徐氏)는 용모가 아름답고 현명한 부인으
로 역리(易理)를 통해 점을 잘 쳤는데, 이날 점을 쳐 보니 나온 괘
가 대흉이라 손익더러 나가서 객들을 만나지 말라고 권하였다.

그러나 손익은 듣지 않고 드디어 여러 관원들과 한 자리에 모
여 술을 마시고 밤이 되어 자리를 파했는데 변홍이 칼을 차고 뒤
를 따라서 문 밖에 나오자 곧 칼을 빼어 손익을 쳐 죽였다.

이때 위람과 대원은 모든 죄를 변홍에게 들씌워서 거리로 내어
다 목을 베고, 그 김에 손익의 가산을 빼앗고 시첩들을 나누어 가
졌다.

위람이 손익의 부인 서씨를 대한 것은 이때가 처음이다. 보니
실로 드물게 보는 미인이다.

위람은 더럭 욕심이 나서 서씨를 대하여

"내가 그대 남편의 원수를 갚아 주었으니 그대는 내 말을 좇으시오. 만일 듣지 않으면 죽을 줄 아오."

하고 얼러 대었다.

서씨는 다소곳이 고개를 숙이고서

"지아비가 돌아간 지 얼마 안 되니 차마 어떻게 곧 좇으리까. 그믐날까지나 기다렸다가 제사를 지내고 거상을 벗은 뒤에 성친(成親)하더라도 늦지는 않사오리다."

하고 말하였다. 위람은 그의 말을 좇기로 하였다.

서씨는 곧 손익의 심복 구장인 손고(孫高)·부영(傅嬰) 두 사람을 은밀하게 부중으로 불러들여 울면서

"영감이 생존해 계실 때 매양 두 분의 충의를 입에 올리셨답니다. 이번에 위람·대원 두 도적놈이 우리 영감을 모살하고 죄는 변홍한테만 들씌워 버린 다음에 우리 집 재물과 동비(童婢)들을 모조리 뺏어다 나누어 가졌을 뿐 아니라, 위람은 내 몸까지 욕을 보이려 합니다그려. 그래 내가 짐짓 허락해서 우선 안심을 시켜 놓았으니 두 분 장군께서는 곧 사람을 보내서 밤을 도와 오후(吳侯)께 알려 드리시고 일변 은밀히 계책을 세워 두 도적놈을 도모하여 이놈의 원수와 치욕을 씻어 주신다면 죽어도 은혜를 잊지 않겠습니다."

하며 말을 마치자 울면서 두 번 절하니, 손고와 부영도 모두 울며

"우리들이 부군(府君)의 은우(恩遇)를 받아 왔으면서도 오늘날 이 난을 당하여 곧 죽지 않기는 바로 부군의 원수를 갚으려 생각하고 있기 때문이니 부인께서 명하시는 바에 힘을 다하겠사옵니다."

삼고초려

하고 즉시 심복 사자를 시켜서 손권에게 가 보하게 하였다.

어느덧 그믐날이 되자 서씨는 먼저 손고·부영 두 사람을 불러 들여서 밀실 안 방장 뒤에 숨어 있게 하고 당상에 제물을 차려 놓았다. 그리고 제사를 다 지내자 그는 곧 소복을 벗어 버리고 향탕에 목욕하고 몸단장을 곱게 한 뒤에 사람들과 웃고 이야기하기를 평시나 다름없이 하였다. 이 말을 전해 듣고 위람은 심히 기뻐하였다.

밤이 되자 서씨는 시비를 보내서 위람을 부중으로 청해 들여 당중에다 연석을 배설해 놓고 술을 권하게 하였다.

술이 듬뿍 취하자 서씨가 그를 밀실로 청해 들이니, 위람이 마음에 흐뭇하여 취기를 이기지 못하는 척 방으로 들어오는데, 이때 서씨가 큰 소리로

"손 장군, 부 장군은 어디 계십니까."

하고 소리를 치니 두 사람은 곧 방장 뒤에서 칼을 들고 뛰어나와 위람이 미처 손을 놀려 볼 사이도 없이, 부영이 한 칼로 찍어서 방바닥에 쓰러뜨리자 손고가 다시 한 칼을 먹여 위람을 그 자리에서 죽여 버렸다.

서씨는 그 길로 다시 사람을 보내서 대원더러 잔치에 나오라고 청하였다. 대원이 부중으로 들어와 당중에 이르자 손고·부영 두 장수는 그도 마저 죽여 버리고 일변 사람을 시켜서 두 도적의 처자와 그 여당들을 모조리 잡아 죽였다.

이에 서씨는 다시 소복하고 위람과 대원의 수급을 손익 영전에 바치고 제를 지냈는데 하루가 지나지 않아서 손권이 몸소 군마를 영솔하고 단양에 이르렀다. 와 보니 서씨가 이미 위람·대원 두

도적을 죽인 뒤라 손권은 손고와 부영을 봉해서 아문장(牙門將)을 삼아 단양을 지키게 하고, 서씨는 자기 친가로 돌아가서 여생을 편히 지내게 하였다. 이때 강동 사람들로서 서씨를 칭찬하지 않는 이가 없었다.

후세 사람이 그를 칭찬해서 지은 시가 있다.

> 재색 절개 겸전한 이 세상에는 또 없으리
> 악당이 하루아침 죽음을 받았구나.
> 용신(庸臣)은 도적을 붙좇고 충신은 순사(殉死)하니
> 동오 여장부에게 제 어이 미칠쏘냐.

이때 손권은 동오 각처의 산적들을 모두 토벌해 버렸고, 대강 가운데 전선 칠천여 척으로 머무르고 있었다. 손권은 주유로 대도독(大都督)을 봉해서 강동의 수륙 군마를 통령하게 하였다.

건안 십이년 겨울 시월에 손권의 모친 오 태부인은 병이 위중해지자 주유·장소 두 사람을 불러들여

"나는 본래 오 땅 사람으로, 어려서 부모를 여의고 동생 오경과 월중(越中)으로 가서 지내던 중에 손씨 댁에 들어와 아들 사형제를 낳았소. 맏아들 책을 낳을 때는 달이 품에 드는 꿈을 꾸었고, 둘째 아들 권을 낳을 때는 또 해가 품에 드는 꿈을 꾸었는데 점치는 사람이 '일월이 품에 드는 꿈을 꾸고 낳은 자제는 대귀(大貴)하리이다' 하고 말하더니, 불행히 책은 일찍 죽고 이제 강동 기업이 권에게 붙은 터라 바라건대 공들이 한마음으로 저를 도와준다면 내 죽어도 썩지 않겠소."

라고 당부하고, 다시 손권에게

"너는 자포와 공근을 사부(師傅)의 예로써 섬기되 매사에 게을리
하지 말 것이며 내 아우가 나와 함께 너의 아버지께 시집을 왔으
니 또한 너의 어미라, 나 죽은 뒤에 내 아우 섬기기를 나 섬기듯
이 하고 네 누이도 잘 돌보아 마땅한 혼처를 가려서 시집보내 주
어라."

하고 부탁하기를 마치자 드디어 세상을 떠났다. 손권이 애통해하
기를 마지않으며 예를 갖추어 장사지낸 일은 구태여 말할 나위도
없다.

그 이듬해 봄에 이르러 손권이 황조 칠 일을 의논하니, 장소는

"거상을 입으신 지 돌이 못 되었는데 군사를 동하시는 것은 옳
지 않소이다."

하고 말하고, 주유는

"원수를 갚고 한을 푸는 일에 무슨 돌 되기를 기다린단 말씀입
니까."

하고 말해서, 손권이 마음에 결정을 못하고 있는데 때마침 평북
도위 여몽(呂蒙)이 들어와서 손권에게 고하기를

"제가 용추(龍湫) 수구(水口)를 지키고 있는데 황조의 부장 감녕
이 와서 항복을 드리기에 자세히 물어 보았더니 그의 자는 흥패
(興覇)요 파군 임강(臨江) 사람으로 시서에 능통하고 기운이 장사요
유협(游俠)을 좋아하여 일찍이 망명(亡命)의 무리를 규합해서 강호
사이로 횡행했는데, 허리에다 구리 방울을 차고 다니는 까닭에 사
람들이 방울 소리만 들으면 다 피해 달아났다 하오며, 또 전에 서
천금(西川錦)으로 돛을 만들어 배에 단 까닭에 당시의 사람들이 모

두 금범적(錦帆賊)이라고 불렀다 합니다. 뒤에 잘못을 뉘우치고 개과천선해서 수하의 무리들을 데리고 유표에게로 갔는데 유표가 성사할 사람이 못 되는 것을 보고 곧 동오를 바라고 오던 중에 일이 공교롭게 되느라고 황조가 붙는 대로 하구에 머물게 되었더랍니다. 그러나 황조 역시 용렬한 무리라, 앞서 우리 동오에서 황조를 쳤을 때 황조는 감녕의 힘으로 죽을 목숨을 간신히 보전하여 하구로 돌아왔건만 감녕을 심히 박대하였고, 도독 소비(蘇飛)가 여러 차례 감녕을 황조에게 천거하였건만 황조는 한결같이 '감녕은 한낱 겁강적(劫江賊)인데 어떻게 중히 쓰겠소' 할 뿐이라, 이로 인해 감녕이 한을 품게 되었답니다. 소비가 그 마음을 헤아려서 집에다 술자리를 차려 놓고 그를 청해다가 '내 공을 수차 천거했으나 주공이 쓰려고 하지 않으니 어찌하겠소. 세월은 덧없이 흐르고 인생은 얼마 아니 되니 모름지기 원대한 계획을 세우되 내가 공을 천거해서 주현장(邾縣長)을 삼도록 할 것이매 공은 스스로 거취를 정하도록 하오' 하고 일러 주어서 감녕이 이로 인해 하구를 떠나게 된 것이나, 강동으로 오려고는 하면서도 혹시나 강동에서 자기가 황조를 도와 능조 죽인 일을 가지고 한이나 품고 있지 않을까 저어하기에, 제가 주공께서 어진 이 구하기를 목마른 사람물 찾듯하시는 터이라 지난날의 원한을 마음에 품고 계실 까닭이 없을 뿐더러 항차 그때는 각기 제 주인을 위해서 행한 일인데 또 무슨 한이 있으시겠느냐고 자세히 일러 주었더니, 감녕이 흔연히 수하 무리를 거느리고 강을 건너 주공을 뵈러 왔으니 균지정탈(鈞旨定奪)[3]을 바랍니다"

하고 아뢴다.

손권은 크게 기뻐서

"내가 흥패를 얻었으니 황조는 꼭 깨뜨렸다."

하고, 드디어 여몽더러 감녕을 데리고 들어오라 명하였다.

감녕이 참배하고 나자 손권이

"흥패가 여기를 왔으니 내 마음이 심히 기쁜데 어찌 지난 일을 가지고 혐의할 리가 있겠소. 부디 아무 의심 말고 황조 깨칠 계책이나 일러 주오."

하고 말하니, 감녕이 이에 대답하여

"이제 한나라 사직이 날로 위태하니 조조가 마침내는 찬역하고 말 것이라, 남형(南荊) 지방은 조조가 반드시 뺏으려 들 터인데 유표는 앞일을 염려하는 깊은 생각이 없고 그 아들은 또한 용렬해서 능히 기업을 전하지 못할 형편이니 명공은 속히 이를 도모하도록 하십시오. 만약 늦었다가는 조조가 먼저 도모할 것이라 이제 우선 황조를 취하시는 것이 좋은데, 황조가 지금 나이 늙고 우매한 데다 재물에 탐이 많아서 관속과 백성을 토색하는 까닭에 사람들이 다 그를 원망하는 터이요, 병장기는 갖추어 있지 못하고 군중에는 기율이 없으니 명공이 만약 가서 치시기만 하면 반드시 깨치실 수 있고, 황조를 깨친 뒤에 군사를 거느리고 서쪽으로 나가 초관(楚關)에 웅거하여 파·촉을 도모하시면 패업을 가히 정하실 수 있사오리다."

하고 자기 소견을 말한다.

손권은 듣고 나자

---

3) 균지는 승상의 시교(示敎), 정탈은 일의 가부를 재결(裁決)하는 것을 이른다.

“참으로 금옥 같은 말씀이오.”

하고 드디어 영을 내려 주유로 대도독을 삼아서 수륙 군병을 통령하게 하고 여몽으로는 전부 선봉을 삼고 동습과 감녕으로는 부장을 삼으며 손권 자기는 몸소 십만 대군을 영솔하여 황조를 치러 나섰다.

세작이 이를 탐지하여 강하에 보도가 들어가자 황조는 급히 여러 사람을 모아 상의한 다음에 소비로 대장을 삼고 진취·등룡으로 선봉을 삼아 강하 군사를 모조리 일으켜 가지고 싸우러 나갔다.

진취와 등룡은 각기 일대 전선을 거느리고서 면구(沔口)를 막은 다음에 전선 위에 강궁경뇌(强弓硬弩) 천여 개를 벌려 놓고 큰 밧줄로 전선들을 수면 위에다 붙들어 매어 놓았다.

동오 군사가 이르자 전선 위에 북소리가 크게 울리더니 화살과 쇠뇌가 일시에 빗발치듯 한다. 동오 군사는 감히 앞으로 나오지 못하고 뒤로 사오 리나 물러나고 말았다.

이를 보고 감녕은 동습에게

“일이 이미 이에 이른 바에는 아니 나갈 수 없소.”

라고 한마디 하고, 곧 작은 배 백여 척을 추려내어 매선에 정병 오십 명씩 배치하되 이십 명은 노를 젓게 하고 삼십 명은 저마다 칼 들고 시석을 무릅쓰고 곧장 전선 앞으로 다가 들어가서 배를 붙들어 맨 밧줄을 칼로 쳐서 끊어 놓으니 전선들이 모두 한 옆으로 기운다.

감녕이 한 번 몸을 날려 적의 전선 위로 뛰어오르며 등룡을 한 칼에 쳐서 죽이니 진취가 배를 버리고 달아난다.

여몽이 이를 보자 작은 배로 뛰어내려 몸소 노질을 하며 바로 선대(船隊) 가운데로 들어가서 불을 놓아 배들을 살랐다.

진취가 허둥지둥 언덕 위로 올라가려 할 때 여몽이 목숨을 내어 놓고 바짝 쫓아 들어가 한 칼로 그의 가슴을 찔러서 자빠뜨리고 말았다.

소비가 군사를 거느리고 강 언덕으로 접응하러 나왔을 무렵에는 동오의 모든 장수들이 일제히 언덕으로 올라온 뒤라 그 기세를 당할 길이 없었다. 황조의 군사는 크게 패하였다.

소비는 극도로 낭패해서 달아나다가 바로 동오 대장 반장을 만나 서로 어우러져 싸웠으나 몇 합 싸워 보지도 못하고 반장의 손에 사로잡히고 말았다.

반장이 소비를 잡아 가지고 바로 선중으로 돌아가서 손권을 보니, 손권은 좌우에 명하여 소비를 함거 안에다 가두어 두고 황조마저 잡은 뒤에 함께 죽이리라 하고 삼군을 재촉해서 밤낮을 헤아리지 않고 하구를 치게 하였다.

아뿔싸 금범적을 쓰지 않은 탓으로 해
마침내 대삭선(大索船)이 깨어지고 말았구나.

황조의 승패가 어찌 될 것인고.

| 39 |

이때 손권이 군사를 재촉하여 하구를 치니, 황조는 군사가 패하고 장수가 죽어서 끝끝내 지켜 내지 못할 것을 알고 드디어 강하를 버리고 형주를 향하여 달아났다.

감녕은 황조가 반드시 형주로 달아나리라 짐작해서 동문 밖에다 군사를 매복해 놓고 기다렸다.

황조가 수십 기를 데리고 동문으로 뛰어나와 한창 말을 달리는 중에 함성이 일어나며 문득 감녕이 앞길을 가로막는다.

황조는 마상에서 감녕을 보고

"내가 전일에 그대를 과히 박하게 대접하지 않았는데 어찌하여 오늘날 이처럼 핍박하노."

라고 한마디 하였으나, 감녕이

"내 전일에 강하에 있을 때 공훈을 많이 세웠건만 너는 한낱 겁강적으로 나를 대접했으면서 이제 무슨 말이 또 있느냐.”
하고 꾸짖는 것을 보자 스스로 면하기 어려운 것을 깨닫고 말머리를 돌려 달아났다.

감녕이 군사들을 제쳐 놓고 바로 뒤를 쫓는데 문득 뒤에서 함성이 일어나며 또 오륙 기가 뒤를 따라온다. 돌아보니 바로 정보다. 그는 정보가 쫓아와서 공을 다툴까 두려워 황망히 활을 벗어 들자 화살을 먹여 황조를 겨누어 쏘았다. 황조가 화살을 맞고 뒤재주쳐 말에서 떨어진다.

감녕은 그 수급을 베어 가지고 말을 돌려 정보와 군사를 한 곳에 모은 다음에 돌아가 손권을 보고 황조의 수급을 바쳤다.

손권은 수급을 목갑에 담게 하여 강동으로 돌아가면 선친 영전에 제를 지내기로 하고 삼군에 상을 후히 내리며 감녕의 벼슬을 올려 도위를 삼은 다음에 군사를 나누어 강하를 지킬 일을 의논하였다.

그러나 장소가 나서서

“외로운 성을 지키고 있을 수 없으니 아직 강동으로 돌아가느니만 못할까 보이다. 우리가 황조 죽인 것을 유표가 알면 반드시 원수를 갚으러 올 것이라 우리가 편안히 앉아서 멀리서 오는 적을 기다린다면 반드시 유표를 쳐 물리칠 수 있고 유표를 물리친 뒤에 바로 승세해서 들이치면 형양을 얻을 수 있을 것입니다.”
하고 말하여, 손권은 그 말을 좇아서 드디어 강하를 버리고 군사를 거두어 강동으로 돌아갔다.

이때 소비는 함거 안에 갇혀 있었는데 가만히 사람을 감녕에게 보내서 구해 주기를 청하니, 감녕은

"그대가 말을 안 하기로 내 어찌 잊을 리가 있겠소."

하고 말하였다.

대군이 오회에 이르자 손권은 영을 내려 소비의 수급을 베어 황조의 수급과 함께 선친 영전에 제물로 바치게 하라 명하였다.

감녕은 곧 들어가서 손권을 보고 땅에 머리를 대고 울면서

"내가 전일에 소비를 만나지 못했다면 이 몸은 이미 구렁텅이 속에 묻혀 버렸을 것이니, 무슨 수로 장군 휘하에서 목숨을 바쳐 싸울 수 있겠습니까. 이제 소비의 죄가 베여 마땅하오나 제가 옛날의 그 은혜와 정리를 잊을 길이 없사오니 바라옵건대 저의 관작을 환납해서 소비의 죄를 속하게 하여 주십시오."

하고 애원하였다.

손권은 감녕에게

"제가 이미 그대에게 은혜가 있다니 내 그대를 위해서 사를 내리겠으나 다만 제가 만약 도망을 하면 어찌하오."

라고 한마디 묻자, 감녕이 이에 대답하여

"소비가 참을 면하고 보면 그처럼 고마울 데가 다시없을 터인데 어찌 도망할 생각을 먹겠습니까. 만약에 제가 도망을 간다면 이 감녕이 대신 수급을 계하에 바치겠습니다."

하고 아뢰자, 그는 마침내 소비에게 사를 내리고 다만 황조의 수급만 가지고 제를 지냈다.

제를 지내고 나자 손권은 연석을 배설하고 문관·무장을 크게 모아 승전을 하례하였는데, 한창 술들을 마시는 중에 홀연 좌중의 한 사람이 대성통곡하며 일어나서 칼을 빼어 손에 들고 바로 감녕에게로 달려드니 감녕이 황망히 교의를 들어 그를 막는다.

손권이 놀라서 그 사람을 보니 그는 곧 능통이다. 본래 감녕이 강하에 있을 때 그의 부친 능조를 활로 쏘아 죽인 까닭에 오늘 서로 보자 능통은 아비의 원수를 갚으려 한 것이다.

손권은 연방 이를 말리며 능통에게

"흥패가 경의 부친을 쏘아 죽인 것은 당시 각기 제 주인을 위함이니 힘을 다하지 않을 수 없었던 것이나, 오늘날 이미 한집 식구가 된 터에 어찌 옛날 원수를 다시 따질 법이 있겠는가. 만사를 모두 내 낯을 보아서 참으렷다."

하고 말하니, 능통은 주먹으로 제 머리를 두드리며

"불구대천지 원수를 어찌 갚지 않겠습니까."

하고 목을 놓아 운다.

손권과 여러 관원들은 재삼 좋은 말로 권하였다. 능통은 오직 눈을 부릅뜨고 감녕을 노려볼 뿐이다. 손권은 그날로 감녕에게 명하여 군사 오천과 전선 일백 척을 영솔하고 하구를 가서 지켜 능통을 피하게 하였다. 감녕이 배사하고 군사를 거느려 하구로 떠나 버리자 손권은 또 능통의 벼슬을 더해서 승렬도위(承烈都尉)를 삼았다. 능통은 한을 머금은 채 그만둘 수밖에 없었다.

동오에서는 이로부터 전선을 많이 만들고 군사를 나누어 강변을 지키며 또 손정에게 명하여 일지군을 거느리고 오회를 지키고 있게 한 다음 손권 자기는 몸소 대군을 영솔하여 시상(柴桑)에 둔치고 주유는 매일 파양호(鄱陽湖)에서 수군을 조련하여 장차 나아가 싸울 준비를 하였다.

이야기는 두 머리로 나뉜다.

이때 현덕이 사람을 보내서 강동 소식을 알아보게 하였더니, 돌아와서 보하는 말이

"동오에서는 이미 황조를 쳐서 죽이고 지금 시상에다 군사를 둔 치고 있소이다."

한다.

현덕이 즉시 공명을 청해다가 의논을 하는데 홀연 유표에게서 사람이 왔다. 현덕더러 의논할 일이 있으니 곧 형주로 와 달라는 것이다.

공명은 현덕을 보고 말하였다.

"이는 필시 강동에서 황조를 죽인 까닭에 주공을 청해다가 원 수 갚을 계책을 의논하려는 것일 게니 제가 주공을 모시고 함께 가서 기회를 보아 가며 하기로 하면 자연 좋을 도리가 있을 것입 니다."

현덕은 그러기로 하여 운장을 남겨 두어 신야를 지키게 하고 장 비를 시켜 오백 인마를 거느리고 형주로 따라오게 하였는데, 현 덕이 마상에서 공명을 보고

"이제 경승을 만나면 어떻게 대답을 하리까."

하고 물으니, 공명이

"우선 양양 일을 사죄부터 하시고 그가 만약 주공께 강동을 치 러 가시라고 하거든 결코 응낙하지 마시고 우선 신야로 돌아가서 군마를 정돈해야 하겠다고쯤 대답해 두십시오."

하고 일러 준다.

현덕은 그리하기로 하고 형주에 이르자 관역에서 쉬고 장비를 남겨 두어 성 밖에 군사를 둔치고 있게 한 다음에 자기는 공명과

함께 성으로 들어가서 유표를 보았다.

인사를 마치자 현덕이 계하로 내려가서 죄를 청하니, 유표가

"내 이미 현제가 화를 입은 일을 자세히 알았소. 그 당시 곧 채모의 머리를 베어 아우님께 드리려 했으나, 여러 사람이 빌기에 아직 용서해 두기로 한 게니 현제는 행여 어찌 알지 마오."

하고 말해서, 현덕은 인사치레로

"그것이 채 장군이 간예한 일이 아니고 아마도 아랫사람들이 한 일 같습니다."

하고 말하였다.

유표는 마침내 말을 내었다.

"어제 강하를 잃고 황조가 해를 입었기로 보복할 계책을 의논하자고 현제를 청한 것이오."

현덕이 이에 대답하여

"황조가 성미가 사나워서 사람을 잘 쓰지 못했기 때문에 이번 화를 당하고 만 것인데, 이제 만약 군사를 일으켜 강동을 치다가 혹시나 조조가 북에서 내려온다면 그 일은 또 어떻게 하시렵니까."

하니, 유표가

"내 이제 나이도 들고 몸져눕는 일이 잦으니 일처리가 수월치 않으니, 현제가 와서 나를 도와주고 나 죽은 뒤에는 아우님이 부디 형주의 주인이 되어 주오."

하고 말한다.

"형님께서는 어째 그런 말씀을 하십니까. 유비가 어떻게 그런 중임을 담당해 낸단 말씀이오니까."

현덕이 말할 때 공명이 눈을 들어 그를 보았다. 현덕은 덧붙여서

“서서히 좋을 도리를 생각해 보겠습니다.”

하고 드디어 하직하고 물러 나와 관역으로 돌아왔다.

공명이 현덕에게

“경승이 형주를 주공께 부탁하려 하는데 어찌하여 그걸 마다고 하십니까.”

하고 물으니, 현덕은

“경승이 은혜를 베풀고 예를 극진히 해서 나를 대접해 주는 터에 내 어떻게 차마 그것을 기화로 삼아 형주를 뺏으리까.”

하고 대답한다. 이 말을 듣고 공명은 ‘참으로 인자하신 주인이로구나’ 하고 감탄하였다.

그들이 이렇듯 이야기하고 있을 때 문득 공자 유기가 뵈러 왔다고 보한다. 현덕은 그를 맞아들였다.

유기가 엎드려 울면서

“전자에도 말씀 올렸거니와, 계모 채씨가 종시 용납해 주지 않아서 제 목숨이 조석에 달려 있으니 숙부께서는 어여삐 여기시고 구해 주십시오.”

하고 애원한다.

현덕이

“그것은 현질의 집안일이 아닌가, 그런 걸 어째 내게다 묻나.”

하고 말하는데, 공명이 빙그레 웃어서 현덕이 공명에게 계책을 물으니 공명도 역시

“그것은 남의 가간사라 량이 감히 아랑곳할 바가 아닙니다.”

하고 잡아뗀다.

얼마 후에 현덕이 유기를 배웅하여 밖으로 나가자, 그의 귀에

다 입을 대고

"내일 내가 공명을 시켜서 답례차로 현질을 찾아보게 할 테니 그때 이리이리 하게. 그러면 그가 필연 묘계를 일러 줄 것일세."

하고 가만히 귀띔해 주었다. 유기는 사례하고 돌아갔다.

그 이튿날 현덕은 배탈이 났다 핑계하고 공명더러 자기 대신 유기를 찾아보고 와 달라고 청하였다.

공명은 응낙하고 공자의 집 앞에 이르러 말에서 내려 공자를 들어가 보았다. 공자는 그를 후당으로 맞아들였다.

차를 권하고 나자

"제가 계모에게 용납당하지 못하고 있으니 부디 선생은 말씀 한마디로 저를 구해 주십시오."

하고, 유기가 청하니

"량은 이곳에 잠시 객으로 온 사람이라 어찌 감히 남의 골육 간 일에 참섭을 하겠습니까. 혹시 누설이나 되었다가는 화가 적지 않사오리다."

하고 공명은 말을 마치며 곧 몸을 일어 하직을 고하였다.

유기는 그를 붙잡고

"모처럼 왕림해 주신 터에 이대로 돌아가실 법이 어디 있습니까."

하고 공명을 밀실로 청해 들여 함께 술을 마셨다.

한동안 마시다가 유기는 다시 간청하였다.

"계모가 종시 저를 모해하려는 마음을 품고 있어 불안하오니, 부디 선생은 말씀 한마디로 저를 구해 주십시오."

공명이

"이는 량이 감히 말씀할 일이 아닙니다."

라고 말을 마치며 또 돌아가려 한다.

"선생이 말씀을 안 하시면 그만이지 곧 떠나실 일은 무엇입니까."

공명이 도로 자리에 앉자, 유기는

"제게 고서(古書)가 하나 있으니 선생은 한 번 보십쇼."

하고 그를 인도하여 한 작은 다락 위로 올라갔다.

"고서가 어디 있습니까."

하고 공명이 묻자, 유기는 엎드려 울면서

"계모가 용납해 주지 않아 제 목숨이 조석에 달려 있는데 선생은 그저 모른 체하시고 끝내 구해 주려 아니 하신단 말씀입니까."

하고 또 한 번 청하였다.

공명은 낯빛을 변하고 벌떡 일어나자 곧 다락에서 내려가려 하였다. 그러나 어느 틈에 치워 버렸는지 다락에 걸린 사다리가 없다.

유기는 그에게 고하였다.

"저는 좋은 계책을 일러 줍시사고 청하는데 선생은 누설될 것을 두려워하셔서서 말씀하려고 아니 하십니다. 그러나 이제는 위로는 하늘에 이르지 못하고 아래로는 땅에 이르지 못하며 선생 입에서 나와 제 귀로 들어갈 뿐이니 가르치심을 내리실 수 있지 않습니까."

그래도 공명이

"'소원한 사람은 남의 가까운 사이를 이간하지 못한다'고 이르는데 량이 어떻게 공자를 위해서 말씀을 하겠습니까."

하고 들어주지 않으니, 유기는

"선생은 끝끝내 제게 일러 주려고 아니 하십니다그려. 제 목숨이 어차피 보전하기는 틀렸으니 차라리 선생 앞에서 죽겠습니다."

하고 마침내 그는 칼을 들어 목을 찌르려 하였다.

공명은 급히 이를 말리고

"좋을 도리가 있습니다."

하고 말하였다.

"그럼 곧 가르쳐 주십시오."

유기가 절을 하고 청하자 공명은 마침내 계책을 말하였다.

"공자는 신생(申生)·중이(重耳)[1]의 이야기도 듣지 못하셨습니까. 신생은 안에 있다가 죽고 중이는 밖에 있어 무사했습니다. 이제 황조가 죽어 강하를 지킬 사람이 없으니 공자는 말씀을 올리고 군사를 빌려 강하를 나가서 지키기로 하시면 가히 화를 피하실 수 있사오리다."

유기는 두 번 절해서 사례하고 즉시 사다리를 가져오라 하여 공명을 다락 아래로 모셨다. 공명이 그와 작별하고 돌아와서 현덕을 보고 이 일을 이야기하니 현덕도 듣고 좋아하였다.

이튿날 유기는 부친에게 강하를 가서 지키고 싶다고 말씀을 올려 보았다. 유표가 마음에 얼른 결단하지 못 하고 현덕을 청해다가 의논하니, 현덕은 곧

"강하는 중지(重地)라 다른 사람이 지켜서는 아니 되겠으니 공자를 보내시는 것이 좋겠습니다. 그리하면 동남 일은 형님 부자분

---

1) 두 사람 모두 춘추시대 진(晉) 헌공(獻公)의 아들이다. 헌공이 여희(驪姬)를 총애해서 그가 낳은 아들 해제(奚齊)로 태자를 삼으려고 하매 여희가 그들 두 사람을 참소해서 죄에 빠뜨렸는데, 신생은 핍박을 받아 자살해 버렸고 중이는 국외로 망명해서 살았다.

이 맡으시면, 서북 일은 제가 담당하겠습니다.”
하고 말하였다.

유표가 다시

“근자에 들으매 조조가 업군에 현무지를 파 놓고 수군을 조련한다고 하니 반드시 남정할 생각이 있는 것일 게라 불가불 방비를 해야 않겠소.”
하고 묻는다.

현덕은

“제가 이미 알고 있으니 형님은 아무 염려 마십시오.”
하고 드디어 하직을 고한 다음에 신야로 돌아왔다. 유표는 유기에게 군사 삼천을 주어서 강하로 나가서 지키고 있게 하였다.

이때 조조는 삼공의 벼슬을 파해 버리고 자기가 승상으로서 겸하고 앉아, 모개로는 동조연(東曹椽)을 삼고 최염으로는 서조연(西曹椽)을 삼고 사마의(司馬懿)로는 문학연(文學椽)을 삼으니, 사마의의 자는 중달(仲達)이라 하내온(河內溫) 사람으로서 영천태수 사마전(司馬雋)의 손자요 경조윤(京兆尹) 사마방(司馬防)의 아들이요 주부 사마랑(司馬朗)의 아우가 된다.

이리하여 문관들을 갖추어 놓자 마침내 무장들을 모아 놓고 남정할 일을 의논하니, 하후돈이 나서며

“근자에 들으매 유비가 신야에서 매일 군사를 조련하고 있다니 반드시 후환이 될 것이라 빨리 도모하시는 것이 좋겠소이다.”
하고 말한다.

조조는 곧 영을 내려 하후돈으로 도독을 삼고 우금·이전·하후란·한호로 부장을 삼아 군사 십만을 거느리고 바로 박망성으

삼고초려

로 나가서 신야를 엿보게 하였다.

이를 보고 순욱이

"유비는 영웅이요, 이제 또 겸해서 제갈량으로 군사를 삼고 있으니 적을 가볍게 보셔서는 아니 되오리다."

하고 간하였다.

하후돈이

"유비는 쥐 같은 무리라 내 반드시 사로잡고 마오리다."

하는데, 서서가 있다가

"장군은 유현덕을 우습게보아서는 아니 됩니다. 더욱이 이제 제갈량을 얻어서 그 도움을 받고 있으니 범에게 날개가 돋친 격이라 하겠는데."

하고 말참견을 하였다.

조조가 듣고

"제갈량이란 어떤 사람이오."

하고 물어서, 서서가

"량의 자는 공명이요 도호는 와룡 선생인데 경천위지하는 재주와 출귀입신(出鬼入神)하는 계책이 있어서 참으로 당세의 기사이니 우습게 못 보오리다."

하고 대답하니, 조조가 다시

"공과 비해서 어떠하오."

한다.

"내가 어딜 감히 량과 비하리까. 나를 반딧불이라면 량은 곧 달이로소이다."

서서가 말하는데 하후돈이 다시 나서서

"원직의 말씀이 옳지 않습니다. 나는 제갈량을 초개같이 볼 뿐이니 무엇을 두려워하겠습니까. 내 만약 한 번 싸워 유비를 생금 못하고 제갈량을 사로잡지 못한다면 이 수급을 승상께 바치오리다."

하고 흰소리를 친다.

조조가

"네 빨리 첩보를 보내서 내 마음을 위로하도록 해라."

하고 말하여, 하후돈은 분연히 조조를 하직하고 군사를 거느려 길에 올랐다.

한편 현덕이 공명을 얻은 뒤로 깍듯이 스승의 예로써 대접하니, 관우·장비 두 사람이 마음에 좋아 아니하여

"공명은 나이 어릴뿐더러 무슨 재주와 배운 게 있다고 형님은 그처럼 대접을 지나치게 하십니까. 더구나 실지로 증험을 본 것도 없는 터에."

하고 말하였다.

그러나 현덕은

"내가 공명을 얻은 것은 마치 고기가 물을 얻은 격이야. 아우들은 다시 여러 말을 말게."

할 뿐이다. 관우와 장비는 이것을 보자 다시 말하지 않고 물러나갔다.

어느 날 일이다. 누가 검정 소 꼬리를 보내 주어서 현덕이 그 꼬리로 손수 모자를 만들어 보았는데, 공명은 들어와서 이것을 보자 정색을 하며

"명공께서 이제는 원대한 뜻이 없이 오직 이런 것으로만 일을
삼으시렵니까."
하고 탄하였다.
　현덕이 모자를 땅에 던지고
　"내가 심심소일로 시름이나 잊자고 한 일이외다."
하고 사례하니 공명이 문득 묻는다.
　"명공께서 생각하시기에 조조와 비하여 어떠하십니까."
　"못하지요."
　"명공 수하에 군사라고 불과 수천 명이니 만일에 조조의 군사
가 온다면 어떻게 맞으시렵니까."
　"그러지 않아도 그것이 큰 걱정인데 아직 좋은 계책이 없군요."
　"속히 민병을 초모하십시오. 그러면 량이 가르쳐서 적을 맞도
록 하겠습니다."
　현덕은 드디어 신야 백성을 초모하여 삼천 명을 얻었다. 공명
은 그들에게 조석으로 진법(陳法)을 가르쳐 주었다.
　그러자 홀연 보하는데 조조가 하후돈을 보내서 십만 대병으로
신야를 바라고 짓쳐 들어오고 있다 한다.
　이 소식을 듣고 장비가 운장을 향하여
　"공명더러 나가서 적을 맞으라면 되겠구려."
하고 말하고 있는데, 현덕이 두 사람을 불렀다. 들어가 보니
　"하후돈이 군사를 거느리고 온다는데 어떻게 대적했으면 좋
을까."
하고 현덕이 묻는다.
　장비는 불쑥 한마디 하였다.

“형님은 왜 공명더러 가라지 않으시오.”

현덕은

“지혜는 공명에게 의지하고 용맹은 두 아우를 믿는데 어찌 그런 말을 하느냐.”

하고 말하였다.

관우와 장비가 나간 뒤에 현덕이 공명을 청해다가 의논하니, 공명의 말이

“다만 관우·장비 두 사람이 제 호령을 잘 들으려고 아니 할 것이 걱정이니, 주공께서 만약 량에게 용병을 시키겠으면 검인(劍印)[2]을 빌려 주십시오.”

한다. 현덕은 곧 검인을 공명에게 내어 주었다.

공명이 드디어 모든 장수들에게 청령하러 모이라고 이르니, 장비는 운장을 보고

“어디 청령하러 가서 제가 어떻게 일을 분별하나 좀 봅시다.”

하고 말하였다.

공명은 영을 내렸다.

“박망파 좌편에 산이 있으니 이름은 예산(豫山)이요 우편에 숲이 있으니 이름은 안림(安林)이라 가히 군마를 매복할 만하니 운장은 일천 군을 거느리고 예산에 가서 매복하고 있되, 적병이 올지라도 대적하지 말고 그대로 지나가게 두면 적의 치중 양초가 반드시 뒤에 있을 것이니 남면에서 불이 일어나는 것을 보는 대로 군사를 몰고 나가서 치고 그 양초를 불사르게 하라. 익덕은 일

---

2) 주장(主將)의 검과 인.

삼고초려

천 군 거느리고 안림 뒤 산곡 중에 매복했다가 남면에서 불이 이는 것을 보는 대로 즉시 내달아 박망성의 예전 양초 쌓아 두었던 곳으로 가서 불을 놓아 태워 버리라. 관평과 유봉은 오백 군 거느리고 인화(引火)할 물건을 마련해 가지고서 박망파 뒤 양편에 등대하고 있다가 초경에 군사가 이르거든 곧 불을 놓아서 군호를 삼도록 하여라.”

그리고 공명은 번성에서 조운을 불러다가 선봉을 삼고, 영을 내리되

“네 조조 군사를 만나거든 결코 이기려 말고 오직 지기만 하여라.”

하며, 다시 현덕을 향하여

“주공께서는 몸소 일군을 거느리시고 뒤를 받쳐 주십시오.”

하고,

“각자 계책대로 행하되 행여나 실수함이 없게 하라.”

하고 말을 맺었다.

운장이 한마디 물었다.

“우리들은 모두 나가서 적과 싸우기로 되었는데 군사는 대체 무슨 일을 하시는지 알고 싶소이다.”

공명이 이에 대답하여

“나는 앉아서 성을 지키고 있겠소.”

하고 말하자 장비는 소리를 내어 크게 웃었다.

“우리들은 모두 나가서 죽도록 싸우고 자기는 혼자 집안에 가만히 틀어박혀 있겠다니 그 참 된 수로구먼.”

공명은 호령하였다.

"검인이 여기 있으니 영을 어기는 자는 참하리라."

현덕도 장비를 보고 한마디 타일렀다.

"'운주유악지중(運籌帷幄之中) 결승천리지외(決勝千里之外)'[3]라는 말도 못 들었느냐. 두 아우는 행여 영을 어기지 말라."

장비가 냉소하며 물러나오자, 운장은 그에게

"어디 제 계교가 들어맞나 안 맞나 보고 그때 와서 따지더라도 늦지는 않을걸세."

라고 말하고 두 사람은 떠났다.

여러 장수들이 모두 공명의 도략을 알지 못해서 비록 이제 영을 받기는 했어도 다들 마음에 의혹을 정하지 못하였다.

공명은 다시 현덕을 보고 말하였다.

"주공께서는 오늘 곧 군사를 거느리고 박망산 아래 가서 둔치고 계십시오. 내일 황혼에 적병이 반드시 그곳에 이를 것이니 주공은 바로 영채를 버리고 달아나시다가 불이 일어나는 것을 보시는 대로 곧 군사를 돌려 몰아치도록 하십시오. 량은 미축·미방과 오백 군을 데리고 고을을 지킬 것이요, 손건과 간옹으로는 경희연석(慶喜筵席)을 준비하게 하며 공로부(功勞簿)를 매어 놓고 등대하게 하오리다."

이리하여 분별하기를 끝냈는데 현덕 역시 심중에 의혹을 정하지 못하였다.

한편 하후돈이 우금의 무리와 함께 군사를 거느리고 박망산에 이르자 군사 절반을 나누어 정병으로 전대를 삼고 나머지는 모조

---

3) 장막 안에서 계책을 운용하여 천 리 밖에서의 승리를 결정한다는 말.

리 군량 실은 수레들을 호송하고 나가게 하였다.

때는 마침 가을이라 금풍이 소슬한데 인마가 길을 재촉해서 나가노라니 문득 멀리 전면에 티끌이 자욱하게 일어난다.

하후돈이 곧 인마를 벌려 놓고 향도관에게

"예가 어디냐."

하고 물으니, 향도관이

"전면이 바로 박망파고 후면은 곧 나천구(羅川口)올시다."

하고 아뢴다.

하후돈은 우금과 이전에게 명해서 진을 벌리게 하고 몸소 진전에 말을 내세우고 멀리서 군마가 나오는 것을 바라보다가 홀지에 껄껄 웃었다.

여러 사람이

"장군은 왜 웃으십니까."

하고 물으니, 그는

"나는 서원직이 승상 면전에서 제갈량을 바로 천하에 짝이 없는 사람처럼 자랑하던 일이 우스워서 그러오. 이제 그 용병하는 꼴을 보매 저 따위 군사들을 선봉을 삼아 우리와 대적해 보겠다니 그야말로 개나 양을 몰아 범과 다투어 보겠다는 것이지 않소. 내 승상 앞에서 유비와 제갈량을 사로잡고 말겠습니다 큰소리를 했는데 이제 반드시 내 말대로 되리다."

하고 그는 드디어 몸소 말을 놓아 앞으로 나갔다.

조운이 말을 몰아 나오자, 하후돈은

"너희들이 유비를 따르는 것이 마치도 외로운 혼이 귀신 따라 다니는 꼴이로구나."

하고 욕을 한마디 하였다.

조운은 대로하여 말을 놓아 그에게로 달려들었다. 그러나 두 말이 서로 어우러져 싸우기 두어 합이 못 되어 조운은 거짓 패해서 달아났다. 하후돈이 그 뒤를 쫓는다. 조운은 십여 리나 달아나다가 말을 돌려 다시 싸우고 두어 합이 못 되어 또 달아났다.

이것을 보고 한호가 말을 급히 달려 앞으로 와서

"조운이 유적하니 매복이 있을까 두렵소이다."

하고 간하였으나, 하후돈은

"적병이 이 같으니 설사 십면에 매복을 했기로 내 무엇이 두렵겠소."

하고 드디어 한호의 말을 듣지 않고 바로 뒤를 쫓아 박망파에 당도하였는데 호포 소리가 한 방 크게 울리더니 현덕이 몸소 군사를 이끌고 짓쳐 나와서 접응한다.

하후돈은 한호를 보고 웃으며

"이게 바로 매복한 군사로구려. 내 오늘밤으로 안으로 신야에 이르지 못하면 맹세코 허도로 돌아가지 않겠소."

하고 곧 군사를 재촉하여 앞으로 나갔다. 현덕과 조운은 말을 돌려 달아났다.

이때 날은 저물고 하늘에는 구름이 잔뜩 끼어 달빛이 없는데 한나절 불던 바람이 밤이 되자 더욱 세차게 불었다.

하후돈은 그대로 군사를 재촉해서 뒤를 쫓아 몰아치는데 우금과 이전이 그 뒤를 따라 협착한 곳에 다다르니 양편에 우거진 것이 모두 갈대다.

이전이 우금을 보고 말하였다.

“적을 업신여기는 자는 반드시 패하는 법이오. 남도(南道)가 길이 좁고 산천이 막혔는데 나무가 빽빽이 들어섰으니 만약에 적이 화공(火攻)을 쓴다면 어쩌겠소.”

우금이

“공의 말씀이 옳소. 내 앞으로 가서 도독께 말씀을 할 것이니 공은 후군을 나오지 못하게 하오.”

하니, 이전은 곧 말머리를 돌려 세우고

“후군은 나오지 마라.”

하고 큰 소리로 외쳤다. 그러나 한창 달려 나가는 형세를 말 한마디로 졸연히 막아서 멈출 도리가 없다.

이때 우금은 말을 급히 몰아 나가며

“전군 도독은 거기 좀 계십쇼.”

하고 큰 소리로 불렀다.

하후돈은 한창 말을 달려 나가는 중에 후군에서 우금이 바삐 쫓아오는 것을 보고

“웬일이오.”

하고 물었다.

“남도가 길이 좁고 산천이 막혔는데 나무가 빽빽이 들어섰으니 화공을 방비해야만 하겠소이다.”

우금이 일러 주는 말을 듣자 하후돈은 갑자기 깨닫고 즉시 말을 돌려

“군마는 앞으로 나가지 마라.”

하고 영을 내렸다.

그러나 그 말이 미처 끝나기도 전에 등 뒤로부터 함성이 천지

를 진동해 일어나며 한 줄기 불길이 확 하고 일자 곧 양편 갈대에 옮아 붙더니 삽시간에 사면팔방이 모두가 불인데 또 바람이 크게 불어서 불의 형세가 더욱 맹렬하다.

조조의 인마가 혼란 속에 서로 밟고 밟혀서 죽는 자가 부지기수인데 조운이 군사를 돌려서 쫓아들어 몰아친다. 하후돈은 연기를 무릅쓰고 불 속을 헤치며 달아났다.

이때 이전은 형세가 이롭지 못한 것을 보고 급히 말을 달려 박망성으로 돌아갔다. 그러자 화광 속으로서 한 떼의 군사가 뛰어나와 길을 막으니 앞을 선 대장은 곧 관운장이다. 이전은 말을 놓아 혼전하다가 길을 뺏어 달아났다.

한편 우금은 양초와 치중이 모두 불에 타는 것을 보자 바로 지름길로 빠져서 도망해 버렸고, 하후란과 한호는 양초를 구하러 왔다가 바로 장비를 만나서 어우러져 싸우는 중에 사오 합이 못 되어 장비가 하후란을 한 창에 찔러 말 아래 떨어뜨리니 한호는 혈로를 뚫고 몸을 빼쳐 달아나 버렸다.

밤새도록 싸우고 날이 훤히 밝을 녘에야 비로소 군사를 거두었는데 적의 시체는 들을 덮었고 피는 흘러 내를 이루었다. 후세 사람이 지은 시가 있다.

박망파 한 번 싸움 화공을 쓸 적에
공명은 전후 지휘 담소 중에 하였어라
조조의 간과 쓸개 이로 인해 슬어지니
초려에서 나와 제일공(第一功)을 이루었네.

하후돈은 패하고 남은 군사를 수습해 가지고 허창으로 돌아가 버렸다.

한편 공명은 군사를 거두었다. 관우·장비 두 사람이

"공명은 참말 영걸이야."

라고 서로 말하며 돌아가는데 몇 리를 가지 않아 미축·미방이 군사를 거느리고 조그만 수레 한 채를 옹위하고 나오니 수레 위에 단정히 앉아 있는 사람은 곧 공명이다. 관우와 장비는 말에서 내려 수레 앞에 배복하였다.

그로부터 잠시 후 현덕·조운·유봉·관평 등이 모두 이르렀다. 군사들을 한곳에 모으고 노획한 양초 치중을 나누어 사졸들을 상 준 다음에 회군하여 신야로 돌아가니 신야 백성이 들끓어 나와서 길을 막고 절을 하며

"우리들이 이처럼 온전히 사는 게 모두가 사군께서 어진 이를 얻으신 덕분입니다."

하고들 치사하였다.

공명은 고을로 돌아오자, 현덕을 보고

"하후돈이 비록 패해서 갔으나 이제 반드시 조조가 몸소 대군을 거느리고 올 것입니다."

하고 말하였다.

현덕이

"그렇다면 어떻게 해야 할까요."

하고 물으니, 공명은

"량에게 조조의 군사를 대적할 계책이 하나 있습니다."

하고 대답한다.

적을 물리쳤다 해서 갑옷은 못 벗으리.
병란 곧 피하려면 좋은 꾀를 또 들으라.

그 계책이란 어떠한 것인고.

| *40* |

이때 현덕이 공명에게 조조의 군사를 막을 계책을 물으니, 공명이

"신야는 조그만 고을이라 오래 있을 곳이 못 됩니다. 근자에 들으매 유경승의 병이 위독하다고 하니 아주 이 기회를 타서 형주를 취하여 우리가 안신할 땅을 삼고 보면 가히 조조를 막아 낼 수도 있을까 합니다."

하고 대답한다.

들고 나자 현덕은 말하였다.

"공의 말씀이 심히 좋소이다. 그러나 다만 유비가 경승의 은혜를 입은 터에 어찌 차마 그를 도모하리까."

공명은 다시 한 번

"이번에 만약 취하시지 않았다가는 뒷날에 후회하셔도 미치지 못하오리다.”

하고 권하였으나,

“내가 차라리 죽으면 죽었지 의리를 저버리는 일은 결코 하지
않겠소이다.”

하고, 현덕이 듣지 않아서

“그건 뒤에 다시 의논하기로 하시지요.”

하고 공명은 말을 거두어 버렸다.

한편 하후돈은 싸움에 패하여 허창으로 돌아가자 제 손으로 제
몸을 결박한 다음에 조조 앞에 나아가서 땅에 부복하여 죽음을
청하였다.

조조가 그 묶은 것을 풀어 주게 하니, 하후돈은

“내 그만 제갈량의 간교한 계책에 떨어져서 화공을 당해 패하
고 말았소이다.”

하고 고하였다.

조조는

“네가 소싯적부터 군사를 써 오는 터에 어찌하여 좁은 데서는
화공을 방비해야 한다는 것을 알지 못하였단 말이냐.”

하고 한마디 묻자, 그 말에 하후돈이 대답하여

“그러지 않아도 이전과 우금이 그것을 일러 주었는데 지금에
와서는 후회막급이올시다.”

하고 말하자, 그는 즉시 이전·우금 두 사람에게 상을 내렸다.

하후돈은 다시 조조에게

“유비가 이렇듯 창궐하니 참으로 심복지환이라 불가불 빨리 없

애 버려야만 할까 보이다.”

하고 말하였다.

조조는

“내가 근심하는 것은 오직 유비와 손권뿐이오. 나머지는 다들 개의할 것이 못 되니 내 아주 이때를 타서 강남을 소탕해 버려야만 하겠다.”

한다.

조조는 그 길로 곧 영을 전해서 군사 오십만을 일으키되, 조인 · 조홍으로 제일대를 삼고, 장료 · 장합으로 제이대를 삼고, 하후연 · 하후돈으로 제삼대를 삼고, 우금 · 이전으로 제사대를 삼고, 조조 자기는 몸소 여러 장수들을 통솔하고 제오대가 되니, 매 대가 각각 군사 십만씩을 거느린다.

조조는 다시 허저로 절충장군(折衝將軍)을 삼아 군사 삼천을 거느리고 선봉이 되게 하고 건안 십삼년 추칠월 병오일(丙午日)을 출병할 날로 정하였다.

이것을 보고 태중대부(太中大夫)[1]로 있는 공융이 나서서

“유비와 유표로 말하면 모두 한실 종친이니 경홀하게 쳐서는 아니 되며, 손권은 여섯 군을 웅거하고 또한 대강의 요해를 끼고 있으니 역시 취하기가 용이하지 않은데, 이제 승상이 이처럼 명목이 없는 군사를 일으키려 하시니 혹시 천하의 인망을 잃으시게 되지나 않을까 두렵소이다.”

하고 간하였다.

---

1) 진한(秦漢) 시대에 의논(議論)을 맡아 보던 벼슬.

그러자 조조는 발연히 노하여

"유비나 유표나 손권이 모두 조정을 배반하는 역신들인데 어째서 치지 말라 하는고."

하고 드디어 공융을 꾸짖어 물리친 다음에, 다시 영을 내리되

"만일에 다시 나서서 간하는 자가 있으면 반드시 참하리라."

하였다.

공융은 상부에서 물러나오자

"지극히 어질지 못한 사람이 지극히 어진 사람을 치려고 하니 어찌 패하지 않을 법이 있겠느냐."

하고 하늘을 우러러 탄식하였다.

이때 마침 어사대부 극려(郄慮)의 집 문객이 이 말을 듣고 돌아가 극려에게 고하였다.

극려는 그러지 않아도 매양 공융에게 수모를 받아서 마음에 은근히 한을 품어 오던 터라, 이 이야기를 듣자 곧 들어가서 조조에게 고하고 다시

"공융이 평소에도 매사에 승상을 멸시해 왔고, 또 예형과 서로 좋아해서, 예형이 공융을 보고 '중니께서 돌아가지 않으셨소' 하고 칭찬하면 공융은 공융대로 또 예형을 대하여 '안회가 다시 나셨네' 하고 마주 칭찬을 하곤 하였는데, 전자에 예형이 그처럼 승상을 욕한 것도 바로 공융이 시켜서 한 것이랍니다."

하고 없던 일을 덧붙여 말하였다.

그 말을 듣고 조조는 대로하여 드디어 정위에게 명해서 공융을 잡아 오게 하였다.

공융에게 아들 형제가 있었는데 아직 나이들이 어렸다. 이때

삼고초려

孔融　　공융

文章絶世代	문장은 당대의 제일이고
豪氣貫長虹	호기는 무지개를 꿰뚫었네
座上客常滿	자리에는 손님이 항상 넘치고
樽中酒不空	술통에는 술이 비지 않았다

마침 집에서 형제가 마주 앉아 바둑을 두고 있노라니, 문득 좌우가 급히 보하는 말이

"대감께서 정위한테 잡혀 가셨는데 이제 곧 참을 당하시리라고 말들 합니다. 두 분 공자는 왜 빨리 몸을 피하지 않으십니까."

한다.

말을 듣고 형제가

"깨어진 보금자리 아래 어떻게 온전한 알이 있기를 바란단 말이오."

하고 말하는데, 그 말이 미처 끝나기도 전에 정위가 또 공융의 처자를 모조리 잡으러 왔다.

조조는 아들 형제도 다 목을 베고 공융의 시신은 저자에 내어다가 호령하였다.

이때 경조(京兆) 지습(脂習)이 공융의 시체에 엎드려서 곡을 하였더니 조조가 이 말을 듣고 크게 노해서 곧 그를 잡아다가 죽이려 하였다.

그러나 순욱이 나서서

"욱이 들으매 지습이 매양 공융을 보고 '공의 천성이 너무 강직하니 이것은 스스로 화를 취하시는 길입니다' 하고 간하였다 하는데, 이제 공융이 죽자 찾아와서 우니 이는 심히 의로운 사람이라 결코 죽이셔서는 아니 되오리다."

하고 간해서 조조는 마침내 그를 죽이지 않았다. 지습은 공융 부자의 시수를 거두어 모두 장사를 지내 주었다.

후세 사람이 공융을 칭찬해서 지은 시가 있다.

일찍이 공융이 북해에 있을 적에
호탕할사 그의 의기 무지개를 꿰뚫었네.
언제나 당상에는 빈객이 가득 차고
하루라도 술독은 빈 적이 없었구나.
웅건한 그의 문장 세속(世俗)을 놀라게 하고
고담준론은 왕공(王公)을 능모했네.
사가(史家)도 붓을 들어 그의 충직(忠直) 기리거니
벼슬도 떳떳할사 태중대부였구나.

공융을 죽인 다음에 조조는 영을 전해서 오대 군마가 차례로 떠나게 하고 다만 순욱의 무리들을 남겨 두어 허창을 지키게 하였다.

이때 형주 유표는 병이 위중하여, 장차 뒤에 남기고 갈 자식들을 부탁해 두려고 사람을 보내서 현덕을 청하였다.

현덕이 관우와 장비를 데리고 형주로 가서 유표를 보니 유표는 그를 대하여

"내 병이 이미 골수에 들어서 이제 죽을 날이 머지않았기에 현제에게 자식들을 부탁하려고 이처럼 오시라고 했소. 내 자식들이 변변치들 못해서 아무래도 아비의 업을 이을 위인들이 못 될 성싶으니 나 죽은 뒤에 현제가 형주를 거느리도록 하였으면 좋겠소."
하고 말한다.

현덕은 그에게 절을 하고 울면서 말하였다.

"유비는 있는 힘을 다해서 형님 자제들을 돕겠습니다. 제가 어찌 감히 다른 뜻을 품겠습니까."

이처럼 이야기를 하고 있는 중에 급한 기별이 들어왔다. 조조가 대군을 거느리고 내려온다는 것이다. 현덕은 부랴부랴 유표를 하직하고 밤을 도와 신야로 돌아갔다.

유표는 가뜩이나 병중에 있는 몸이 이 보도를 듣고 마음에 크게 놀라 유서 쓸 일을 의논하는데, 장자 유기로 형주의 주인을 삼고 현덕으로 그를 보좌하게 하려 하였다.

그러나 채 부인은 미리 눈치를 채고 크게 노하였다. 그는 곧 안문을 닫아 건 다음에 채모와 장윤 두 사람을 시켜서 바깥문을 파수하게 하였다.

이때 유기는 강하에 나가 있다가 부친의 병이 위중함을 알고 병문안을 드리러 형주로 왔다. 그러나 그가 막 바깥문에 이르자 채모가 선뜻 나서서 막으며

"공자가 아버님의 분부를 받들어 강하를 지키고 계시매 그 소임이 실로 막중한 터에 이제 함부로 임지를 떠나오셨으니 만약에 동오 군사가 쳐들어오기라도 하면 어찌하시려오. 지금 들어가서 주공을 뵈었다가는, 주공께서 필히 역정을 내시어 병환이 더 중해지실 것이니 이는 불효가 될 것입니다. 어서 빨리 돌아가오."
하니, 유기는 문 밖에 서서 한바탕 대성통곡을 한 다음에 다시 말에 올라 온 길을 되돌아 강하로 갔다.

유표의 병세는 더욱 위중하였다. 그는 유기가 오기를 기다렸으나 종시 아들은 나타나지 않았다. 이리하여 팔월 무신일(戊申日)에 이르러 그는 몇 마디 크게 부르짖고는 마침내 세상을 떠나 버렸다.

후세 사람이 유표를 탄식해서 지은 시가 있다.

원소는 하북 땅에 범처럼 웅거하고
유표는 형주에서 위명을 떨치더니
가운이 불행하매 암탉들이 홰를 쳐서
애달파라 미구에는 다 망하고 말았구나.

　유표가 세상을 떠나자 채 부인은 채모·장윤과 의논하고 거짓으로 유서를 꾸며서 둘째 아들 유종으로 형주의 주인을 삼은 다음에 발상하였다.

　이때 유종은 나이 바야흐로 열네 살이었는데 매우 총명하였다. 그는 여러 사람을 모아 놓고

　"아버님께서 세상을 버리셨으나 형님이 지금 강하에 계시고 또한 현덕 숙부님이 신야에 계신 터에 그대들이 나를 주인으로 세우니 만약에 형님이 숙부님과 함께 군사를 일으켜 죄를 물으러 오시기라도 한다면 대체 이 일을 어떻게 발명해야 한단 말이오."
하고 물었다.

　모든 사람이 그 말에 미처 대답을 못할 때 막관(幕官)으로 있는 이규(李珪)가 나서며

　"공자의 말씀이 참으로 옳습니다. 이 길로 곧 강하에 통부해서 큰공자를 청해다가 형주의 주인으로 모시고 또 현덕에게 명해서 함께 정사를 보도록 하시면 가히 북으로 조조를 대적할 수 있을 것이요 남으로 손권을 막을 수 있을 것이니 이야말로 만전지책이라 할 것이외다."
하고 대답한다.

　이것을 보고 채모가 있다가

"네가 어떤 사람이건대 감히 어지러운 말을 하여 돌아가신 주공의 유명을 거역하려 하느냐."

하고 꾸짖으니, 이규는 곧 소리를 가다듬어

"너희들이 안팎으로 짜고서 주공의 유명이라 가칭하며 장자를 폐하고 차자를 세우려고 하니 형양 구군이 채씨 수중으로 들어가는 것이 빤히 눈에 뵈는구나. 만약에 옛 주인께서 영혼이 있으시다면 반드시 너를 죽이시고야 말 것이다."

하고 마주 꾸짖었다.

채모는 크게 노해서 곧 좌우를 꾸짖어 그를 끌어내다가 목을 베게 하였는데 이규는 죽기에 이르기까지 꾸짖기를 그치지 않았다.

채모는 드디어 유종을 세워서 주인을 삼고 채씨 종족들이 형주 군사들을 다 나누어 거느렸다.

그리고 치중 등의(鄧義)와 별가 유선(劉先)에게 명해서 형주를 지키게 하고, 채 부인은 유종과 함께 양양으로 가서 군사를 둔치고 유기와 유비를 막기로 하며, 한편 유표를 양양성 동편 한양 들에다 장사지냈는데, 유기와 현덕에게는 끝끝내 통부를 아니 하고 말았다.

유종이 양양에 이르러 겨우 숨을 돌릴까 말까 하여서다. 홀연 보도가 들어오는데 조조가 대군을 거느리고 바로 양양을 향해서 내려오고 있다 한다.

유종이 소스라쳐 놀라서 즉시 괴월과 채모의 무리를 청해다가 의논을 하는데, 이때 동조연 부손(傅巽)이 나앉으며

"단지 조조 군사가 내려오는 것만이 걱정인 게 아니외다. 지금 큰공자는 강하에 계시고 현덕은 신야에 있는데 우리가 아직 통부

도 아니 하고 있으니, 만약에 그들이 군사를 일으켜 가지고 죄를 물으러 온다면 곧 형양이 위태합니다. 그러나 내게 계책이 하나 있으니 그대로만 하시고 보면 형양 백성이 모두 태산처럼 편안할 수 있고 또한 주공의 지위와 관작도 다 보전할 수 있사오리다.”
하고 말한다.

“그 계책이란 대체 어떤 것이오.”
하고, 유종이 물으니

“형양 구군을 조조에게 바치는 것이외다. 이것이 곧 상책이니 그러고만 보면 조조는 반드시 주공을 후대해 드리오리다.”
하고 부손이 대답한다.

유종이 듣고

“그게 무슨 말인고. 내가 선친의 기업을 이어서 아직 자리도 잡지 않은 터에 바로 남에게 내어 주라니 그게 될 뻔이나 한 말이오.”
하고 꾸짖는데, 이때 괴월이 또 나서서

“부공제(傅公悌, 부손의 자)의 말씀이 옳소이다. 대저 순종하는 것과 거역하는 것이 때와 경우를 따라야 하며 강하고 약한 것이 정한 형세가 있는 것이외다. 이제 조조가 남정북벌에 반드시 조정을 내세우니 주공이 만약에 항거하신다면 우선 그 이름이 순하지 못하오리다. 그뿐 아니라 주공이 새로 위에 오르시자 바로 외적이 침노하고 또 내란이 장차 일어날 형편이 아니오니까. 형양 백성이 이제 조조의 군사가 왔다는 소리만 들으면 미처 싸우기도 전에 간담부터 서늘해할 터인데 무슨 수로 그를 맞아서 싸워 보리까.”
하고 말한다.

유종이 듣고 나서

"제공의 좋은 말씀을 내가 굳이 듣지 않으려는 것이 아니라 다만 선친께 물려받은 기업을 하루아침에 남에게다 내어 주고 보면 천하가 다 비웃을 것이니 어찌 그게 두렵지 않단 말이오."

하고 말하는데, 그 말이 미처 끝나기 전에 한 사람이 앙연히 앞으로 나서며

"부공제와 괴이도의 말씀이 심히 좋은데 왜 좇으려 아니 하십니까."

하고 말한다. 좌중이 눈을 들어 보니 그는 곧 산양 고평 사람으로 성은 왕(王)이요 이름은 찬(粲)이요 자는 중선(仲宣)이다.

왕찬의 얼굴은 여위고 체소한데 어렸을 때, 중랑 채옹을 찾아가니 채옹은 귀객들이 만좌한 중에 왕찬이 왔다는 말을 듣자 신을 거꾸로 꿰고 허둥지둥 나가서 그를 맞아들였다.

이 광경을 보고 빈객들이 모두 놀라서

"어째서 채중랑은 유독 이 아이를 이처럼 공경하시오."

하고 물었더니, 채옹은 이에 대답하여

"이 아이가 실로 비상한 재주를 가지고 있어서 나도 이 아이에는 미치지 못하오."

하고 말하였다 하거니와 왕찬의 박문강기(博聞强記)는 사람이 다 따르지 못하니, 그는 일찍이 길가에 서 있는 비석에 새긴 글을 단지 한 번 보았을 뿐으로 즉시 줄줄 내리 외웠고 남이 두는 바둑을 보다가 국면이 한창 어지러운 때 손으로 쓸어버리고는 다시 복기(復碁)를 하는데 단 한 점도 틀리게 놓는 일이 없었다. 그는 또 산술을 잘하였고 글이 절묘해서 한때 크게 이름을 날렸다. 나이 열일곱에 조정에서 황문시랑(黃門侍郎)을 제수하였으나 나가지 않았

고 뒤에 난리를 피하느라 형양에 온 것을 유표가 상빈으로 삼은
것이다.

이날 왕찬은 유종을 보고

"장군께서 스스로 생각하시기에 조공과 비해서 어떠하십니까."

한마디 묻고, 유종이

"내 그만 못하오."

하고 대답하자,

"조공이 군사는 강하고 장수는 용맹하며 지혜가 넉넉하고 계책
이 많아 여포를 하비에서 사로잡고 원소를 관도에서 꺾으며 유비
를 농우(隴右)에서 쫓고 오환을 백랑(白狼)에서 깨뜨렸으니 그 섬멸
소탕한 자가 이루 수를 셀 수 없을 형편이라 이제 대군을 거느려
형양으로 내려오니 그 형세를 대적하기 어렵소이다. 부공제·괴
이도 두 분의 하는 말씀이 곧 장책이니 장군은 공연히 망설이다가
후회하지 마시지요."

하고 말하였다.

듣고 나자 유종이

"말씀이 지당하다고는 생각하나 이 일은 모름지기 모친께 품고
해 보아야만 하겠소."

하고 말하는데, 이때 문득 병풍 뒤에서 채 부인이 나오며

"이미 중선·공제·이도 세 분의 소견이 서로 같다면 구태여 내
게 품할 것이 있겠느냐."

하고 말한다.

유종은 마침내 뜻을 결단하고 즉시 항서를 써서 송충(宋忠)을 주
고 가만히 조조 군전에 가서 바치고 오게 하였다.

송충은 명을 받자 바로 완성으로 가서 조조를 만나 보고 항서를 바쳤다. 조조는 크게 기뻐하여 송충에게 중상을 내리고 그에게 말하기를 유종이 성 밖에 나와서 영접하면 그를 영구히 형주의 주인으로 있게 하여 주리라고 하였다.

송충은 조조를 하직하고 즉시 형양을 향해서 귀로에 올랐다. 그러나 그가 바야흐로 강을 건너려 할 때 홀연 한 떼의 인마가 닥쳐와서 자세히 보니 곧 관운장이다. 송충은 놀라서 급히 몸을 피하려 하였으나 미처 그럴 사이가 없었다.

관운장은 소리쳐 그를 불러 세워 놓고 형주 소식을 자세히 물었다. 송충이 처음에는 숨기고 바로 말하지 않았으나 나중에 운장이 하도 꼬치꼬치 캐어묻는 바람에 그는 하는 수 없이 전후 사실을 낱낱이 바른대로 다 말하였다.

운장은 깜짝 놀라 곧 송충을 잡아 가지고 신야로 와서 현덕에게 전후수말을 다 이야기하였다.

현덕이 듣고서 목을 놓아 통곡하는데, 이때 장비가 나서며

"이미 일이 이렇게 된 바에야 우선 송충부터 목을 베고 즉시 군사를 일으켜 강을 건너가서 양양을 뺏고 채씨와 유종을 죽인 연후에 조조를 맞아서 싸우는 것이 좋겠소."

하고 말한다.

그러나 현덕은

"너는 잠자코 있거라. 내가 알아서 하겠다."

하고 말한 다음에, 송충을 대하여

"여러 사람이 그처럼 일을 꾸미는 것을 네가 알았으면 어찌하여 진작 와서 내게 알리지 않았단 말이냐. 이제 너를 참하더라도

삼고초려

일에 아무 유익할 것이 없겠기에 놓아 주는 것이니 빨리 가거라.”

하고 꾸짖어 물리쳤다.

송충은 백배 사례한 다음에 두 손으로 머리를 싸쥐고 쥐새끼처럼 도망해 버렸다.

현덕이 바야흐로 번민 중에 있을 때에 문득 사람이 들어와서 보하되 공자 유기가 이적을 보내 왔다고 한다. 현덕은 전일에 이적이 자기를 두 번이나 구해 준 은혜를 생각하고 고마운 마음에 섬돌 아래로 내려가서 그를 정중히 맞아 올리고 재삼 칭사하였다.

이적이 말한다.

“큰공자께서 강하에 앉아 풍문에 들으시매, 형주께서 이미 세상을 떠나셨고 채 부인이 채모의 무리와 저희끼리 의논한 다음에 통부도 하지 않고 필경 유종을 주인으로 세웠다고 하므로 공자께서 곧 사람을 양양으로 보내서 알아보게 하였더니, 그게 모두 사실이라고 합니다. 그래 공자께서는 혹시 이 일을 사군께서 아직 모르고 계시지나 않는가 하여 저더러 통부를 가지고 가서 말씀을 올리라고 하시며, 또한 그와 아울러 사군께 곧 휘하 장병들을 모조리 일으키시어 함께 양양으로 문죄하러 가시자고 말씀을 여쭈라고 하셔서 온 길입니다.”

현덕이 이적을 대하여

“기백(機伯, 이적의 자)은 다만 유종이가 참립(僭立)한 것만 아셨지 유종이가 이미 형양 구군을 그대로 들어 조조에게 바친 것은 모르시오그려.”

하고 말하니, 이적은 소스라쳐 놀라며

“사군께서는 대체 그것을 어떻게 알고 계십니까.”

하고 묻는다. 현덕은 그에게 송충을 잡은 일을 자세히 이야기하
여 주었다.

　들고 나자 이적이

　"만일 그렇다면 사군께서 이 길로 조상하러 간다 빙자하시고 양
양으로 나가셔서 유종을 마중 나오게 하여 그 자리에서 사로잡고
그 동아리들을 다 죽여 버리시지요. 그러면 형주는 곧 사군께 속
하고 말 것이 아닙니까."

하고 말하고, 공명도 곁에서

　"기백의 말씀이 옳으니 주공께서는 부디 그렇게 하시지요."

하고 권하였다.

　그러나 현덕은 눈물을 흘리며

　"우리 형님께서 병환이 한창 위중하실 때 내게 그 자제들을 부
탁하셨는데 이제 내가 만약 그 아들을 사로잡고 그 땅을 뺏는다
면 후일 죽어 황천에 돌아가서 대체 무슨 낯으로 우리 형님을 다
시 뵙는단 말이오."

하고 듣지 않는다.

　공명이 다시

　"만약에 이 일을 행하시지 않는다면 지금 조조의 군사가 이미
완성에 이르렀는데 어떻게 그를 대적하시렵니까."

하고 물으니,

　"우선 번성으로나 가서 피해 보는 것이 좋겠지요."

하고 현덕이 대답하여 한창 서로 의논하고 있는 중에 탐마가 나
는 듯이 들어와서

　"조조의 군사가 이미 박망성에 이르렀소이다."

하고 보한다. 현덕은 황망히 이적더러 강하로 돌아가 군마를 정돈하라고 일러서 보내고 한편으로 공명과 적을 막을 계책을 의논하였다.

공명이 계책을 드린다.

"주공은 과도히 근심하지 마십시오. 전번에 한 줌 불을 가지고 하후돈의 태반 인마를 태워 죽였거니와 이번에 조조 군사가 또 오면 다시 한 번 이 계책을 써서 몰살해 버리겠습니다. 그러나 우리가 이대로 이곳 신야에 눌러앉아 있을 수는 없으니 빨리 번성으로 옮겨 가는 것이 상책이겠습니다."

그는 즉시 사람을 시켜서 사대문에 방을 내걸어 백성을 효유하되

"남녀노소를 물론하고 따라가기를 원하는 자는 모두 오늘 중으로 우리를 따라 번성으로 가서 잠시 피하도록 하되 행여나 뒤에 남아 있다가 스스로 신세를 그르치지 말라."

하고, 일변 손건을 강변으로 내보내서 선척을 준비하여 백성을 건네주게 하며, 일변 미축에게 분부하여 각 관원들의 가솔을 번성으로 호송해 가게 하였다.

그리고 공명은 또 여러 장수들을 모아 놓고 영을 내리는데, 먼저 운장을 불러서

"일천 군 거느리고 백하 상류로 나가 매복하되 군사들로 하여금 각기 포대를 가지고 가서 모래를 담아 강물을 막고 있다가, 내일 삼경 후에 하류에서 사람이 들레며 말이 우는 소리가 들리거든 그 즉시 물을 막았던 포대를 치워 물길을 틔워 놓고 곧 물길을 따라 내려와서 접응하게 하라."

하고, 또 장비를 불러서

"일천 군 거느리고 박릉 나루터에 가서 매복하고 있되 이곳이 수세가 가장 완만하매 조조의 군사가 물에 빠지면 반드시 이곳으로 도망해 올 것이니 곧 승세해서 엄살하고 접응하게 하라."

라고 이르고, 또 조운을 불러서

"삼천 군을 네 대로 나누어서 한 대는 몸소 거느리고 동문 밖에 매복하며 나머지 세 대는 각기 서·남·북 삼문에 매복하게 하되, 먼저 성내 민가 지붕에 유황·염초와 불 댕길 물건들을 많이 감추어 두게 하라. 조조의 군사가 입성하면 반드시 민가에 들어가서 쉴 것이요 내일 황혼 후에는 반드시 큰 바람이 불 것이니 바람이 이는 대로 곧 서·남·북 삼문 복병에게 영을 내려 일제히 성 안으로 화전(火箭)을 쏘아 넣게 하고, 성 안에 불이 크게 번지기를 기다려 밖에서 함성을 울려 위세를 돕게 하는데 오직 동문을 남겨 두어 적이 빠져나오게 한 다음, 너는 동문 밖에 있다가 그 뒤를 엄습하고 날이 훤히 밝거든 관우·장비 두 장수와 함께 번성으로 돌아오도록 하라."

하고 명했다.

다시 미방·유봉 두 사람에게 영을 내리되

"너희들은 이천 군을 거느리되 절반은 홍기요 절반은 청기로 신야성 삼십 리 밖 작미파(鵲尾坡) 앞에 가서 둔치고 있다가 조조 군사가 오는 것을 보는 대로 홍기군은 좌편으로 달리고 청기군은 우편으로 달리면 저희가 마음에 의혹이 들어 감히 쫓아오지 못할 것이니 너희 둘이 서로 나뉘어 매복하였다가, 성중에서 불길이 이는 것을 신호 삼아 즉시 내달아 패병을 엄살한 연후에 백하 상류

삼고초려

로 와서 접응하게 하라."

한다.

분부하기를 마치자 공명은 현덕과 함께 높은 데 올라가서 바라
보며 오직 첩보가 있기를 기다렸다.

한편 조인·조홍이 십만 군을 거느려 전대가 되고 그 앞으로는
허저가 삼천 철갑군을 거느리고 길을 열어 호호탕탕하게 신야로
짓쳐 들어오는데, 이날 오시(午時)쯤 하여 작미파에 당도하니 언
덕 앞에 한 떼의 인마가 모두 청홍 기호를 달고 둔치고 있다.

허저가 군사를 재촉하여 앞으로 나아가자 유봉과 미방이 네 대
로 나뉘어 청기·홍기가 각각 좌우로 돌아간다.

허저는 말을 세우고

"나가지 말라. 앞에 반드시 복병이 있을 것이니 우리는 이대로
여기 멈춰라."

하고 군중에 영을 내린 다음에 그는 혼자서 나는 듯이 말을 달려
전대 조인에게로 가서 이를 보하였다.

그러나 조인이

"이는 의병(疑兵)이라 필시 복병은 없을 것이니 속히 진병하도록
하오. 나도 곧 군사를 재촉해서 뒤따라가리다."

하고 말하여, 허저는 다시 작미파 앞으로 돌아가서 곧 군사를 이
끌고 짓쳐 들어갔다. 그러나 막상 수림 아래까지 이르러 두루 찾
아보았으나 단 한 사람을 보지 못하겠는데 이때 해는 이미 서산
에 기울었다.

허저가 바야흐로 다시 앞으로 나가려 하는데 산 위에서 홀지에

대취타(大吹打)[2] 소리가 들려와서 머리를 들고 쳐다보니, 산마루에 기들이 두루 꽂혀 있고 그 가운데 좌편에 현덕, 우편에 공명 두 사람이 각기 산개를 받고 마주 앉아서 술들을 마시고 있다.

허저는 크게 노하여 곧 군사를 이끌고 길을 찾아서 산으로 올라갔다. 그러나 중턱쯤 올라갔을 때 산 위로서 큰 나무 토막들과 또 돌덩이들이 무더기로 굴러내려 더는 올라가지를 못하겠는데, 다시 들으니 산 너머에서 함성이 크게 진동한다. 허저는 길을 찾아 쫓아 들어가서 한바탕 해 내고 싶었으나 이때 날이 이미 어두웠다.

조인은 군사를 거느리고 당도하자 영을 내려서 우선 신야성을 뺏어서 쉬게 하라고 명한다.

군사들이 성 아래 이르러 보니 사대문이 활짝 열려 있다. 조조 군사가 짓쳐 들어가는데, 나서서 앞을 막는 자가 없고 성 안에도 사람이라고는 단 한 명을 볼 수가 없다. 한 개의 텅 빈 성이었다.

조홍은

"이는 유비가 형세는 외롭고 계책은 궁해서 백성을 모조리 데리고 도망해 버린 것이니 우리는 성에서 우선 편히 쉬고 내일 새벽에 진병하도록 하자."

하고 말하였다.

이때 군사들이 저마다 행군에 지치고 배들이 고파서 모두 민가에 방을 잡고 들어가 밥들을 지었고, 조인·조홍은 관가에 들어가 쉬었다.

---

2) 자발, 주라, 호적, 바라, 북, 징을 불고 치는 군악.

삼고초려

초경이 지나자 광풍이 크게 일어나는데 문 지키는 군사가 나는 듯 달려와 불이 일어났다고 보한다.

조인이

"이는 필시 군졸들이 밥을 짓다가 조심을 안 해 낸 불일 게니 놀랄 것 없다."

하는데, 말이 미처 끝나기 전에 연달아 보도가 들어오되, 서·남·북 삼문에 모두 불이 났다고 한다.

조인이 급히 여러 장수들에게 말에 오르라고 영을 내렸을 때는 고을 안에 온통 불이 나서 위를 보나 아래를 보나 모두 불길이다. 이날 밤의 불은 전일 박망파의 불보다도 더하였다.

후세 사람이 탄식해서 지은 시가 있다.

> 간웅 조조가 중원을 지키다가
> 구월에 남정하여 한천(漢川)에 당도하니
> 풍백(風伯)[3]은 진노하여 신야현을 뒤흔들고
> 축융(祝融)[4]은 화염을 뿜어 하늘을 찌르는구나.

조인이 여러 장수들을 데리고 연기를 헤치며 불 속을 뚫고 길을 찾아 말을 달리는데 문득 들리는 말에 동문 쪽에는 불길이 없다고 한다. 그는 급급히 동문으로 달려 나갔다. 군사들이 서로 해이고 말발굽에 짓밟혀서 죽는 자가 수도 없다.

조인의 무리가 간신히 화염 속에서 빠져나왔을 때 등 뒤에서 난

---

3) 바람을 맡은 신령.
4) 불을 맡은 신령.

데없는 함성이 일어나며 조운이 군사를 거느리고 쫓아와서 어지러이 친다. 패병들은 각자 목숨을 도망하기에만 열이 나서 누구 하나 몸을 돌려 적과 싸워 보려는 자가 없다.

한창 달아나는 중에 미방이 일군을 거느리고 와서 또 한바탕 들이치는 통에 조인이 대패하여 길을 앗아 달아나는데 유봉이 다시 일군을 거느리고 덮쳐들어 길을 끊고 엄살한다.

사경이나 되어 인마가 모두 지칠 대로 지쳤다. 군사들의 태반이 머리가 타고 이마를 데었다. 어찌어찌 도망을 해서 백하 강변에 이르러 보니 다행하게도 물이 그다지 깊지가 않다. 인마가 모두 강으로 내려가서 물들을 먹는데 사람들은 왁자하게 지껄이고 말들은 모두 울었다.

한편 운장이 상류에서 포대로 강물을 막아 놓고 있으려니까, 황혼녘에는 신야에 황광이 충천하는 것이 멀리 바라다보이고 사경에 이르러서는 하류 쪽에서 갑자기 사람이 떠들고 말이 우는 소리가 들려왔다.

운장은 급히 군사들에게 영을 내려 일제히 포대를 치워 물길을 트게 하였다. 수세는 하늘까지도 치오를 듯 그대로 하류로 몰려 내려간다. 조조의 인마가 모두 물속에 빠져서 죽는 자가 수가 없이 많았다.

조인이 여러 장수들을 끌고 수세가 완만한 곳을 바라고 길을 앗아 달아나는데 박릉 나루터에 이르자 홀지에 함성이 크게 일어나며 한 떼 군사가 길을 막으니 앞선 대장은 곧 장비라

"조조 도적놈은 빨리 와서 목숨을 바쳐라."

하고 큰 소리로 외치니, 조조의 군사들이 크게 경겁한다.

삼고초려

조금 전 성내에서 홍염을 뚫고 나왔는데
이번에는 강변에서 흑풍을 만났구나.

조인의 목숨이 어찌 되려는고.

| *41* |

이때 장비는 관공이 상류에서 물을 터놓자 즉시 군사를 거느리고 하류로 쫓아 내려와서 조인의 앞길을 끊고 들이치다가 문득 허저를 만나서 곧 그와 어우러져 싸웠다.

그러나 허저가 감히 오래 싸우지 못하고 혈로를 뚫고 달아나 버려서 장비는 한동안 그 뒤를 쫓다가 현덕과 공명을 만나 함께 강변을 따라서 상류 쪽으로 올라갔다. 그곳에는 유봉과 미축이 이미 선척을 준비해 놓고 등대하고 있었다.

드디어 일행은 일제히 강을 건너 번성으로 갔는데 이때 공명은 선척은 이를 것도 없고 뗏목에 나룻배들까지 송두리째 불살라 버리게 하였다.

한편 조인은 남은 군사들을 수습해서 신야에 둔치고 조홍을 시켜서 조조를 가 보고 싸움에 패한 전후수말을 자세히 고하게 하였다.

조조는 듣고 대로하여

"제갈량, 이 촌부가 제 어찌 감히 이럴 수가 있단 말이냐."
하고 곧 삼군을 재촉하여 산과 들을 까맣게 덮고 신야로 가서 영채를 세운 다음에, 군사들에게 영을 내려서 한편으로 산을 뒤지고 한편으로 백하를 메우며 대군을 여덟 길로 나누어서 일제히 번성을 치게 하였다.

이때 유엽이 나서서

"승상께서 이번에 처음으로 양양에 오셨으니 모름지기 먼저 백성의 마음을 사셔야만 하겠습니다. 이제 유비가 신야 고을의 백성을 모조리 번성으로 옮겨다 놓았으니 우리 군사가 만약에 이대로 나아간다면 신야·번성 두 고을의 백성이 일시에 함몰하고 말 것이라 우선 사람을 보내셔서 유비에게 항복을 권해 보시느니만 못할까 보이다. 그래서 설혹 유비가 항복을 아니 한다 하더라도 역시 우리가 백성을 사랑하는 마음은 보이게 될 것이요, 만약에 제가 항복을 하는 날에는 우리가 싸우지 않고 형주 땅을 얻게 되는 것이 아닙니까."
하고 말한다.

조조가 듣고 마음에 옳게 여겨서

"그럼 대체 누구를 보냈으면 좋겠는고."
하고 물으니,

"서서가 유비와 교분이 심히 두터운데 마침 지금 군중에 있으니 그더러 갔다 오라고 분부하시지요."

하고 유엽이 대답한다.

"그러나 제가 갔다가 다시 돌아오지 않으면 어쩌오."

하고 조조가 다시 한마디 물으니, 유엽은

"만약에 제가 돌아오지 않는다면 세상에 웃음거리가 될 뿐이니 승상께서는 의심하지 마셔도 됩니다."

하고 유엽은 말하였다.

조조는 마침내 서서를 불러다가

"내가 이제 번성을 말굽 아래 짓밟아 버리려 하나 다만 뭇 백성의 목숨이 불쌍해서 자제하고 있는 것이니, 공은 부디 가서 유비를 보고 말씀을 하시되 제가 곧 와서 항복을 한다면 죄를 용서하고 벼슬을 내리겠지만 만일에 종시 완악한 마음을 버리지 않고 고집을 부리는 날에는 군사와 백성이 다 함께 도륙을 당하고 옥석구분(玉石俱焚)[1]하고 말리라 하시오. 내가 공의 충의를 잘 아는 까닭에 특히 한 번 가시게 하는 것이니 행여나 내 뜻을 저버리지 마시오."

하고 말하였다.

서서가 명을 받고 번성에 이르자 현덕과 공명은 곧 그를 맞아들였다. 서로들 전일의 정회를 호소하고 나자, 서서는 현덕을 보고

"조조가 저를 보내서 사군을 초항하는 것은 짐짓 백성의 마음을 사 보자는 것입니다. 이제 저희가 군사를 팔로로 나누어서 백하를 메이고 나오는 터에 이대로 번성에 앉아 지키실 수는 없는 것이니 속히 계책을 세우시는 것이 좋을까 보이다."

---

1) 옥과 돌이 모두 탄다는 것이니, 착한 사람이거나 악한 사람이거나 구별 없이 똑같이 피해를 입는다는 뜻이다.

하고 말하였다.

현덕은 서서를 그대로 붙잡아 두려고 하였으나, 서서는

"제가 만약에 이대로 돌아가지 않는다면 결국 남의 웃음을 사고 말 것입니다. 이제 어머님이 돌아가셔서 평생의 한이 되었으매 비록 몸은 조조에게 가 있으나 꾀는 단 한 가지라서 제게 내어 주지 않을 작정입니다. 공께는 와룡이 있어서 보좌해 드리는 터에 어찌 대업을 이루시지 못할까 근심하겠습니까. 저는 그만 하직을 고하겠습니다."

하고 말하였다. 현덕은 감히 그를 더는 잡지 못하였다.

서서는 돌아가서 조조를 보고 현덕에게 항복할 뜻이 전혀 없더라고 보하였다. 조조는 듣고 크게 노해서 그날로 즉시 군사를 나가게 하였다.

한편 현덕이 공명에게 계책을 물으니, 공명의 말이

"속히 번성을 버리고 양양을 취해서 잠시 드시기로 하시지요."

한다.

"백성이 오래 우리를 따르는 터에 어떻게 차마 저들을 버리고 간단 말입니까."

"그럼 사람을 시켜서 두루 백성에게 고하게 하지요. 따르기를 원하는 자는 함께 가고 원하지 않는 자는 그대로 남으라고요."

공명은 곧 운장에게 먼저 분부하여 강변에 가서 선척을 정돈해 놓게 한 다음에 손건과 간옹을 시켜 성중에 말을 돌리되

"조조의 군사가 머지않아 들이닥칠 터인데 외로운 성을 오래 지키고 있을 수가 없으니 백성으로서 따라가기를 원하는 자는 곧 우리와 함께 강을 건너라."

하였다.

이 말을 듣자 두 고을의 백성은 이구동성으로

"우리들은 비록 죽는 한이 있더라도 유 사군 따라가기를 원하오."

하고 그 길로 모두 울부짖으며 나서서 늙은이를 부축하고 어린것의 손을 잡아 남부여대해서 떼를 지어 강들을 건너는데 양편 강 언덕에 곡성이 그치지 않았다.

현덕은 배 위에서 이 광경을 바라보고 목을 놓아 통곡하며

"나 한 사람으로 해서 백성이 이처럼 큰 환난을 겪으니 내 살아서 무엇 하랴."

하고 곧 강물에 몸을 던져 죽으려고 하니 좌우는 급히 그를 붙들어 말렸는데, 이 말을 전해 듣자 또 통곡 아니 하는 자가 없었다.

배가 남쪽 언덕에 닿은 뒤에 백성을 돌아보니 미처 건너오지 못한 사람들이 있어서 이편을 바라보며 통곡들을 한다. 현덕은 급히 운장에게 분부해서 곧 배를 재촉하여 그들을 건너게 한 다음에 그제야 비로소 말에 올랐다.

일행이 부지런히 길을 가서 양양성 동문 밖에 이르러 보니 성 위에는 정기(旌旗)가 두루 꽂혀 있고 해자 가에는 녹각이 빈틈없이 서 있다.

현덕이 말을 세우고서

"유종 현질아, 나는 다만 백성을 구하려고 할 뿐이지 다른 생각은 조금도 없으니 어서 성문을 열어라."

하고 큰 소리로 불렀다.

유종은 현덕이 왔다는 말을 듣고 그만 두려워서 나오지 못하는데 이때 채모와 장윤이 바로 적루 위에 올라와서 군사들을 꾸짖

삼고초려

어 아래를 향하여 어지러이 활을 쏘게 하였다.

성 밖에서 백성이 모두 적루를 바라보며 통곡들을 할 때, 홀연 성중에서 웬 장수 하나가 수백 명 군사를 거느리고 바로 성루 위로 올라오더니

"이 매국적 채모·장윤아, 유 사군께서는 인자하고 후덕하신 분이라 이제 백성을 구하려고 찾아오셨는데 어찌하여 막고 들이지 않는단 말이냐."

하고 크게 꾸짖는다. 모두 쳐다보니 그 사람이 신장은 팔 척이요 얼굴은 무르익은 대춧빛이다. 그는 본래 의양(義陽) 사람이니 성은 위(魏)요 이름은 연(延)이요 자는 문장(文長)이었다.

이때 위연이 칼을 휘둘러 문 지키는 장수와 군사들을 쳐 죽이고 성문을 활짝 열고 조교를 내린 다음에 소리를 높여

"유황숙은 빨리 군사를 거느리고 성에 들어와서 함께 나라 팔아먹은 도적놈을 치십시다."

하고 외쳤다.

장비가 곧 말을 달려 들어가려 하는 것을 현덕은 급히 소리쳐

"백성을 놀라게 마라."

하고 제지하였다.

위연이 그대로 현덕을 향해서 빨리 군마를 거느리고 성으로 들어오라 재촉하는데 이때 홀지에 한 장수가 성 안으로부터 군사를 데리고 말을 달려 나오며,

"이놈 위연아, 네가 한낱 무명소졸로서 언감생심 난을 일으킨단 말이냐. 대장 문빙을 네 알아보겠느냐."

하고 큰 소리로 꾸짖었다.

위연은 크게 노하여 창을 꼬나 잡고 말을 놓아서 곧 그와 어우러져 싸웠다.

양편 군사들이 또한 성 가에서 한데 뒤섞여 서로 어지러이 치니 함성이 크게 진동한다.

현덕이 이것을 보고

"내 본래 백성을 보호하자고 예까지 온 것인데 도리어 백성을 해치게 되었으니 나는 양양에 들어가기를 원하지 않소."

하고 말하여, 공명은

"강릉이 바로 형주의 요지이니 우리가 먼저 강릉을 취해서 집을 삼느니만 못할까 봅니다."

하고 의견을 내어 놓았다.

현덕은

"그 말씀이 바로 내 마음과 같습니다."

하고, 이에 다시 백성을 모조리 데리고 양양 대로를 떠나 강릉을 바라고 나가는데, 양양 성중의 백성도 그 혼란한 틈을 타서 많이들 성에서 빠져나와 현덕을 따라온다.

이때 위연은 문빙과 서로 어우러져 사시부터 미시까지 싸우다 보니 어느 틈에 수하 군사들이 다 죽고 상해서 곧 말머리를 돌려 도망하였는데, 여기저기 두루 찾아보아도 현덕의 모양이 보이지 않아 그는 마침내 장사태수 한현(韓玄)에게로 가 버렸다.

한편 현덕을 따라가는 군사들과 백성이 도합 십여만 명인데 크고 작은 수레들이 수천 채나 되고 봇짐들을 이고 지고 한 사람들은 이루 그 수효를 셀 수 없이 많았다.

그들이 가는 길이 마침 유표의 무덤 곁을 지나게 되어, 현덕은

삼고초려

여러 장수들을 영솔하고 친히 무덤 앞에 가서 재배하고 울면서

"욕된 아우 유비가 덕이 없고 재주 없어 모처럼 형님께서 부탁하신 바를 저버렸으니 이는 그 죄가 오직 유비 한 몸에 있는 것이지 백성에게는 아무런 관련이 없는 일이외다. 엎드려 바라옵건대 부디 형님은 굽어 살피사 형양 백성에게 구원을 내리시옵소서."

하고 고하니, 그 말이 너무나 듣기에 애절해서 군사나 백성이나 눈물을 아니 흘리는 자가 없었다.

이때 문득 탐마가 달려와서

"조조가 이미 대군을 번성에 둔치고 앉아 사람들을 풀어서 배와 떼를 수습해 가지고 즉일로 강을 건너 뒤를 쫓으려 한답니다."

하고 보한다.

여러 장수들은 모두

"강릉은 요지라 족히 적을 막아서 지킬 수 있는 곳인데 이제 수만 명 백성을 데리고 하루에 십여 리씩 길을 가니 이래서야 어느 때 강릉에 득달하며 또 만약 조조의 군사가 들이닥치면 무슨 수로 대적하겠습니까. 아무래도 잠시 백성을 버려두고 먼저 가는 것이 상책일 것 같사외다."

하고 말하였다.

그러나 현덕은 울면서

"대사를 도모하는 자는 반드시 사람으로 근본을 삼는 법이오. 이제 사람들이 내게 돌아왔는데 어떻게 그들을 버린단 말이오."

하니, 현덕의 이 말을 듣고 백성은 마음에 비감해하지 않는 사람이 없었다.

후세 사람이 시를 지어 그를 칭찬하였다.

환난 속에 백성을 건지려는 어진 마음
배에 올라 통곡하니 삼군이 다 감동한다.
그 옛날 끼친 자취 양강구(襄江口)로 찾아오니
오늘에도 부로(父老)들은 유 사군을 추모하네.

이때 현덕이 백성을 보호하여 천천히 가는데, 공명이 있다가
"추병이 머지않아 들이닥칠 형세니 운장을 강하로 보내셔서 공
자 유기에게 구원을 청하게 하시되 그더러 속히 군사를 일으켜 강
릉으로 모이게 하라고 이르시는 것이 좋겠습니다."
하고 말해서, 현덕은 그 말을 좇아 즉시 글을 써서 운장에게 주고
손건과 함께 오백 군을 거느리고 강하로 가서 구원을 청하게 하
고 장비로는 뒤를 끊게 하며 조운에게는 가솔을 맡겨서 보호하게
한 다음, 그 나머지 사람들은 모두 백성을 돌보며 나아가는데 매
일 겨우 십여 리를 가서는 쉬고 하였다.

한편 조조는 번성에 앉아 사람을 시켜서 강을 건너 양양에 가
서 유종을 불러오게 하였다.
그러나 유종이 마음에 두려워 감히 만나 보러 갈 엄두를 내지
못해서 채모와 장윤이 저희가 가겠노라고 자원해 나섰는데, 이때
왕위가 가만히 유종을 보고
"장군이 이미 항복을 하셨고 현덕이 또 도망했으니 조조가 필
시 마음이 해이해서 아무 방비가 없을 것이라 장군은 한 번 분발
하셔서 군사를 정돈하여 험한 곳에 매복하였다가 불의에 엄습하
면 조조를 사로잡을 수 있을 것이외다. 조조만 사로잡고 보면 그

삼고초려

위엄이 천하에 떨칠 것이니 중원이 비록 넓다고 하지만 가히 격문을 전해서 정할 수 있습니다. 이는 좀처럼 만나기 어려운 기회니 놓치지 마십시오."

하고 계책을 말하였다.

유종이 이 말을 채모에게 하자 채모는 왕위를 꾸짖었다.

"네가 천명을 알지 못하고 어찌 감히 망령된 말을 하느냐."

왕위는 노하여

"이 나라를 팔아먹는 무리야. 내가 네 고기를 산 채로 씹지 못하는 것이 한이다."

하고 욕을 하였다. 채모는 그를 죽이려 하였으나 괴월이 말려서 그만두었다.

채모는 마침내 장윤과 함께 번성으로 가서 조조에게 절하고 보였는데 그의 말과 얼굴에서 아첨이 뚝뚝 들었다.

조조는 채모에게 물었다.

"형주의 군마와 전량이 지금 얼마나 되는고."

채모가 아뢴다.

"마군이 오만이요 보군이 십오만이요 수군이 팔만이니 군사가 도합 이십팔만이옵고, 전량은 그 태반이 강릉에 있사오나 그 외에도 각처에 있는 것이 역시 일 년은 족히 댈 수가 있을 줄로 아옵니다."

조조는 다시 물었다.

"그럼 전선은 얼마나 되며 또 그것들은 누가 도맡아서 다스려 왔던고."

채모가 또 아뢴다.

"대소 전선들이 모두 칠천여 척이온데 그것들을 원래 저희 두 사람이 다 맡아서 다스려 왔사옵니다."

들고 나자 조조는 드디어 채모의 벼슬을 더해서 진남후(鎭南侯) 수군(水軍) 대도독(大都督)을 삼고 장윤으로 조순후(助順侯) 수군 부도독(副都督)을 삼았다. 두 사람이 크게 기뻐하여 절하고 사례하니, 조조는 다시

"유경승이 이미 죽고 그 아들이 귀순하였으니 내 이제 천자께 표주하여 길이 형주의 주인이 되도록 해 주지."

하고 말하였다.

두 사람이 마음에 흡족하여 물러가자, 순유가

"채모와 장윤은 한갓 아첨하는 무리들인데 주공께서는 어찌하여 그처럼 높은 작위를 내리시고 또 수군을 맡아서 다스리게 하셨습니까."

하고 물으니, 조조는 웃으며

"내 어찌 사람을 알아보지 못하겠소. 다만 내 거느리는 북방 군사들이 수전에 익지 못한 까닭에 아직 이 두 사람을 쓰자는 것이고 일이 끝난 후에는 달리 조처하겠소."

하고 말하였다.

한편 채모와 장윤이 돌아가서 유종을 보고

"조조가 장군으로 길이 형양을 다스리도록 천자께 보주하겠다고 말씀하옵디다."

하고 말하니, 유종은 크게 기뻐하여 이튿날 그 어머니 채부인과 함께 인수와 병부를 받들고 몸소 강을 건너서 조조를 영접하러 갔다.

삼고초려

조조는 그를 위무하고 나자 곧 장수들을 거느리고 양양성 밖에 와서 둔쳤다. 채모와 장윤은 양양 백성을 시켜서 향을 피우고 절하여 그를 영접하게 하였다.

조조는 좋은 말로 백성을 어루만지며 효유하고 성으로 들어갔다. 그는 부중에 좌정하자 즉시 괴월을 불러들여 앞으로 가까이 오라고 해서

"나는 형주 얻은 것이 기쁜 게 아니라 이도를 얻어서 기쁘구면."
하는 말로 위무하고, 드디어 괴월로 번성후(樊城侯)를 봉하여 강릉 태수를 삼고, 부손과 왕찬의 무리도 각각 관내후(關內侯)를 봉한 다음에, 유종에게는 청주자사를 제수해서 그날로 곧 길을 떠나라고 명령하였다.

유종이 뜻밖의 분부를 받고 깜짝 놀라서

"저는 벼슬도 원하지 않고 오직 부모의 향토를 지키고 있기가 소원이올시다."
하고 벼슬을 사양하니, 조조가 하는 말이

"청주는 허도에서 가까운 까닭에 조정에 출입하기가 편할뿐더러 형양에 그대로 남아 있다가는 남의 모해를 입게나 되지 않을까 염려해서 그러는 것이네."
한다.

유종은 두 번 세 번 사양해 보았으나 조조는 종시 들어주려고 아니 하였다.

마침내 유종은 하는 수 없이 저의 모친 채 부인과 함께 청주를 바라고 길에 올랐다. 그들을 따라서 다만 옛 장수 왕위 한 사람이 수행할 뿐이요 그 나머지 관원들은 모두 강가까지 나와서 그들을

배웅하고는 다 돌아가 버렸다.

이때 조조가 우금을 불러서

"너는 이 길로 경기를 거느리고 뒤를 쫓아가 유종 모자를 아주 죽여 후환을 없이 하여라."

하고 영을 내렸다.

우금은 영을 받자 그 즉시 군사를 거느리고 뒤를 쫓아가서

"내가 승상의 영을 받들고 너희 모자를 죽이러 왔으니 빨리 수급을 바쳐라."

하고 큰 소리로 외쳤다.

채 부인이 두 손으로 유종을 얼싸안고 대성통곡을 하는데 우금이 군사들을 꾸짖어 어서 하수하라고 분부한다.

왕위는 분함을 이기지 못하여 힘을 다해서 싸웠으나 필경은 뭇 군사들 손에 죽고 말았다. 군사들은 마침내 유종과 채 부인을 죽여 버렸다.

우금이 돌아가서 조조에게 복명하자 조조는 그에게 상을 후히 내렸다.

조조는 다시 사람을 융중으로 보내 공명의 가솔을 찾아서 잡아오게 하였다. 그러나 도무지 그들의 간 곳을 알 수가 없었다. 이것은 공명이 미리 사람을 보내서 자기 가솔을 삼강 안으로 이주시켜 화를 피하게 하였기 때문이다. 조조는 마음에 못내 분해하였다.

양양을 이미 정하고 나자 순유가 나서서

"강릉은 형양의 요지로서 전량이 극히 많으니 유비가 만약 이곳을 점거하고 본즉 졸연히 초멸하기가 어려울 것 같습니다."

하고 말한다.

조조는

"내 어찌 그것을 잊었겠소."

하고 즉시 양양 장수들 가운데서 한 사람을 뽑아내어 군사를 거느리고 길을 인도하게 하는데 여러 장수들 중에 홀로 문빙이 보이지 않아서 조조가 사람을 시켜 찾아보게 하였더니 문빙은 그제야 와서 뵈었다.

"네 어찌하여 오는 것이 늦었느냐."

조조가 한마디 묻자, 문빙은

"남의 신하가 되어 능히 그 주인으로 하여금 강토를 보전하게 못하니 마음에 비감하고 참괴해서 일찍 와서 뵐 낮이 없었소이다."

하고 대답하고 말을 마치자 흐느껴 울었다.

"참으로 충신이로고."

하고 조조는 그에게 강하태수를 제수하고 관내후의 작을 내린 다음에 곧 군사를 거느리고 길을 인도하게 하였다.

이때 탐마가 들어와서

"유비가 백성을 데리고 하루에 겨우 십여 리씩 가서 그간 도합 삼백여 리를 갔소이다."

하고 보한다.

조조는 각 부 군사들 중에서 철기 오천을 선발하여 밤을 도와 앞으로 나가 하루 낮 하루 밤에 유비를 따라가 잡으라 이르고, 대군은 육속 뒤를 따라서 나아가기로 하였다.

한편 현덕은 십여만 백성과 삼천여 군마를 데리고 한 걸음 한 걸음 강릉을 향해서 나가는데 조운은 가솔을 보호하고 장비는 뒤를 끊었다.

이때 공명이 현덕을 보고

"운장이 강하로 간 뒤에 도무지 소식이 없으니 어떻게 되는지 모르겠군요."

하고 말하니, 현덕이

"수고스러우셔도 군사가 몸소 한 번 가 보시지요. 유기가 전일 선생께 가르침을 받아 마음에 감격해하는 터이라 이제 만약 선생이 친히 찾아가시고 보면 필시 일이 잘 되오리다."

한다. 공명은 응낙하고 곧 유봉과 함께 오백 군을 거느리고 강하로 구원을 청하러 떠났다.

이날 현덕이 간옹·미축·미방과 동행해서 가는데 홀지에 일진광풍이 말 앞에서 일어나더니 티끌과 흙이 하늘을 찌를 듯 솟아올라 해를 가려 버린다.

현덕은 깜짝 놀라

"이게 무슨 조짐이오."

하고 물었다.

간옹이 음양에 썩 밝아서 소매로 점을 한 번 쳐 보더니 소스라쳐 놀라며

"이것은 아주 흉한 조짐인데 바로 오늘밤에 맞혔으니, 주공께서는 곧 백성을 버리고 빨리 피하시는 것이 좋겠습니다."

하고 말한다.

"백성이 신야에서부터 나를 따라 이곳까지 온 터에 어떻게 차마 버리고 간단 말이오."

“주공께서 만약 백성만 연연해하시고 버리지 않으시다가는 화가 머지않을 것입니다.”

현덕은 앞을 가리키며

“저기가 어딘고.”

하고 물었다.

“저기가 바로 당양현(當陽縣)이옵고 보이는 산은 경산(景山)이올시다.”

하고 좌우가 대답한다. 현덕은 곧 그 산에 가서 군사를 머무르게 하라고 분부하였다.

때는 가을도 이미 지나고 겨울로 접어들어 찬바람은 뼛속으로 스며드는데 황혼녘이 되자 곡성이 들을 덮었다.

그러자 사경쯤 해서 홀지에 서북편으로부터 함성이 천지를 진동한다.

현덕은 소스라쳐 놀라 급히 말에 뛰어올라 본부 정병 이천여 명을 거느리고 적을 맞으러 나섰다. 조조의 군사들이 덮쳐드는데 그 험한 기세를 당할 도리가 없다.

현덕은 죽기로써 싸웠으나 형세가 한창 위급할 즈음에 다행히 장비가 군사를 거느리고 달려와서 한 줄기 혈로를 뚫고 현덕을 구해 내어 동쪽을 바라고 달아났다.

이때 문득 문빙이 말을 달려 앞으로 나와서 길을 가로막는다.

그러나 현덕이

“이 주인을 배반한 도적놈이 오히려 무슨 면목이 있어서 사람을 보느냐.”

하고 한마디 크게 꾸짖자, 문빙은 그만 얼굴이 왈칵 붉어 황황히 수하 군사를 끌고 동북쪽으로 사라져 버렸다.

장비는 현덕을 보호하여 일변 싸우며 일변 달아났다. 달리고 또 달려 날이 훤히 밝을 녘에야 함성이 점점 멀어진다.

현덕이 그제야 말을 세우고 수하에 수행하는 사람들을 둘러보니 다만 백여 기가 있을 뿐이요 백성과 가솔이며 미축·미방·간옹·조운 등 여러 사람들은 모두 간 곳을 알지 못하겠다.

현덕은 목을 놓아 울었다.

"십여만 명 백성이 모두 나를 그리다가 그만 이 환난을 당하고 여러 장수와 가솔들의 존망을 알지 못하니 비록 목석이라 하더라도 어찌 슬프지 않으랴."

이렇듯 한창 마음이 처량하고 황황할 때 문득 미방이 얼굴에 두어 군데나 화살을 맞고 비틀거리며 찾아와서

"조자룡이 주공을 배반하고 조조에게로 가 버렸습니다."
하고 말한다.

현덕은 그를 꾸짖었다.

"자룡으로 말하면 내 옛 친구인데 어찌 나를 배반할 리가 있단 말이냐."

장비가 말한다.

"지금 우리가 이처럼 궁지에 빠진 것을 보고 제가 혹은 조조에게로 가서 부귀를 도모하려 한 것인지 누가 아오."

그래도 현덕은

"자룡이 나를 환난 중에 만나서 그 마음이 철썩 같으니 결단코 부귀로 해서 그의 뜻이 동요하지는 않을 것이다."
하고 말하는데, 미방은 그대로

"그가 정녕 서북쪽으로 가는 것을 제가 당장 이 눈으로 보았는
걸요."
하고 고집하고, 장비는 또 장비대로
"내가 가서 친히 찾아보아, 만약에 만나기만 하는 때는 한 창에
찔러 죽이겠소."
하고 나선다.
　현덕은 그에게
"공연한 의심을 마라. 너는 네 작은형이 안량·문추를 베던 일
도 보지 못했느냐. 자룡이 이번에 간 것이 반드시 까닭이 있는 일
일 게다. 나는 자룡이 결코 나를 버리지 않을 줄 믿는다."
하고 말하였으나, 장비는 듣지 않고 이십여 기를 거느리고 장판
교(長坂橋)로 갔다. 그는 다리 동편에 수풀이 있는 것을 보자 마음
에 한 계교를 생각해 내고, 수하 이십여 기에 분부하여 저마다 나
뭇가지를 꺾어서 말꼬리에 붙잡아매고 수풀 속으로 말을 달려 왕
래해서 자욱하게 티끌을 일으켜 의병(疑兵)을 삼게 하고, 장비 자
기는 친히 장팔사모를 비껴 잡고 말을 다리 위에 세우고서 서쪽
을 바라고 떡 버티고 있었다.

　한편 조운은 사경 때부터 조조의 군사와 싸워 두루 왕래 충돌
하다가 날이 밝을 녘에 찾아보니 현덕이 보이지 않고 현덕의 가
솔도 간 곳을 모르겠다.
　조운은 혼자 속으로 생각하였다.
"주인께서 감·미 두 부인과 작은주인 아두를 내게다 부탁하셨
는데 오늘 군중에서 잃었으니 무슨 낯으로 주인을 가서 뵙겠느냐.

가서 한 번 죽기로써 싸워 좌우간에 주모와 작은주인의 거취나 알아보아야겠다."

좌우를 돌아보니 수하에 다만 삼사십 기가 따를 뿐이다.

조운은 말을 몰아 난군 가운데로 들어가서 두루 찾았다. 두 고을 백성의 울부짖는 소리가 천지를 진동하며 화살에 맞고 창끝에 찔리고 남편을 잃고 아내를 버리고 각자 도망하는 사람들이 그 수효를 이루 헤아릴 수 없다.

조운이 한창 말을 달려 나가는 중에 문득 한 사람이 풀숲에 누워 있어서 자세히 보니 곧 간옹이다. 조운은 급히 물었다.

"두 분 주모를 뵙지 못하셨소."

간옹이 대답한다.

"두 분 주모께서 수레에서 내려 아두를 안고 달아나시기에 내가 말을 달려 뒤를 쫓아가는데 산언덕을 돌아가려 할 때 한 장수가 달려들어 한 창에 나를 찔러 말 아래 떨어뜨리고 내 말을 뺏어 갔는데 나는 싸우지도 못하고 그대로 여기 누워 있던 길이오."

조운은 곧 수하 군사가 타고 있던 말을 한 필 내어서 간옹을 태우고 군사 두 명을 붙여서 그를 보호하여 한 걸음 먼저 가게 하는데, 군사에게 이르기를

"네 가서 주공을 뵈옵거든, 내가 승천입지를 하여서라도 어떻게든 두 분 주모와 작은주인을 찾아 모시고 돌아가겠는데, 만약에 찾아뵙지 못하는 때에는 싸움터에서 그대로 죽을 생각이라고 여쭈어라."

하며 한마디 당부하고 나자 조운은 나머지 군사들을 거느리고 말을 놓아 장판파를 바라고 달려갔다.

삼고초려

그러자 홀연 한 사람이

"조 장군은 어디로 가십니까."

하고 큰 소리로 부른다. 조운은 말을 세우고

"너는 대체 누구냐."

하고 물었다.

그 군사가

"소인은 유 사군 장하에서 수레를 호송하던 군사인데 그만 화살을 맞고 여기 쓰러져 있는 것이올시다."

하고 대답한다.

조운이 곧 그에게 두 부인의 소식을 물어보니

"바로 조금 전에 감 부인께서 머리를 풀고 맨발인 채로 한 떼 민간인들 틈에가 끼어 남쪽을 바라고 도망하시는 것을 뵈었소이다."

하고 그는 대답하는 것이다.

조운은 그 말을 듣자 곧 그 군사는 내버려 두고 급히 말을 놓아 남쪽을 바라고 쫓아갔다. 보니 과연 남녀 수백 명 한 떼가 한데 몰려서 달려가고 있다.

조운은 곧 큰 소리로 불러 보았다.

"그 속에 혹시 감 부인이 안 계십니까."

부인이 마침 사람들 뒤에서 쫓아가다가 조운을 바라보고는 그만 목을 놓아 통곡한다.

조운은 곧 말에서 뛰어내려 땅에 창을 꽂아 놓고 울면서

"주모를 이처럼 혼자 떨어지시게 한 것은 전혀 조운의 죄이옵니다. 그런데 미 부인과 작은주인은 어디 가셨습니까."

하고 물었다.

감 부인이 말한다.

"내가 미 부인과 적병에게 쫓겨 수레를 버리고 백성 틈에 끼어 한참 도망해 가던 중에 또 한 떼의 군마가 덮쳐들어서 함부로 치는 바람에 미 부인과 아두는 어디로 갔는지 알 수 없고 나만 혼자서 여기까지 도망해 온 길이에요."

이렇듯이 이야기하고 있는데 홀지에 백성의 부르짖는 소리가 들렸다. 적의 일지군이 또 이리로 짓쳐 들어오고 있는 것이었다.

조운은 곧 땅에 꽂았던 창을 뽑아들고 말에 뛰어올라 그편을 바라보았다.

바로 저 앞에서 한 사람이 마상에 결박을 당해 가지고 오니 그는 곧 미축이요, 그의 등 뒤로 한 장수가 손에 큰 칼을 들고 천여 명 군사를 거느리고서 오니 그는 바로 조인의 수하 장수 순우도이다. 순우도가 미축을 사로잡아 가지고 군공을 드리러 그처럼 압령해 가는 길이었던 것이다.

조운은 한 번 벽력같이 호통을 치자 곧 창을 꼬나 잡고 말을 놓아 바로 순우도에게로 달려들었다.

순우도가 그를 당해 내지 못하고 한 창에 찔려서 말 아래 뚝 떨어진다. 조운은 곧 앞으로 내달아서 미축을 구해 내고 또 말 두 필을 빼앗았다.

조운은 곧 감 부인을 말에 태워서 적들이 우글우글하는 큰 길을 헤치며 바로 장판파까지 나아갔다.

이때 장비가 한 손에 창을 비껴 잡고 다리 위에 말을 세우고 있다가

"자룡아, 네 어찌하여 우리 형님을 배반하느냐."

하고 큰 소리로 외친다.

조운이

"내가 주모와 작은주인을 찾지 못해서 뒤에 떨어진 겐데 어찌하여 배반했다고 하오."

하고 발명하니, 장비가

"만약에 간옹이 먼저 와서 소식을 전하지 않았다면 내가 지금 자네를 보고 가만두었겠나."

하고 말한다.

조운은 그에게

"주공께서는 어디 계시오."

라고 묻고, 장비가

"요 앞 멀지 않은 곳에 계시다네."

하고 대답하자, 곧 미축을 보고

"그럼 미자중은 감 부인을 잘 모시고 먼저 가오. 나는 도로 가서 미 부인과 작은주인을 찾아보아야겠소."

한다.

말을 마치자 조운은 즉시 오륙 기를 거느리고 오던 길로 다시 되돌아갔다.

조운이 한창 말을 달려가는데 한 장수가 손에는 창을 들고 등에는 한 자루 칼을 메고 십여 기를 거느리고서 말을 몰아 달려온다.

조운은 제 잡담하고 바로 그 장수에게로 달려들어 한 번 어우르자 바로 한 창에 그 장수를 찔러서 거꾸러뜨리니 그의 뒤를 따르던 군사들이 다 도망가 버린다.

원래 이 장수는 조조 좌우에 모시는 배검장(背劍將) 하후은(夏候

恩)이다. 조조에게 보검 두 자루가 있어서 하나는 의천검(倚天劍)이
요 또 하나는 청강검(靑鋼劍)인데, 의천검은 자기가 지니고 청강검
은 하후은을 주어서 차고 있게 하였다. 이 청강검이 쇠를 진흙 베
듯 해서 그 날카롭기가 비길 바가 없는데, 당시 하후은이 저의 용
력을 믿고 조조에게서 떨어져 사람들을 데리고 나서서 이리저리
돌아다니며 함부로 노략질을 하다가 뜻밖에도 조운한테 잘못 걸
려서 그처럼 한 창에 찔려 죽은 것이다.

조운이 곧 그의 메고 있는 칼을 빼앗아 자세히 살펴보니 칼 자
루에 '청강' 두 자가 금으로 아로새겨져 있다. 조운은 그것이 정
녕 보검임을 알고 곧 허리에 찬 다음 창을 손에 들자 다시 적군
속을 바라고 말을 짓쳐 들어갔다. 이때 문득 깨닫고 좌우를 둘러
보니 수하에 군사들이 이미 한 명도 남아 있지 않고 단지 자기 한
몸뿐이다.

그러나 조운은 털끝만치도 뒤로 물러갈 마음이 없이 이리저리
찾아다니며 백성을 보기만 하면 곧 미 부인의 소식을 묻곤 하였다.

그러는 중에 문득 한 사람이 손을 들어 한 곳을 가리키며

"부인께서 왼편 다리에 창을 맞아서 도망도 못 가시고 어린 아
기를 안으신 채 저 앞 토담 무너진 안에 앉아 계십니다."
하고 일러 준다.

그 말을 듣자 조운은 황망히 그곳으로 찾아갔다. 이르러 보니
불에 타서 토담이 무너진 인가가 하나 있는데 미 부인이 아두를
품에 안고 무너진 담 아래 마른 우물가에 앉아서 울고 있다.

조운이 급히 말에서 뛰어내려 땅에 엎드려 절하니 미 부인이 경
황이 없는 중에도 반색을 하며

삼고초려

靡夫人　　미부인

賢哉靡氏	어질도다, 미부인이여!
內助劉君	유사군을 안에서 도왔구나
言辭無失	언사에 실수가 없었으며
進退有倫	진퇴에 차례가 있었도다
心如金石	마음은 쇠와 돌 같았고
志似松筠	의지는 솔과 대 같았네
身雖歸土	몸은 비록 흙으로 돌아가지만
名不沾塵	이름은 티끌에 더럽히지 않았네
千載之後	천년이 흐른 뒤에도
配湘夫人	상부인과 나란히 칭송되리

"첩이 장군을 만났으니 이제 아두는 살았습니다. 부디 장군은 이 아이의 부친이 반생을 두고 정처 없이 떠다니며 단지 이 일점 혈육이 있을 뿐임을 가엾이 생각해서, 이 아이를 잘 보호하여 저의 부친의 얼굴을 다시 보게 하여 주시면 첩은 죽어도 다시 한이 없겠습니다."

하고 말한다.

조운은 그를 보고

"부인으로 하여금 이 환난을 겪으시게 한 것은 전혀 조운의 죄입니다. 여러 말씀 마시고 어서 부인은 말에 오르십시오. 운이 보행으로 부인을 모시며 죽기로써 싸워 에움을 뚫고 나가오리다."

한다.

이렇듯 간곡히 청하였으나 미 부인은

"그건 아니 될 말입니다. 장군이 어떻게 말이 없이 되시겠습니까. 이 아이는 그저 장군이 보호하여 주실 것만 믿습니다. 첩은 이미 몸에 중상을 입었으니 이대로 죽은들 무엇이 아깝겠습니까. 바라건대 장군은 한시바삐 이 아이를 안고 이 자리를 떠나시어 행여나 첩으로 해서 화를 받지 마십시오."

하고 듣지 않는다.

"함성이 차츰 가까워지니 추병이 곧 이를 형편이라 부인은 속히 말에 오르십시오."

조운이 재촉을 하나 미 부인은 여전히

"첩은 정말 갈 수가 없으니 둘이 다 그릇되게 마세요."

하고, 아두를 조운 앞에 내어 밀며 결연하게

"이 아이의 목숨은 전혀 장군께 달렸습니다."

하고 말할 뿐이다.

　조운은 사오 차나 연거푸 말에 오르기를 청하였으나 부인은 종시 들으려고 아니 했다. 그러자 사면에서 또 함성이 일어났다.

　조운이 소리를 가다듬어

"부인께서 내 말씀을 듣지 않으시다가 만일 추병이 이르면 어찌하시렵니까."

라고 다시 한마디 하자, 미 부인은 마침내 아두를 땅에 놓고 몸을 돌쳐 마른 우물 속으로 뛰어들어 죽어 버렸다.

　후세 사람이 시를 지어 그를 칭찬하였다.

　　　장수가 싸울 적에 말의 힘을 많이 빈다.
　　　걸어서야 무슨 수로 어린 주인 구해 내리.
　　　한 목숨 내어 던져 유씨 후사 보전하니
　　　장하고 갸륵할사 여인의 용단이여.

　조운은 부인이 죽은 것을 보자 조조의 군사가 혹시 그 시신을 훔쳐 갈까 두려워서 곧 토담을 밀어 마른 우물을 덮어 버리고, 갑옷 끈을 풀고 엄심경(掩心鏡)을 들어 아두를 품에 고이 품은 다음에 손에 창을 잡고 말에 올랐다.

　이때에 벌써 한 장수가 한 떼의 보군을 거느리고 닥쳐드니 그는 곧 조홍의 수하 장수 안명이다. 안명은 삼첨량인도(三尖兩刃刀)를 휘두르며 바로 조운에게로 달려들었다.

　조운은 아두를 품에 품어 몸 쓰기가 다소 불편하였으나, 곧 그를 맞아 싸워 삼 합이 못 되어 한 창에 그를 찔러서 거꾸러뜨리고 군사들을 쳐서 흩은 뒤에 길을 뚫고 달아났다.

그가 한창 달아나는 중에 앞에서 또 군사 한 떼가 내달아 길을 가로막으니 앞을 선 대장은 그 기호에도 분명한 하간(河間) 장합(張郃)이다.

조운은 아무 수작도 건네지 않고 즉시 창을 꼬나 잡고 달려들어 장합과 싸웠다. 그러나 서로 싸워 십여 합에 이르자 조운은 더 계속해 싸울 마음이 안 나서 문득 길을 앗아 달아났다. 등 뒤에서 장합이 부지런히 쫓아온다.

조운은 말에 채질을 더해서 그대로 달렸다. 그러자 뜻밖에도 쿵 소리와 함께 말과 사람이 한꺼번에 큰 흙구덩이 속에가 빠지고 말았다. 장합이 곧 창을 꼬나 잡자 그대로 조운을 겨누어 힘껏 내지르려고 한다.

그러나 이때에 홀연 한 줄기 붉은 기운이 그 구덩이 속으로부터 뻗쳐 나오자, 조운의 탄 말이 별안간 한 번 껑충 몸을 솟구쳐서 구덩이 밖으로 뛰어나오는 것이다.

후세 사람이 지은 시가 있다.

온 몸이 홍광(紅光)에 싸여 곤룡(困龍)이 나는구나.
장판파의 포위를 뚫고 전마는 달려간다.
마흔두 해 나라를 다스릴 천명(天命) 띤 주인이라
장군이 그 덕분에 신위(神威)를 떨쳤다네.

장합은 이 광경을 보고 그만 소스라쳐 놀라 혼비백산 제풀에 물러가 버렸다.

조운이 다시 말을 놓아 달아나는데 이때 그의 등 뒤에서 홀연 두 장수가 큰 소리로

"조운은 달아나지 마라."

라고 외치면서 뒤를 쫓아오고, 앞에서 또 두 장수가 두 가지 병장기를 들고 앞길을 가로막으니 뒤에서 쫓는 것은 마연과 장개요 앞에서 막는 것은 초촉과 장남이라 네 장수가 모두 원소 수하에 있던 사람들로서 조조에게로 항복해 온 장수들이다.

조운이 혼자서 네 장수를 상대로 힘을 다해서 싸우고 있는데 이때에 조조의 군사가 일제히 몰려 들어왔다.

조운은 곧 청강검을 뽑아들고 닥치는 대로 내리쳤다. 그의 손이 한 번 번뜻 하기만 하면 적의 갑옷은 그대로 쩌개지며 상처에서 피가 댓줄기처럼 뻗치는 것이다. 이리하여 조운은 뭇 장병들을 모조리 쳐서 물리치고 겹겹이 둘린 포위 속을 끝끝내 뚫고 밖으로 나왔다.

마침 이때 조조가 경산 마루에 앉아서 전세를 관망하더니, 문득 한 장수가 천군만마 속을 필마단기로 헤쳐 나가기를 마치 무인지경에 든 듯 위세가 대단하다.

조조는 깜짝 놀라 좌우를 돌아보고

"장수가 대체 누군고,"

하고 물었다.

조홍은 곧 나는 듯이 말을 달려 산에서 내려가자

"군중에 싸우는 장수는 성명을 통하라,"

하고 소리를 높여 외쳤다.

조운이 곧 이에 응해서

“나는 상산 조자룡이다.”

하고 외친다. 조홍이 다시 돌아가서 조조에게 그대로 보하니, 조조는 듣고

“참으로 범 같은 장수로구나. 내 마땅히 저를 사로잡고야 말겠다.”

하고 드디어 당보수(塘報手)들로 하여금 각 진으로 말을 달려가서 영을 전하게 하되

“만약 조운이 이르거든 행여 화살을 쏘지 말고 오직 사로잡도록 하라.”

하였다.

이로 인해서 조운이 도리어 이 환난을 벗어날 수가 있었으니 이것도 역시 아두가 복이 있는 까닭이다.

이 한마당 큰 싸움에서 조운이 품속에 후주(後主)[2]를 안고 겹겹이 에운 적의 포위를 뚫고 나올 적에 칼로 찍어서 쓰러뜨린 큰 기가 두 개요, 뺏은 창이 세 자루요, 창으로 찌르고 칼로 쳐서 죽인 조조 군중의 이름난 장수들이 전후 오십여 명이다.

후세 사람이 지은 시가 있다.

전포를 물들인 피 갑옷에 배어 뻘겋구나.
당양서 누가 감히 그와 맞서 봤다더냐.
자고로 적진에서 주인을 구해 낸 이
다만지 상산 땅에 조자룡이 있었더라.

---

2) 임금의 뒤를 이을 아들. 여기서는 아두, 즉 유선(劉禪)을 말한다. 따라서 선주(先主)는 유비를 가리켜 하는 말이다.

삼고초려

조운이 이때 중중첩첩하게 둘린 포위 속을 뚫고 싸움터 밖으로 뛰어나오는데 남에게서 받은 피가 전포를 시뻘겋게 물들였다.

그가 한창 말을 달려가는 중에 산언덕 아래서 또 군사들 두 떼가 일시에 내달으니 이들을 거느리는 것은 곧 하후돈의 수하 장수 종진과 종신의 형제다.

두 사람이 하나는 큰 도끼를 둘러메고 또 하나는 화극을 손에 들고서 소리를 가다듬어

"조운은 빨리 말에서 내려 결박을 받아라."

하고 꾸짖는다.

　　호굴을 가까스로 벗어나와 보니
　　용담(龍潭)이 앞을 또 막아 물결도 흉흉하다.

필경 조자룡이 어떻게 이 위기를 벗어나려는고.

| 42 |

이때 종진과 종신 두 사람이 조운의 앞을 가로막고 대든다. 조운이 창을 꼬나 잡고 내달으니 종진이가 먼저 큰 도끼를 휘두르며 그를 맞는다.

두 필 말은 곧 어우러졌다. 그러나 서로 싸워 삼 합이 못 되어서 조운은 한 창에 종진을 찔러 말 아래 떨어뜨리고 길을 뺏어 달아났다.

그의 등 뒤로 종신이가 화극을 들고 쫓아왔다. 마침내 종신의 탄 뒷말이 조운의 탄 앞말의 꼬리를 물 만큼 바짝 대어서고 종신의 화극이 바로 조운의 등 한복판을 겨누는 순간, 조운이 홀지에 말머리를 홱 돌리니 두 사람의 가슴과 가슴이 서로 맞부딪칠 듯, 이때 조운이 왼손에 잡은 창을 번개처럼 들어서 종신의 화극을 막으며 바른손으로는 청강검을 빼어 종신의 정수리를 겨누고 내리쳤다.

종신은 투구를 쓴 채 머리가 두 쪽이 나서 말 아래 떨어져 죽고 수하의 무리들은 삼지사방 흩어져서 모두 달아나고 말았다.

조운이 다 몸을 빼어 장판교를 바라고 달아나는데 뒤에서 또 함성이 크게 진동하니 이는 문빙이 군사를 거느리고 그의 뒤를 쫓아온 것이다.

조운이 장판교 가까이에 이르렀을 때는 사람이나 말이나 다 지칠 대로 지쳐서 허덕허덕하는 판인데, 눈을 들어 바라보니 장비가 창을 비껴들고 다리 위에 말을 세우고 떡 버티고 서 있다.

조운은 크게 소리쳐 불렀다.

"익덕은 제발 날 좀 구하여 주오."

장비가 선뜻 대답한다.

"자룡은 빨리 가게. 뒤에 오는 추병은 내 맡음세."

조운은 그대로 말을 놓아 다리를 건넜다. 그로부터 이십여 리쯤 가니 현덕이 여러 사람과 함께 나무 아래 앉아서 쉬고 있다.

조운은 말에서 뛰어내리자 그대로 땅에 엎드려 울었다. 현덕도 같이 울었다.

조운은 가쁜 숨을 미처 돌릴 사이도 없이 현덕에게 아뢰었다.

"조운의 죄는 실로 만 번 죽어도 오히려 가볍습니다. 미 부인께서는 몸에 중상을 입으셨는데 아무리 권하여도 말에 오르려 아니하시고 마침내 우물에 몸을 던져 자결해 버리셨습니다. 운이 하는 수 없어 곁에 있는 토담을 허물어 우물을 덮고는 공자를 품에 안고 겹겹이 에운 포위를 뚫고 나오는데 다행히 주공의 홍복으로 이처럼 벗어날 수가 있었습니다. 그러나 조금 아까까지도 공자가

품속에서 울고 계셨는데 지금 아무 동정이 없으시니 혹시 보전하
시지 못한 것이나 아닐까요.”

　말을 마치며 즉시 갑옷을 풀고 살펴보니, 아두는 그 속에서 잠
이 깊이 들어 있었다.

　조운은 기뻐서

“다행히 공자께서는 무사하시군요.”

하고, 두 손으로 아두를 받들어 현덕에게 바쳤다.

　그러나 현덕은 아두를 그대로 땅에 던지며

“이깟 어린 자식 하나로 해서 하마터면 내 일원 대장을 잃을 뻔
하였구나.”

하며 눈물을 쏟는다.

　조운은 황망히 아두를 땅에서 안아 올리며

“운이 비록 간뇌도지하더라도 이 은혜는 보답하올 길이 없사오
리다.”

하고 그의 앞에 절하고 울었다.

　후세 사람이 지은 시가 있다.

　　조조 군중에서 비호가 뛰어나오고
　　조운의 품 안에선 소룡이 잠을 잔다.
　　충신의 갸륵한 뜻 위로할 길이 없어
　　내 아들을 번쩍 들어 땅에다 던져 보네.

　한편 문빙이 군사를 거느리고 조운의 뒤를 쫓아 장판교까지 와
보니 조운은 간데없고 다만 장비가 범의 나룻 거스르고 고리눈

부릅뜨고 장팔사모 손에 잡고 말 타고 다리 위에 섰을 뿐인데 다리 동편 수풀 뒤에서는 티끌이 자욱하게 일어나고 있다.

문빙은 혹시 복병이 있지 않은가 의심해서 곧 군사를 멈추어 세우고 감히 앞으로 더는 나아가지 못하였다.

그러자 뒤따라 조인·이전·하후돈·하후연·악진·장료·장합·허저 등 여러 장수들이 모두 당도하였다.

보니 장비가 두 눈을 부릅뜨고 창을 비껴 잡고 다리 위에 말에 높이 올라 떡 버티고 서 있다. 이것도 혹시 제갈공명의 계교나 아닌가 겁들이 나서 모두 감히 앞으로 나가지 못하고 진을 펴서 다리 서편에다가 일자로 군사들을 조치한 다음에, 곧 사람을 보내서 조조에게 보하였다. 조조는 이 소식을 듣자 급히 말을 타고 진 뒤로 와서 보았다.

이때 장비가 고리눈을 부릅뜨고 바라보니 적의 후진에 청라산개와 모월정기(旄鉞旌旗)가 들어서는 것이 은은하게 보인다.

장비는 필시 조조가 마음에 의심이 나서 친히 동정을 살피러 온 것이려니 속으로 짐작하고, 즉시 소리를 가다듬어

"나는 연인(燕人) 장익덕이다. 뉘 감히 나와 더불어 한 번 죽기로 싸워 보려는고."
하고 호통을 쳤다.

그의 호통 치는 소리가 벼락 치는 소리만 못하지 않아서 조조의 군사들은 듣고 다들 떨었다.

조조가 급히 청라산개를 걷어치우게 하고 좌우를 돌아보며

"내가 전일에 운장의 말을 들으매 익덕이 백만 군중에서 상장의 머리 베기를 마치 주머니 속에서 물건 꺼내듯 한다고 하던데

오늘 이처럼 만났으니 결단코 만만하게 보아서는 아니 될 것이야.”
하고 말하는데, 그 말이 미처 끝나기 전에 장비가 두 눈을 또 부릅뜨며

“연인 장익덕이 예 있다. 뉘 감히 죽기로 싸워 보겠느냐.”
하고 다시 호통 쳤다.

조조는 장비의 그렇듯 장한 기개를 보고 그만 물러가 버릴 생각이 들었다.

이때 장비가 다시 바라보니 조조 후군의 진이 움직이고 있다. 그는 곧 장팔사모를 다시 꼬나 잡으며

“너희가 싸우지도 않고 물러가지도 않으니 대체 어쩔 작정이냐.”
하고 또 한 번 호통 치니 호통소리가 계속 그치지 않는 통에 조조 곁에 있던 하후걸(夏候傑)이 너무나 경겁해서 그만 얼떨결에 말 아래 거꾸로 박히고 말았다.

조조가 깜짝 놀라 그대로 말머리를 돌리자 들고뛰니, 이를 본 모든 장수와 군졸들이 일제히 서쪽을 바라고 도망하였다.

그 꼴이 마치도 젖먹이 어린것이 벼락 치는 소리를 들은 듯, 병든 나무꾼이 호랑이 우는 소리를 들은 듯, 그 통에 손에 들었던 창을 버리고 머리에 썼던 투구를 떨어뜨린 자가 부지기수라, 사람은 마치 조수 끓듯 하고 말은 흡사 산이 무너진 것 같아서 서로 마구 짓밟고 짓밟히는 형편이었다.

후세 사람이 장비를 칭찬해서 지은 시가 있다.

창을 비껴 잡고 고리눈 부릅뜨니
장판교 다리목에 살기가 등등하다.

삼고초려

한 번 치는 호통소리 된 벼락이 울리는 듯
조조의 백만 대병 혼자서 물리쳤네.

이때 조조가 장비의 위엄에 덜컥 겁이 나서 말을 놓아 달아나는데 관잠(冠簪)이 다 떨어지고 머리가 다 풀어졌다. 장료와 허저가 부지런히 뒤를 쫓아와서 그의 말고삐를 잡아 세우니 조조는 당황해서 어찌할 바를 몰라 한다.

급기야 장료가

"승상은 진정하십시오. 장비 하나를 그처럼 두려워하실 것이 무엇니까. 지금 곧 군사를 돌려서 치시면 유비를 사로잡으실 수 있사오리다."

하고 말하자, 조조는 비로소 정신이 들어 즉시 장료와 허저를 시켜 다시 장판교에 가서 소식을 알아 오게 하였다.

한편 장비는 조조의 군사들이 한꺼번에 물러가는 것을 보자 감히 그 뒤를 쫓지 못하고 그 길로 수하의 이십여 기를 불러내어 말꼬리에 붙들어 매었던 나뭇가지를 끄르고, 수하에 명하여 다리를 허물어 버리게 한 다음에 말을 돌려 현덕을 와서 보고 다리 끊은 일을 모두 이야기하였다.

들고 나자 현덕이 가만히 한숨을 지으며

"네가 용맹하기는 용맹하나 다만 꾀가 없는 것이 흠이로구나."

하고 말하니, 장비가

"어째서 그러오."

하고 묻는다.

"조조가 꾀가 많으니까 너는 다리를 끊지 말았어야 해. 이제 제가 반드시 우리 뒤를 쫓아올 게다.”

“제가 내 호통 한 번에 뒤로 사오 리를 물러갔는데 어딜 감히 다시 쫓아오겠소.”

“만약에 네가 다리를 끊지 않았다면 제가 매복이 있는가 의심해서 감히 진병하지 못할 것이로되, 이제 다리를 끊어 버렸은즉 우리에게 군사가 없어서 겁을 내는구나 짐작하고 반드시 뒤를 쫓을 것이다. 제게는 백만 대병이 있으니 장강·한수라도 다 메우고 지날 터인데 그까짓 다리 하나 끊어진 게 두렵겠느냐.”
하고 현덕은 곧 몸을 일어 일행 군마를 거느리고 한진(漢津)을 향하여 면양 길로 달아났다.

이때 조조가 장료와 허저를 보내서 장판교 소식을 알아보게 하니, 돌아와서 보하는 말이

“장비가 이미 다리를 끊어 놓고 가 버렸소이다.”
한다.

조조는

“제가 다리를 끊어 놓고 갔다니 이는 겁이 나기 때문이다.”
하고, 드디어 영을 전해서 일만 군을 보내 급히 부교(浮橋) 셋을 만들어 오늘 밤으로 건널 수 있게 하라 하였다.

이전이 있다가

“이것도 혹시 제갈량의 간계나 아닐지 모르니 경솔히 진병하셔서는 아니 되겠습니다.”
하고 말하였으나,

“장비는 한낱 용부(勇夫)일 뿐이니 무슨 간계가 있겠다고.”
하고 조조는 드디어 삼군에 호령을 전해서 급급히 진병하게 하

였다.

한편 현덕 일행이 길을 떠나 한진 가까이 이르자 홀연 후면에 티끌이 크게 일어나며 북소리는 하늘에 닿고 함성은 땅을 진동한다.

"앞에는 대강이 있고 뒤에는 추병이 있으니 이 노릇을 어찌하면 좋을꼬."

하고 현덕은 급히 조운더러 적을 맞아 싸울 준비를 하라고 분부하였다.

이때 조조가 군중에 영을 내려

"지금 유비는 솥 안에 든 물고기요 함정 속에 빠진 범이다. 만약 이때에 곧 사로잡지 않는다면 물고기를 바다에다 놓아 주고 범을 산으로 돌아가게 하는 것이니 모든 장수들은 힘을 다해서 앞으로 나가거라."

하니, 여러 장수들이 영을 듣고 저마다 위엄을 뽐내서 뒤를 쫓으려니까 문득 산언덕 너머에서 북소리가 울리며 한 떼의 군마가 뛰어나와

"우리가 예서 너희를 기다린 지 오래다."

하고 크게 외치는데, 앞을 선 대장은 손에 청룡도를 들고 적토마에 높이 올라앉았으니 곧 관운장이다.

원래 운장이 강하로 가서 군사 일만을 얻어 가지고 오다가 문득 당양 장판파에서 싸움이 크게 벌어졌다는 소식을 듣고 특히 이 길로 질러 온 것이었다.

조조는 운장을 한 번 보자 즉시 말을 세워 놓고 여러 장수들을 돌아보며

“우리가 또 제갈량의 계교에 빠졌구나.”

하고 바로 퇴군령을 내려서, 대군이 그 길로 다 물러가 버리고 말 았다.

운장은 그 뒤를 십여 리나 쫓다가 다시 군사를 돌려서 현덕 일 행을 보호하여 한진으로 갔다. 그곳에 당도하니 선척이 이미 등 대하고 있었다.

운장은 즉시 현덕을 청해서 감 부인, 아두와 함께 배 안으로 들 어가서 좌정한 다음에

“어찌하여 둘째 아주머님이 보이지 않습니까.”

하고 물었다.

현덕이 당양에서의 일을 이야기하여 주니 듣고 나자, 운장이 한숨을 쉬며

“전일 허전에서 사냥할 때에 만약 제가 하는 대로만 두셨더라 면 오늘날 이런 변이 없었을 것입니다.”

하고 말한다.

현덕이 그 말에

“나는 그때 혹 누가 천자께 미칠까 하여 못하게 말린 것이라네.”

하고, 바야흐로 지난 이야기들을 하고 있을 때 홀지에 강 남쪽 언 덕 아래서 북소리가 크게 울리며 무수한 선척이 순풍에 돛을 달 고 이편으로 향하여 온다.

현덕은 크게 놀랐으나 배들이 가까이 들어오는데 보니, 한 사 람이 몸에 흰 전포와 은빛 갑옷을 입고 뱃머리에 나와 큰 소리로

“숙부님께서는 그간 강녕하십니까. 소질이 숙부님께 죄를 지었 습니다.”

삼고초려

하고 말한다. 그제야 현덕이 자세히 보니 바로 유기다.

유기는 이편 배로 건너오자 현덕에게 울며 절을 하고

"숙부님께서 조조에게 난경을 치르고 계시다는 말씀을 듣고 소질이 특히 접응하러 오는 길입니다."

하고 말하였다.

현덕은 마음에 크게 기뻐하여 마침내 군사를 한 곳에 모으고 배를 저어나가며 선중에서 그간 지내 온 일을 서로 이야기하였다.

그러자 문득 강 서남 쪽으로부터 웬 전선들이 일자로 벌려 서서 군호로 휘파람을 휙휙 불면서 바람을 타고 이편으로 온다.

유기가 놀라며

"강하에 있는 군사들은 소질이 이미 모조리 거느리고 이리로 온 터에, 이제 또 전선들이 길을 막으니 저것이 조조의 군사가 아니면 필시 강동 군사일 것이라 이 노릇을 어찌하면 좋습니까."

하고 말한다.

현덕은 곧 뱃머리로 나가서 살펴보았다. 자세히 보니 저편에서 오는 뱃머리에 한 사람이 단정히 앉아 있는데, 머리에 윤건 쓰고 몸에 도복을 입은 자태가 곧 공명이요 그의 등 뒤에 뫼시고 서 있는 사람은 바로 손건이었다.

현덕이 황망히 공명을 자기 배로 청해다가 어쩐 일이냐고 물으니

"량이 강하에 가는 길로 먼저 운장을 시켜서 한진으로 해서 육지로 올라가 주공을 접응하라고 일렀습니다. 그리고 생각해 보니 조조가 반드시 뒤를 쫓을 것이며, 주공께서 필시 강릉으로 오시지 않고 길을 바꾸어 한신을 취하려 드시겠기에, 특히 공자께 청

해서 한 걸음 먼저 와서 접응해 드리게 하고, 량은 마침내 하구로 가서 그곳에 있는 군사를 모조리 데리고 이처럼 싸움을 도우러 오는 길입니다.”

하고 공명은 말한다.

현덕은 마음에 크게 기뻐서 모든 군사를 한 곳에 모으고 앞으로 조조를 깨뜨릴 계책을 의논하였다.

공명이 먼저 입을 열어

“하구가 성이 험고하고 전량이 넉넉해서 오래 지키고 있을 만하니 주공께서는 우선 하구로 가셔서 군사를 둔치시고, 공자께서는 강하로 돌아가셔서 전선을 정돈하시며 병장기를 수습해서 의각지세를 삼기로 하시면 가히 조조를 대적할 수 있겠지만 만약 함께 강하로 돌아가신다면 형세가 도리어 외로울 것입니다.”

하고 말하니, 유기가 있다가

“군사의 말씀이 심히 좋습니다. 그러나 제 생각에는 숙부께서 잠시 강하에 들르셔서 아주 군마를 정돈해 놓으시고 다시 하구로 돌아가시더라도 늦으실 것은 없을 것 같습니다.”

하고 자기 소견을 말하였다.

현덕은 듣고 나서

“현질의 말이 또한 옳으이.”

하고 드디어 운장을 남겨 두어 오천 군을 거느리고 하구를 지키게 한 다음 현덕은 공명·유기와 함께 강하로 갔다.

한편 조조는 운장이 육로로 군사를 끌고 나와서 앞길을 막는 것을 보자 복병이 있지나 않을까 의심해서 감히 뒤를 쫓지 못하

삼고초려

고, 또 수로로 먼저 현덕에게 강릉을 빼앗길까 두려워서 그는 곧 밤을 도와 군사를 이끌고 강릉으로 갔다.

형주의 치중 등의와 별가 유선은 이미 양양 일을 알고 있는 터이라, 조조의 군사가 성에 이른다는 소리를 알자 형주의 군사와 백성을 데리고 성에서 나와 항복하였다.

조조는 성으로 들어가 백성을 안무하고 나자 옥에 갇혀 있던 한숭을 끌어내어 대홍려(大鴻臚)를 삼고 그 밖의 모든 관원들도 다 벼슬을 높여 주었다.

조조가 여러 장수들을 불러서

"유비가 강하로 갔으니 제가 만약에 동오와 손을 잡기라도 한다면 형세가 급히 쳐서 깨치기 어려울 것이라, 장차 무슨 계책을 써서 깨칠꼬."

하고 의논하니, 순유가 나서서

"지금 우리의 위세가 크게 떨쳤으니 이때를 타서 사자를 강동으로 보내 격서(檄書)를 전하게 하시되, 손권더러 군사를 거느리고 강하로 나와 함께 유비를 사로잡은 다음에 형주 땅을 나누자고 하십시오. 그러면 손권이 필연 마음에 놀라고 의심해서 항복을 드리고야 말 것입니다. 그렇게 되면 우리 일은 쉽사리 모두 이루어지는 것이 아니겠습니까."

하고 계책을 드린다.

조조는 그 계책을 좇아서 일변으로 격서를 써서 사자에게 주어 동오로 보내고, 일변으로 마군·보군·수군 합해서 팔십삼만을 백만이라 사칭하여 수륙 병진해서 배와 말이 쌍으로 장강 줄기를 따라서 내려가니, 서쪽은 형산과 협강에 연하고 동쪽은 기수와 황산에 접해서 채책이 실로 삼백여 리에 뻗쳤다.

이야기는 두 머리로 나뉜다.

이때 강동 손권은 시상구에 군사를 둔쳐 놓고 있었는데 소문에 들으니 조조가 대군을 거느리고 양양에 이르러 유종의 항복을 받았고 다음에 다시 밤낮으로 길을 곱절씩 가서 강릉을 수중에 넣었다고 한다.

손권은 즉시 여러 모사들을 모아 놓고 방비할 계책을 의논하였다.

이때 노숙이 나서서

"형주로 말하면 우리와 지경이 접해 있으며 강산은 험고하고 백성의 형편은 넉넉하니 우리가 이 땅을 웅거한다 하오면 이는 바로 제왕의 자리라 할 것이외다. 이제 유표가 세상을 떠나고 유비가 조조에게 새로 패하였으니 이때에 숙이 한 번 분부를 받들고 강하로 가서 조상을 한 다음에 유비로 하여금 유표 수하의 장수들을 어루만져 우리와 동심협력해서 함께 조조를 쳐 깨치도록 잘 달래 보겠소이다. 그래서 유비가 만일에 기꺼이 우리 말을 들어만 준다면 대사를 가히 성취할 수 있사오리다."
하고 계책을 드린다.

손권은 마음에 기뻐서 즉시 그 말을 좇아 노숙으로 하여금 예물을 가지고 강하에 가서 조상을 하게 하였다.

한편 현덕이 강하에 이르러 공명·유기와 함께 계책을 의논하는데, 공명이 있다가

"지금 조조의 형세가 커서 졸연히 대적하기 어려우니 동오 손

권에게로 가서 그의 구원을 청하느니만 못하겠습니다. 그래서 남북으로 하여금 서로 싸우게 하고 우리는 중간에서 이를 취하기로 한다면 무슨 불가할 일이 있겠습니까.”

하고 계책을 드린다.

현덕이 듣고

“강동에 인물이 극히 많으니 반드시 깊은 생각들이 있을 터인데 저희가 어찌 우리를 용납하려고 하겠습니까.”

하고 말하니, 공명이 웃으며

“이제 조조가 백만 대병을 거느리고서 장강과 한수에 범처럼 웅거하고 있으니 강동에서 어찌 우리에게로 사람을 보내서 그 허실을 알아보려고 아니 하겠습니까. 만일에 사람만 이리로 온다면 량이 곧 배 타고 바로 강동에 가서 세 치 혀끝을 놀려 남북 양군으로 하여금 서로 붙어서 싸우게 하되 만일에 남군이 이기거든 함께 조조를 멸한 뒤에 형주 땅을 뺏고, 만일 북군이 이기거든 우리는 또 승세해서 강남을 취하면 될 것입니다.”

하고 말한다.

들고 나자 현덕이 다시

“그 말씀이 심히 좋기는 하나 어떻게 강동에서 사람이 오기를 바라리까.”

하고 말하고 있을 때, 사람이 보하되 강동 손권이 노숙을 보내서 조상을 왔는데 배가 이미 언덕에 와 닿았다고 한다.

공명은 웃으며

“이제 일은 다 되었군.”

하고 한마디 하고, 곧 유기를 향하여

“전일에 손책이 죽었을 때 형주에서 강동에 사람을 보내서 조상을 했습니까.”

하고 물었다.

그 말에 유기가

“강동과 우리 집이 아비 죽인 원수가 있는 터에 어찌 초상이 났다고 서로 찾을 법이 있겠습니까.”

하고 대답한다.

“그렇다면 노숙이 온 것은 조상하기 위한 게 아니라 바로 군정을 탐지하러 온 것이외다.”

하고, 공명은 현덕을 대하여 말하였다.

“노숙이 와서 만일에 조조의 동정을 묻거든 주공께서는 그저 모른다고만 하시고 그래도 재삼 묻거든 제갈량에게 물어보라고만 말씀하십시오.”

이렇게 약속을 미리 정하고 나서 사람을 시켜 노숙을 영접하게 하였다.

노숙이 성으로 들어와서 조상하고 예물을 드리자 유기는 그를 청하여 현덕과 서로 보게 하고 피차 인사가 끝나자 후당으로 맞아들여 술대접을 하였다.

노숙이 말한다.

“황숙의 대명을 듣자온 지 오래나 배알할 길이 없었는데 이제 이처럼 만나 뵈오니 실로 만행입니다. 근자에 들으매 황숙께서 조조와 싸우셨다고 하니 필시 그의 허실을 아실 것이라 대체 조조의 군사가 얼마나 되는지요.”

현덕이 대답한다.

"유비가 군사는 많지 않고 장수는 적어서 한 번 조조가 왔다는 말만 들으면 곧 도망을 하곤 해서 그 허실을 잘 알지 못합니다."

"들으매 황숙께서 제갈공명의 계책을 쓰셔서 두 번 화공에 조조의 간담을 서늘하게 하셨다고 하던데 어찌 모른다고 하십니까."

"글쎄 공명에게나 물어보시면 자세한 것을 아시게 될는지……."

그 말에 노숙이

"공명이 어디 계신가요. 한 번 만나 뵈었으면 합니다."

하고 말해서, 현덕은 공명을 청해다가 그와 서로 보게 하였다.

노숙은 공명을 보고 인사를 마친 다음에

"일찍이 선생의 재덕을 흠모해 왔으나 뵐 길이 없었습니다. 이제 처음 뵙는 길로 감히 한마디 여쭈어 보거니와, 목전의 정세를 어찌 보십니까."

하고 청하였다.

이에 대하여 공명은

"조조의 간특한 계교를 량이 이미 다 알고 있습니다마는 다만 힘이 부족해서 아직 이처럼 잠시 피하고 있는 것입니다."

하고 대답하였다.

노숙이 묻는다.

"앞으로 황숙께서는 여기 그냥 오래 머물러 계실 작정이신가요."

공명이 대답한다.

"아니외다. 우리 주공께서 본래 창오태수 오신(吳臣)과 친교가 있으신 터이라 장차 그에게 가서서 몸을 의탁하려 하고 계십니다."

노숙은 다시

"오신으로 말하면 군량도 적고 군사도 많지 않아서 제 한 몸도 능히 보전하지 못할 형편에 무슨 수로 남을 용납하겠습니까."
하고 말하고, 공명이 이에 대하여

"그곳이 비록 오래 있을 데는 못 되지마는 우선 잠시 가서 의탁
하자는 것이요 좋을 도리는 또 따로이 있소이다."
하고 대답하자, 그는 마침내

"우리 손 장군은 강동 육군에 웅거하여 군사는 정예하고 양식
은 넉넉하며 또한 어진 선비들을 극진히 공경하시는 까닭에 강동
의 영웅들이 많이 모여드는 터이라, 이제 유 사군을 위해서 말씀
한다면 곧 심복지인을 보내셔서 동오와 맺으시고 함께 대사를 도
모하시는 것밖에는 달리 도리가 없을까 합니다."
하고 저의 생각하고 있는 바를 바로 말하였다.

공명이 짐짓

"유 사군께서 손 장군과 본래 교분이 없으시니 공연히 말만 허
비할 것 같고 또 심복지인으로서 보낼 만한 사람도 없습니다."
하고 말하니,

"지금 선생의 백씨가 강동의 참모로 계시며 날마다 선생과 만
나기를 원하시는 터이니 숙이 비록 재주는 없으나마 선생과 함께
손 장군을 뵙고 매사를 한 가지로 도모하였으면 합니다."
하고 노숙은 간곡히 권하는 것이다.

이때 현덕이 있다가

"공명은 내 스승이라 한시도 서로 떠나서는 아니 될 터에 어떻
게 멀리 가시게 한단 말입니까."
라고 한마디 하고, 노숙이 굳이 공명과 함께 가기를 청하여도 그
는 짐짓 고개를 내젓다가, 나중에 공명이

삼고초려

“사세가 원체 급하니 아무래도 명을 받들어 한 번 가야만 할까
봅니다.”
하고 말하기에 이르러서야 현덕은 비로소 이를 허락하였다.
　이리하여 노숙은 드디어 현덕과 유기에게 하직을 고하고 공명
과 함께 배에 올라 시상구를 바라고 돌아갔다.

　　편주(扁舟)에 몸을 싣고 공명이 한 번 가자
　　일조에 조조 군사 패망하고 만단 말인가.

　공명의 이번 길이 필경 어떠할꼬.

이때 노숙과 공명이 현덕 · 유기를 하직하고 배에 올라 시상구를 바라고 오며 두 사람이 선중에서 같이 일을 의논하는데, 노숙이 공명을 보고서

"선생이 손 장군을 뵙거든 행여나 조조에게 군사 많고 장수 많다는 말씀일랑 하지 마십시오."

하고 당부하니, 공명이

"구태여 자경이 당부를 아니 하시더라도 량에게 스스로 대답할 말씀이 있소이다."

하고 대답한다.

어느덧 배가 강 언덕에 닿자 노숙은 공명을 관역으로 인도하여 잠시 쉬게 하고, 자기는 먼저 손권을 보러 들어갔다.

이때 손권은 마침 문관과 무장들을 당상에 모아 놓고 일을 의

논하고 있는 중이었는데 노숙이 돌아왔다는 말을 듣자 급히 불러
들여서
　"자경이 강하에 가서 알아보니까 그래 허실이 어떠합디까."
하고 물었다.
　노숙은
　"대강 알아 가지고 돌아왔습니다. 이제 차차 말씀 드리지요."
하고 대답하였다.
　손권은 조조가 보내 온 격문을 내다가 노숙에게 보여 주며
　"어제 조조가 사자에게 이 글을 주어서 우리에게로 보내 왔기
에 내가 사자는 먼저 돌려보내고 지금 막 여러 사람들을 모아 놓
고서 이야기하는 중인데 아직 의논을 정하지 못하고 있소."
하고 말하였다.
　노숙이 조조에게서 온 격문을 받아 들고 보니 그 내용은 대강
다음과 같았다.

　내가 근자에 천자의 칙지를 받들어 무도한 무리들을 치매 정
기가 한 번 남쪽을 가리키자 유종은 손을 묶어 항복을 드리고
형양의 백성은 소문을 듣자 모두 귀순한지라, 이제 웅병 백만
과 상장 천원(千員)을 거느리고 장군과 더불어 강하에 모여서 한
가지로 유비를 치고 같이 땅을 나누어 좋은 정의를 길이 맺으
려 하니 행여나 형세를 관망하려 마시고 속히 회답을 내리시라.

　노숙이 보고 나서
　"주공께서는 의향이 어떠하십니까."

하고 물으니, 손권이

"아직 일정한 생각이 없소."

하고 대답하는데, 이때 장소가 나서며

"조조가 백만 대병을 거느리고서 천자의 이름을 빌려 사방을 치니 이를 거역하면 도리에 공순하지 못하고, 또한 주공의 대세로 보아서 가히 조조를 막을 수 있는 것은 장강인데 조조가 이미 형주를 얻어서 장강의 힘을 우리와 함께 차지하게 되었으니 형세가 대적할 수 없습니다. 저의 어리석은 생각에는 차라리 항복을 하여 만전지책을 삼으시느니만 못할까 합니다."

하고 말하니, 좌중의 여러 모사들이 모두

"자포의 말씀이 바로 천의(天意)에 맞는다고 하겠소이다."

하고 찬동한다.

손권이 생각에 잠겨서 말이 없는데, 장소가 다시 입을 열어

"주공은 공연히 의심하실 것이 없습니다. 만일 조조에게 항복을 하신다면 동오 백성이 다 편안하고 강남 육군을 가히 보전할 수 있사오리다."

하고 말한다. 손권은 머리를 숙이고 말을 하지 않았다.

조금 있다가 손권이 옷을 갈아입으려 일어나자 노숙은 곧 손권의 뒤를 따라 들어갔다.

손권은 노숙의 마음을 알고 즉시 그의 손을 잡으며

"경은 어떻게 하였으면 좋다고 생각하오."

하고 물었다. 노숙은 말하였다.

"지금 여러 사람들이 한 말은 아주 장군을 그르치는 것입니다. 다른 사람들은 모두 조조에게 항복을 해도 좋지만 오직 장군께서

삼고초려

는 결코 조조에게 항복을 하셔서는 아니 되오리다.”

“대체 그것은 어떻게 하시는 말이오.”

손권이 묻는 말에 노숙이 대답한다.

“만일 숙의 무리가 조조에게 항복을 한다면 숙 등에게는 돌아갈 고향이 있고 벼슬을 하여도 자사나 군수 자리는 잃지 않겠지만, 장군께서 조조에게 항복을 하신다면 대체 돌아가실 곳이 어딥니까. 거기다 작위는 봉후에 지나지 않을 것이요, 출입에 수레는 불과 한 채, 말은 불과 한 필, 또 종자는 겨우 두어 명에 지나지 않을 것이니 무슨 수로 남면(南面)해서 ‘고(孤)’[1]라고 불러 보시겠습니까. 여러 사람들의 생각은 다들 자기를 위한 것이라 결코 들으셔서는 아니 되니 부디 장군께서는 빨리 대계(大計)를 정하도록 하십시오.”

그의 말을 듣고 나자 손권은 한숨을 지으며

“여러 사람들의 말은 나를 크게 실망하게 하였소. 홀로 자경이 내게 대계를 일러 주었는데 나도 보는 바가 꼭 같소. 이는 바로 하늘이 자경을 내게 내려 주신 것이오. 그러나 다만 조조가 새로이 원소의 무리를 얻고 근자에 또 형주 군사를 얻었으매 그 형세가 원체 커서 대적하기 어려울 것이 걱정이오그려.”

하고 말하였다.

그러나 노숙이 이에 대하여

“이번에 숙이 강하에 갔다가 제갈근의 아우 제갈량을 데리고 왔으니 한 번 주공께서 친히 물어보시면 바로 허실을 아실 수 있을

---

1) 왕후(王侯)의 자칭 대명사. 과인(寡人)이라는 말과 같다.

것입니다.”
하고 말하자, 손권은 곧
“와룡 선생이 여기 왔소.”
라고 한마디 묻고,
“예. 지금 관역에서 쉬고 있습니다”
하는 노숙의 대답에,
“오늘은 이미 늦었으니 만나 보지 못하겠고 내일 장하에 문무 관원들을 모아서 먼저 그로 하여금 우리 강동의 인물들을 만나 보게 한 연후에 당상으로 청해 올려서 함께 일을 의논하게 하오.”
하고 분부하여 노숙은 명을 받고 물러나왔다.

그 이튿날이다. 노숙은 관역으로 가서 공명을 보고 다시 한 번 당부하였다.
“이제 우리 주공을 뵙거든 행여나 조조에게 군사가 많다는 말씀은 하지 마십시오.”
공명은 웃으며
“량이 스스로 기틀을 보아 가며 할 것이매 결단코 일을 그르칠 리는 없으리다.”
하고 말하였다.
노숙이 마침내 공명을 인도하여 막하에 이르러 보니 벌써 장소·고옹 등 문무 관원 이십여 명이 모두 큰 관에 넓은 띠로 의관을 정제하고 자리에들 단정히 앉아 있다.
공명은 그들과 한 사람 한 사람 차례로 보며 각각 성명을 통하고 인사를 마친 다음에 객의 자리에 나가서 앉았다.

삼고초려

장소의 무리들이 보니 공명의 풍채가 뛰어나고 인품이 당당하다. 필시 이 사람이 유세(遊說)하러 동으로 온 것이리라 속으로 짐작하고 장소가 먼저 나서서 그에게 말을 걸었다.

"소는 강동의 한낱 보잘것없는 선비입니다마는, 선생이 융중에 높이 누워 스스로 관중·악의에 비하고 계시다는 말씀을 들은 지가 오랜데 이 말씀이 과연 있었습니까."

공명은 대답하였다.

"이는 평소에 량이 작게 비해 본 것입니다."

장소는 마치 그 대답을 기다리고나 있었던 듯 다시 묻는다.

"근자에 들으매 유 예주가 선생을 세 번이나 초려 가운데로 찾아가서 다행히 선생을 얻자, 마치 고기가 물을 얻은 격이라 하여 곧 형양 지경을 쉽게 취할 수 있다 했다던데, 결국은 일조에 조조에게 붙인 바 되고 말았으니 이것은 대체 어찌 된 일이오니까."

공명이 속으로 '장소는 손권 수하의 첫째가는 모사니 만일에 그를 먼저 꺾지 못하면 무슨 수로 손권을 달래 보랴' 생각하고, 드디어 그의 말에 대답하여

"나로서 보자면 한상(漢上)의 땅을 취하기란 마치 손바닥을 뒤집는 것처럼 쉬운 일이었소이다. 그러나 우리 주인 유 예주는 몸소 인의를 행하시는 분이라 차마 같은 종친의 기업을 뺏을 수 없어 극력 사양하셨더니 어린아이 유종이 아첨하는 말을 듣고 몰래 항복해 버려서 마침내 조조로 하여금 더욱 창궐하게 만들어 놓은 것이나, 지금 우리 주군께서 강하에 군사를 둔치고 계신 것은 별로 좋은 계책이 있기 때문이라, 이는 등한히 아실 바가 아니외다."
하고 말하였다.

장소가 다시 입을 열어

"만약에 그렇다면 이는 선생의 언행이 일치하지 않는 것입니다. 선생은 자신을 관중과 악의에 비하고 계시다는데 관중으로 말하면 제 환공을 도와서 제후들 가운데 패자(覇者)가 되게 하고 천하를 한 번 바로잡았으며, 또한 악의는 미약한 연나라를 붙들어 세우고 제나라의 칠십여 성을 항복받았으니 이 두 사람은 참으로 세상을 건지는 인재들이라고 하오리다. 선생으로 말씀하면 초려 속에서 다만 청풍명월이나 즐기시며 무릎을 끌어안고 편안히 앉아 계시다가 이제 유 예주를 섬기게 되셨으니, 마땅히 백성을 위해서 이로운 것은 일으키고 해로운 것은 덜며 세상을 어지럽게 하는 도적들은 모두 쳐서 없애버려야 할 것이외다. 또한 유 예주가 선생을 얻기 전에도 오히려 천하를 횡행하며 성지를 웅거했던 터이라, 이제 선생을 얻으매 사람들이 모두 우러러보며 삼척동자들까지도 또한 말하기를 날랜 범에 날개가 돋쳤으니 장차 한실이 부흥하고 조씨는 곧 멸하리라 하였고, 조정의 옛 신하와 산속에 숨은 선비들도 모두 눈을 비비고 앉아서 기다리며 속으로 생각하기를, 장차 하늘을 덮은 구름을 헤치고 일월의 밝은 빛을 우러러보며 백성을 도탄 속에서 건져내고 천하를 반석 위에다 올려 앉히는 것은 바야흐로 이때라고들 하였소이다. 그러한데 어찌하여서 선생이 유 예주를 보좌하신 뒤로 조조의 군사가 한 번 나오자 곧 갑옷을 벗고 창을 내던지며 싸워 보지도 않고 달아나서, 위로는 능히 유표에게 보답하여 백성을 편안히 해주지 못하며 아래로는 능히 아비 없는 아이를 도와서 강토를 보전하게 하지 못하고, 신야를 버리고서 번성으로 달아나며 당양에서 패하자 하구로 달려

가서 마침내 일신을 용납할 땅이 없이 되었으니, 이는 유 예주가
선생을 얻은 뒤에 도리어 처음만도 못한 것이라, 그래 관중과 악
의도 과연 이러했소이까. 내 우직한 말씀을 행여 괴이하게는 알
지 마십시오.”
하고 말한다.

　공명은 듣고 나자 아연히 웃으며
　“저 대붕이 만 리를 날 때에 그의 뜻을 어찌 뭇 새들이 알리까.
비유하자면 마치 사람이 중병에 걸렸을 때 우선 미음과 죽을 먹이
고 유(糅)한 약을 써서 오장육부가 고르게 되고 형체가 점차 나아
진 다음에 육식으로 보하게 하고 독한 약으로 다스리면 병근을 뿌
리째 뽑아서 사람이 온전히 살아날 수가 있지만, 만일에 기맥이
고르기를 기다리지 않고 처음부터 독한 약과 육식을 하면서 온전
하기를 바란다면 이는 참으로 어려운 것과 꼭 같소이다. 우리 주
인 유 예주께서 전일에 여남에서 조조와 싸워 패하시고 유표에게
가서 몸을 의탁하셨을 때 군사는 천 명이 못 되고 장수는 관우·
장비·조운뿐이었으니, 이것을 병으로 치면 더할 나위 없이 위중
한 때였다고 하겠소이다. 또한 신야로 말하면 산 구석의 한낱 작
은 고을로서 백성은 희소하고 양식은 적으니 유 예주께서 잠시 이
곳을 빌려 용신하자는 것에 불과하였지 정말로 앉아서 지켜보려
고 하셨던 것은 아니외다. 대저 병장기는 구비하지 못하고 성곽
은 험고하지 못하며 군사는 훈련을 쌓지 못하고 양식은 날을 잇지
못하는 형편으로도 박망파에서는 불로 사르고, 백하에서는 물을
써서 하후돈과 조인의 무리로 하여금 간담이 서늘하게 하였으니
관중과 악의가 군사를 쓴다 하더라도 아마 이에서 지나지는 못하

오리다. 유종이 조조에게 항복한 것으로 말하면 실상 유 예주께서 알지 못하셨던 일이었고 또 어지러운 틈을 타서 같은 종친의 기업을 뺏으려고 하시지 않았으니 이는 참으로 대인대의(大仁大義)라 할 것이외다. 또한 당양에서 패할 때로 말하더라도 예주의 덕을 사모하는 수십만 명의 백성이 늙은이를 부축하고 어린것들의 손을 잡고서 따라나서는 통에 차마 그들을 버리지 못하고 하루에 십 리씩 가면서 강릉은 취할 생각도 아니 하고 그들과 함께 패하는 것을 달갑게 아셨으니 이것도 역시 대인대의라 하겠소이다. 본래 중과부적(衆寡不敵)[2]이요 승패는 병가지상사(兵家之常事)라, 옛적에 고 황제께서 항우에게 여러 번 패하셨으나 개하(垓下) 한 번 싸움에 공을 이루셨으니 이는 한신의 좋은 계책을 쓰셨기 때문이 아닙니까. 대저 한신이 오랫동안 고 황제를 섬겨 왔어도 언제나 이긴 것은 아니라, 무릇 국가의 대계와 사직의 안위는 이를 주장해서 도모하는 사람이 있는 것이니, 그저 입담이나 자랑하는 무리들이 헛된 명예로 사람을 속이며 앉아 의논하고 서서 이야기하는 데는 아무도 저를 따를 사람이 없다고 하면서도 실상 임기응변하는 데는 백에 하나도 능한 것이 없어서 천하의 웃음거리가 되는 것에 비할 바가 아니외다."

하고 말하니, 이 일편 설화에 장소는 단 한마디도 대꾸를 못한다.

이때 문득 좌중의 한 사람이 큰 소리로

"지금 조공이 원대한 뜻을 품고 백만의 군사와 천 명의 장수를 거느리고 와서 강하를 한입에 삼켜 버리려 하는데, 공은 이것을

---

2) 적은 수를 가지고 많은 수를 대적하지 못하는 것.

삼고초려

어떻게 보십니까."

하고 묻는다. 공명이 보니 곧 우번이다.

공명은 말하였다.

"조조가 원소 수하의 개미 떼 같은 군사들을 거두어들이고 유
표 수하의 오합지졸들을 주워 모은 것이매 비록 수백만 명이라
할지라도 족히 두려울 것이 없소이다."

듣고 나자, 우번이

"군사는 당양에서 패하고 계책은 하구에서 궁해서 마침내 구구
하게 남에게 구원을 청하러 오면서도 오히려 입으로는 두렵지 않
다고 말을 하니 이야말로 희떠운 수작으로 사람을 속이는 작자
로군."

하고 냉소한다.

공명은 정색을 하고 말하였다.

"유 예주께서 수천 명 인의의 군사를 가지고 무슨 수로 수백만
명의 잔포한 무리들을 대적하시리까. 잠시 물러나서 하구를 지키
기는 오직 때를 기다리기 위함이외다. 이제 강동은 군사가 정예
하고 양식이 넉넉할뿐더러 또한 장강의 힘을 가지고 있으면서도
오히려 자기 주인으로 하여금 무릎을 꿇고 도적에게 항복을 하게
하여 천하의 치소를 돌아보려고 하지 않으니, 이로써 논한다면
유 예주께서는 참으로 조조를 두려워하지 않으시는 분이라고 할
수 있으리다."

우번이 아무 대꾸도 못하는데 이때 좌중의 또 한 사람이 나서서
"공명은 소진(蘇秦)·장의(張儀)[3]의 본을 받아서 동오를 꾀러 오
신 것이오."

하고 묻는다. 눈을 들어 바라보니 보질(步騭)이다.

공명은 말하였다.

"자산(子山, 보질의 자)은 다만 소진·장의를 한낱 변사(辯士)로만 알았지 그들이 또한 호걸임은 모르고 계시오그려. 소진은 육국의 승상 인수를 찼고 장의는 두 번이나 진나라의 정승이 되었으니 이들은 모두 남의 나라를 바로잡아 세우는 계책을 가진 사람들이라 결코 강한 자를 두려워하며 약한 자를 업신여기고 칼을 무서워하며 검을 피하는 무리에게다 비할 바가 아니외다. 그런데 제군은 조조의 터무니없는 거짓말에 그만 겁이 나서 항복하기를 청하는 주제에 감히 소진·장의를 웃으신단 말씀이오."

보질이 묵연히 말이 없는데 문득 한 사람이

"대체 공명은 조조를 어떤 사람이라 생각하십니까."

하고 묻는다. 바라보니 설종이다.

공명은 대답하였다.

"조조는 곧 한나라의 역적인데 새삼스럽게 물을 것이 무엇이오."

설종이 말한다.

"공의 말씀이 옳지 않소이다. 한나라가 오늘까지 전해 내려와서 천수가 거의 다하였고 이제 조공이 이미 천하의 삼분지 이를 차지해서 인심이 모두 그에게로 돌아간 터에 유 예주가 천시를 알지 못하고 억지로 그와 다투어 보려고 하니 이는 마치 알을 가지고 돌을 치는 격이라 어찌 패하지 않을 수가 있으리까."

듣고 나자 공명은 소리를 가다듬어 꾸짖었다.

---

3) 두 사람 모두 전국시대의 웅변가로 이름이 높다.

"대체 경문(敬文, 설종의 자)은 어떻게 이런 아비도 없고 인군도 없는 말을 하시오. 대저 사람이 천지간에 나매 충효로써 입신하는 근본을 삼는 법이라, 공이 이미 한나라의 신하가 되었은즉 신하된 도리에 어긋난 사람을 보면 마땅히 함께 죽여 없애기를 맹세함이 신하의 도리일 것이오. 본래 조조의 조상이 한나라의 녹을 먹어 왔건만 조조가 이에 보답할 생각은 하지 않고 도리어 찬역할 마음을 품고 있으니 천하가 다 함께 통분해 마지않는 터이오. 그러한데 이제 공은 이를 천수로 돌리고 있으니 참으로 아비도 없고 인군도 없는 사람이라 족히 더불어 논할 수 없으니 부디 다시는 말씀을 마오."

설종이 그만 만면에 부끄러움을 띠고 다시 아무 대꾸 못하는데, 좌중의 또 한 사람이 선뜻 나서며

"조조가 비록 천자를 옆에 끼고 제후들을 호령한다고는 하나 오히려 상국(相國) 조참(曹參)4)의 후손인데, 유 예주는 비록 중산 정왕의 후예라 이르지만 이를 상고할 길이 없고 다만 돗자리를 치고 미투리를 팔던 사람인 것만 적실할 뿐이니 무슨 수로 조조와 맞서본단 말씀이오."

하고 묻는다. 보니 육적(陸績)이다.

공명은 웃으며

"공은 바로 원술의 잔칫상에서 귤을 품던 육랑(陸郎)5)이 아니시

---

4) 한 고조를 도와서 나라를 정하고 소하의 뒤를 이어 승상이 된 공신.
5) 육적을 가리켜서 하는 말. 육적은 여섯 살 때, 원술이 잔치하는 자리에서 귤 두어 개를 몰래 집어서 품에 넣었다가 그만 드러나서 꾸지람을 듣게 되자, 조용히 "어머님께 갖다 드리려고 그랬어요" 하고 대답하였다는 일화가 있다.

오. 청컨대 거기 편히 앉아 내 한 말씀을 들어 보오. 조조가 이미 조상국의 후예라면 대대로 한나라의 신하인데 이제 방자하게도 권세를 희롱하여 인군을 기망하니 이는 비단 인군을 능멸할 뿐이 아니라 저의 조상을 멸시하는 것이요, 한실 천하를 어지럽게 하는 신하일 뿐이 아니라 또한 조씨 집안의 불효한 자식이라 할 것이외다. 우리 유 예주로 말씀하면 당당하신 한실 종친으로서 금상 황제께서 종족 세보를 상고해 보시고 벼슬을 내리셨는데 어찌 상고할 길이 없다고 하시오. 더구나 고 황제께서는 일개 정장으로부터 몸을 일으키시어 마침내는 천하를 얻으신 터이니 자리를 치고 신을 판 것이 무슨 욕될 일이란 말씀이오. 공은 어린아이의 소견이라 족히 높은 선비들과 더불어 한자리에서 말씀할 것이 못 되오.”

하고 논박하였다. 육적은 그만 말문이 막히고 말았다.

그러자 좌중의 한 사람이 문득 또 입을 열어

“공명의 하시는 말씀이 모두가 억지투성이라 이치에 맞지 않아서 도저히 정론(正論)이라고 할 수 없으니 구태여 다시 말씀 안 하거니와 다만 내 한 가지만 묻겠는데 대체 공명은 무슨 경전을 닦으셨습니까.”

하고 묻는다. 보니 엄준(嚴畯)이다.

공명은 이에 대답하였다.

“옛 사람들의 글장이나 뒤적이며 글귀나 따고 앉았는 것은 속세의 썩은 선비들의 하는 일이니 그러한 무리들이 무슨 수로 나라를 일으키고 큰 일을 정해 보리까. 옛적에 신야에서 밭을 갈던 이윤(伊尹)[6]과 위수에서 낚시질하던 자아(子牙)며, 장량·진평(陳平)[7]의

삼고초려

무리와 등우(鄧禹)·경감(耿弇)[8] 같은 사람들이 개개 천하를 바로잡
아 세울 재주를 가지고 있었건만, 과연 그들이 평생에 어떤 경전
을 닦았는지는 미심하니 어찌 서생들의 본을 떠서 구구스럽게 붓
대를 잡고 앉아 공연한 논란이나 캐며 필묵을 희롱할 일이겠소."

엄준은 그만 기가 죽어서 고개를 푹 숙이고 능히 대답을 못하
였다.

이때 홀연 또 한 사람이 언성을 높여서

"공이 바로 큰소리는 잘하시지만 아마도 실지로 배우신 것은 없
는 성싶으니 선비들의 웃음거리가 되기 꼭 좋을까 보이다."
하고 말한다. 눈을 들어 보니 그는 곧 여남 출신의 정덕추(程德
樞)다.

공명은 대답하였다.

"선비에도 군자와 소인의 구별이 있소이다. 군자 선비로 말하면
인군에게 충성하고 나라를 사랑하며 정도를 지키고 사악한 것을
미워하여 그 은택이 당시에 미치고 이름이 후세에 남을 수 있도록
힘을 쓰지만, 소인 선비로 말하면 오직 글귀를 다듬는 데만 힘을
쓰며 문필에만 공을 들여 젊어서는 부(賦)를 짓고 늙어서는 경서
를 파고들어 비록 붓끝으로는 천언만어를 끼적거려 놓아도 실상
흉중에는 단 한 가지의 계책이 없소그려. 저 양웅(楊雄)[9] 같은 사

---

6) 은나라의 정승. 탕임금을 도와서 무도한 걸왕을 치고 정승이 되어 나라를 잘 다스
  렸다.
7) 두 사람 모두 한 고조의 공신.
8) 두 사람 모두 한 광무제의 공신.
9) 한나라의 유명한 문인. 왕망 밑에서 벼슬을 하다가 죄를 얻어 옥에 갇히게 되자
  이를 두려워하여 자살하려고 다락 위에서 몸을 던졌다.

람을 보십시다. 그는 문장으로 이름을 천하에 날렸으나 그만 몸을 그르쳐서 왕망을 섬기다가 마침내는 다락에서 뛰어내려 죽는 신세를 면하지 못하였으니 이것이 이른바 소인 선비라 비록 하루에 글을 만 구 지어 낸다 하기로 무슨 취할 것이 있단 말씀이오.”

정덕추가 아무 대꾸도 못한다.

여러 사람들은 공명의 응답이 흐르는 물과 같음을 보고 모두들 낯빛이 변하였다.

이때에 좌중의 장온과 낙통 두 사람이 또한 논란하려 하는데 문득 한 사람이 밖에서 들어오더니 소리를 가다듬어

“공명은 당세의 기재인데 제군이 입을 놀려 힐난만 하려 드니 이는 결코 객을 공경하는 예가 아니오. 이제 조조의 대군이 지경에 임해 있건만 적을 물리칠 계책은 생각해 보려 하지 않고 부질없이 말다툼만 하고들 계시단 말이오.”

하고 말한다.

좌중이 모두 보니 그는 곧 영릉 사람으로 성은 황(黃)이요 이름은 개(蓋)요 자는 공복(公覆)이라 이때 동오의 군량관으로 있었다.

황개가 공명을 보고

“내 들으매 말을 많이 해서 이로움을 보는 것이 오히려 잠잠하게 말 없는 것만 못하다고 하는데 어찌하여 선생은 그 금옥 같은 논설로써 우리 주공을 위하여 말씀하시려고는 아니하고 여러 사람과 변론만 하고 계십니까.”

하고 말하니, 공명은

“제군이 지금 판국이 어찌 됨을 모르고 호상 논란하기에 내 자연 응대 아니 할 수가 없었소이다.”

하고 대답하였다.

이에 황개는 노숙과 함께 공명을 인도하여 안으로 들어갔다. 막 중문을 들어서려는데 마침 안에서 나오는 제갈근을 만나서 공명이 인사를 하니, 제갈근이

"네가 강동에 왔으면 어찌하여 나를 보러 오지 않느냐."
하고 묻는다.

"제가 이제 유 예주를 섬기고 있으니 사리가 의당 공사를 먼저 하고 사사는 뒤에 해야 할 것이 아니겠습니까. 아직 공사가 끝나지 않았으므로 감히 찾아뵙지 못한 것이니 형님은 통촉해 주십시오."
하고 공명이 말하니,

"그럼 네 오후(吳侯)를 뵙고 나거든 내게로 오너라."
하고 제갈근은 말을 마치자 밖으로 나가 버렸다. 이때 노숙이 다시 한 번

"아까 내가 당부한 말씀을 행여 잊지 마십시오."
하고 말해서 공명은 고개를 끄덕여 응낙하였다.

공명이 인도를 받아서 당 아래 이르자 손권은 섬돌 아래로 내려와서 그를 맞아 올리고 정중히 대접하였다. 피차 예를 마치자 손권이 공명에게 자리를 주어서 앉게 하니 문무 관원들은 두 줄로 나뉘어 좌우에 늘어서고 노숙은 바로 공명 곁에 붙어 서서 오직 그가 이야기하는 것만 지켜보았다.

공명이 현덕의 뜻을 전하고 나서 가만히 눈을 들어 손권을 살펴보니 눈동자는 푸르고 수염은 붉은데 상모가 바로 당당하다.

그는 혼자 속으로

"이 사람의 상모가 결코 범상하지 않으니 오직 격동은 시킬지언정 달랠 수는 없을 것이라. 제 편에서 묻기를 기다려서 내 한 번 말로써 격동을 시켜 보리라."

하고 생각하였다.

차를 권하고 나서 손권은

"족하의 재덕에 대해서는 자경에게서 말씀을 많이 들었습니다. 이제 다행히 이처럼 만나 뵈었으니 부디 가르침을 내리십시오."

하고 말하였다.

이에 대하여 공명은

"량이 재주가 적고 배운 것이 없어 모처럼 물으시는 바를 욕되게 하지나 않을까 두렵소이다."

하고 겸사하였다.

손권이 묻는다.

"족하가 근자에 신야에서 유 예주를 도와 조조와 싸워 보셨으니 필시 저의 군사의 허실을 자세히 아시겠지요."

공명은 대답하였다.

"유 예주께서 군사는 많지 않고 장수는 적은 데다 겸하여 신야가 성이 작고 군량이 없으니 무슨 수로 조조와 상지해 보았겠습니까."

"대체 조조의 군사가 얼마나 되나요."

"마·보·수군이 대략 백여 만이 됩니다."

"그게 거짓이나 아닐까요."

"거짓이 아닙니다. 조조가 연주에 있을 때 이미 청주 군사 이십만을 거느렸는데 원소를 쳐서 또 오륙십만을 얻었으며 중원에서

삼고초려

새로 초모한 군사가 삼사십만인 데다 이번에 다시 형주 군사 이 삼십만을 얻었으니 이렇게 따져 보면 일백오륙십만을 내리지 않사오리다. 량이 백만이라고 말씀드린 것은 강동 선비들이 놀랄까 두려워서 그런 것입니다.”

노숙이 곁에 있다가 이 말을 듣고 깜짝 놀라 공명에게 눈짓을 하였으나 공명은 오직 못 본 체할 뿐이다. 손권은 다시 물었다.

“조조가 수하에 장수들은 또 얼마나 두고 있습니까.”

공명이 대답한다.

“지모가 넉넉한 모사들과 싸움에 경력이 많은 장수들이 어찌 일 이 천만 되겠습니까.”

손권은 또 물었다.

“지금 조조가 형·초 지방들을 다 평정하고 났는데 다시 또 도 모하는 바가 있을까요.”

공명이 대답한다.

“조조가 지금 강변에 영채를 세우고 전선들을 준비하고 있는 것 이 바로 강동을 도모하려는 것이 아니라면 대체 또 어느 곳을 취 하려는 것이겠습니까.”

손권은 한마디 더 물었다.

“과연 조조에게 우리 강동을 삼켜 보려는 뜻이 있다 하면, 대 체 그와 싸워야 할 것인가 싸우지 말아야 할 것인가, 족하는 한 번 나를 위해서 그것을 결단해 주시지요.”

공명이 말한다.

“량이 한마디 여쭐 말씀이 있습니다마는 다만 장군께서 들어주 실 것 같지가 않습니다.”

손권은 청하였다.

"어디 고견을 들려주십시오."

공명은 드디어 말하였다.

"향자에 천하가 크게 어지러웠을 때 돌아가신 손견 장군께서는 강동에서 일어나시고 유 예주는 한남에서 군사를 수습해서 조조와 더불어 천하를 다투셨습니다. 이제 조조가 큰 난을 덜어 버리고 대략 평정하였는데 근자에 또 새로 형주를 깨뜨려서 위엄이 천하에 떨쳤으니 설혹 영웅이 있다고 하더라도 다시 군사를 써 볼 땅이 없는 형편이라, 이러므로 유 예주께서 몸을 피하여 이곳에 이르신 것입니다. 원컨대 장군은 스스로 힘을 헤아려 보시고 잘 조처하십시오. 만일에 오·월의 무리들을 거느리시고 능히 중원과 맞설 수가 있다고 생각되시거든 속히 조조와 끊어 버리시는 게 상책일 것입니다. 그러나 만일에 그렇지 못하시다면 여러 모사들의 의논대로 좇아서 곧 군사를 파해 버리시고 북면하여 조조를 섬기시지요."

손권이 미처 대답을 못하는데, 공명은 다시 말을 이어

"지금 장군께서 겉으로는 복종하시는 체하시며 실상 속으로는 의혹을 품으시어 사세가 급한데도 결단을 내리지 못하신다면 화가 당장에 이르고 말 것입니다."

하였다.

손권이 마침내 입을 열어 한마디 묻는다.

"참으로 족하의 말씀과 같다면 어찌하여 유 예주는 조조에게 항복하시지 않습니까."

공명은 대답하였다.

“옛적에 전횡(田橫)[10]은 제나라의 일개 장사에 지나지 않았건만 오히려 의를 지켜서 욕을 보지 않았는데 하물며 우리 유 예주와 같이 한실 종친으로서 그 영특하신 재주가 세상을 덮어 모든 선비들이 우러러 사모하는 분이겠습니까. 일이 뜻대로 되지 않는 것이야 천수로 돌릴밖에 없겠지요. 어찌 몸을 굽혀 남의 밑에서 구구스럽게 지내시겠습니까.”

공명의 이 말을 듣자 손권은 저도 모를 결에 발연 안색이 변해서 옷을 떨치고 벌떡 일어나 후당으로 들어가 버렸다. 이 통에 모든 사람은 다 냉소함을 마지않으며 흩어졌다.

노숙이 공명을 보고

“어째서 선생은 그런 말씀을 하시오. 다행히 우리 주공께서 도량이 넓으시므로 면대해서 책망은 아니 하셨지만 선생의 말씀은 너무도 우리 주공을 얕보고 하신 말씀입니다.”

하고 책망하니, 공명이 얼굴을 쳐들고 웃으며

“어째서 사람을 이처럼 용납하지 못하는고. 실상은 조조를 깨칠 좋은 계책이 내게 있소이다. 그러나 그가 묻지 않기에 나도 말씀을 안 했을 뿐이지요.”

하고 말한다.

노숙이 반색을 하며

“선생에게 과연 좋은 계책이 있으시다면 숙이 곧 주공께 말씀을 여쭙고 다시 가르침을 받으시도록 하겠습니다.”

---

10) 진(秦)나라 말년의 제나라 사람. 제나라 임금이 한신에게 잡히자 전횡은 스스로 제나라의 왕이 되고 뒤에 섬으로 들어가서 지켰다. 한 고조가 사람을 보내서 항복을 권하였으나 전횡과 그 부하 오백 명은 이에 굴하지 않고 다들 자결해 죽었다.

하고 말하니, 공명이

"나는 조조 백만의 무리를 개미 떼같이 아는 터입니다. 내가 손만 한 번 들면 다 가루가 되고 마오리다."

하고 큰소리를 한다.

그 말을 듣자 노숙은 바로 손권을 보러 후당으로 들어갔다.

이때 손권은 노기가 아직 가시지 않아서 노숙을 돌아다보며

"공명이 나를 너무나 업신여기는 게 아니오."

하고 말한다.

노숙은 조용히

"사실은 신도 역시 그 일을 가지고 공명을 책하였습니다. 그러나 공명은 도리어 주공께서 사람을 용납하지 못하신다고 웃더군요. 그가 조조 깨칠 계책을 쉽사리 이야기하려고 아니 하니 주공께서 몸소 물어 보시는 것이 좋겠습니다."

하고 말하였다.

손권은 그 말을 듣고 귀가 번쩍 뜨여 이제까지 노기를 띠었던 얼굴에 희색이 가득해 가지고

"원래 공명이 좋은 꾀를 가지고 있으면서 짐짓 말로써 나를 격동하였던 게로군. 내가 일시 좁은 소견으로 하마터면 그만 대사를 그르칠 뻔하였소."

하고 그 즉시 노숙과 함께 도로 나와서 공명을 청하여 다시 이야기를 하는데, 손권이 공명을 대하여

"아까는 족하의 위엄을 모독하였습니다마는 부디 어찌 아시지 마시지요."

하고 죄를 사례하니, 공명도

삼고초려

"량이 말씀을 함부로 해서 모범(冒犯)하였습니다마는 바라옵건대
죄를 사해 주십시오."
하고 또한 손권에게 사죄하였다.

손권은 곧 공명을 후당으로 청해 들여서 술대접을 하였다.

술이 서너 순 돈 뒤에 손권은 입을 열어

"조조가 평생에 미워하는 사람이 여포, 유표, 원소, 원술 그리
고 유 예주와 나였는데 이제 여러 영웅들이 다 죽고 다만 유 예주
와 내가 남아 있을 뿐입니다. 강동 육군을 거느리고 있는 나로서
앞으로 남에게 절제를 받고 지낼 수는 도저히 없는 일이외다. 나
는 이미 대계를 결단하였소이다. 지금 유 예주가 아니고는 조조
를 대적할 사람이 없는데 다만 예주께서 갓 패하신 끝에 무슨 수
로 이 대적을 당해 내시겠습니까."
하고 자기의 생각하는 바를 말하였다.

공명은 이에 대하여 다음과 같이 말하였다.

"예주께서 비록 근자에 패하셨다고는 하지만 관운장이 오히려
정병 만 명을 거느리고 있으며 유기가 거느리는 강하 군사가 또
한 만 명을 내리지는 않습니다. 조조의 무리는 멀리서 오느라 지
금 지칠 대로 지쳤는데 근자에는 또 예주의 뒤를 쫓느라 경기로
써 하루 낮 하루 밤에 삼백 리를 달려왔으니, '강노지말(强弩之末)
이 노호(魯縞)를 뚫지 못한다'[11]는 처지일 것입니다. 또한 북방 사
람들이 본래 수전에 익지 못하고 이번에 형주 백성으로서 조조에
게 붙은 자들은 사세가 부득이해서 그런 것이지 그들의 본심에서

---

11) 센 활로 쏜 화살도 그 끝에 가서는 노국에서 나는 얇은 비단조차 뚫지를 못한다
   는 말.

나온 일은 아니니, 이제 장군께서 참으로 유 예주와 동심협력만 하신다면 반드시 조조의 군사를 깨치실 수 있으십니다. 조조의 군사가 깨지고 보면 반드시 북으로 돌아갈 것이라 형주와 동오의 세력이 강성해져서 정족(鼎足)의 형세가 이루어질 것입니다. 일이 되느냐 틀어지느냐 하는 기틀이 바로 오늘에 있으니 오직 장군께서 깊이 통촉하시기 바랍니다.”

　들고 나자 손권은 마음에 크게 기뻐하여

　“선생의 말씀은 콱 막혔던 이 사람의 가슴을 탁 틔워 주셨습니다. 내가 마음을 이미 결단하였으매 다시 다른 의심이 있을 리 없습니다. 즉일 군사를 일으켜서 함께 조조 칠 일을 상의하도록 하오리다.”

하고 드디어 노숙에게 분부하여 이 뜻을 모든 문무 관원들에게 두루 알리게 하며 한편 공명을 관역으로 내어 보내서 편히 쉬게 하였다.

　이때 장소는 손권이 군사를 일으키려 하는 것을 알자 드디어 여러 사람들과 의논하고

　“이는 주공께서 공명의 계책에 떨어지신 것이오.”

하고 급히 손권에게 들어가 보았다.

　“저희는 주공께서 장차 군사를 일으켜 조조와 싸우려고 하신다는 말씀을 들었는데 주공께서는 스스로 생각하시기에 원소와 비해서 어떠하십니까. 항일 조조가 군사는 많지 않고 장수가 적었는데도 오히려 한 번 북 쳐서 원소를 이겼는데 하물며 오늘 백만 대병을 거느리고 남으로 쳐 내려오니 어떻게 그를 쉽게 대적한단 말씀입니까. 만약 제갈량의 말을 들으시고 망령되이 군사를 동하

삼고초려

신다면 이는 섶을 지고서 불을 끄러 가는 격입니다.”

장소가 하는 말에 손권은 다만 고개를 숙이고 있을 뿐으로 말이 없었다.

고옹이 또한 권한다.

“유비가 조조에게 패한 까닭에 우리 강동 군사를 빌려서 조조를 항거해 보려 하는 것인데 주공께서는 왜 그에게 이용을 당하신단 말입니까. 원컨대 자포의 말씀을 들으십시오.”

그러나 손권은 생각에 잠긴 채 결단을 못하였다.

장소의 무리들이 물러가자 이번에는 노숙이 들어와서 그를 보고

“방금 장자포 등이 또 들어와서 주공께 군사를 동하지 마시라고 권하며 극력 항복하기를 주장한 모양입니다마는, 이는 모두 자기 일신과 처자들의 안전을 돌보려는 신하들이 자신을 위해서 도모하는 계책이니 주공께서는 결코 듣지 마십시오.”

하고 말하였다.

그래도 손권이 생각에 잠겨 있을 뿐이어서, 노숙이 다시

“만약에 주공께서 마음에 의심을 품으시고 종시 결단을 내리지 못하시다가는 반드시 여러 사람으로 해서 대사를 그르치게 되시고 맙니다.”

하고 말하니, 손권이

“경은 나가 계시오. 내 좀 생각해 보리다.”

한다. 노숙은 마침내 밖으로 물러 나왔다.

당시 무장 중에는 혹 싸우자고 주장하는 사람들이 있었으나 문관들은 거의 모두가 항복하자는 사람들이어서 의논이 분분하여 같지들 않았다.

한편 손권은 내실에 들어가서도 마음에 주저해서 종시 결단을 못하고 침식이 다 함께 불안 중에 있었다.

이때 오 국태(國太)가 이 모양을 보고 그에게

"무슨 일이 마음에 걸리기에 침식을 다 폐하노."

하고 물었다.

손권이 마침내 그에게 호소하여

"지금 조조가 장강과 한수 사이에 군사를 둔쳐 놓고 장차 강남으로 내려오려 해서 문무 관원들에게 물어보았더니 혹은 항복하자는 자가 있고 혹은 싸우자는 자가 있습니다. 그러나 막상 싸워 보자니 우리 형세로 적의 대병을 당해 내지 못할 것이 두렵고 그렇다 하여 항복을 하자니 또한 조조가 용납하지 않을 것이 두려워서 이로 말미암아 좀처럼 결단을 내리지 못하고 있는 것이올시다."

하고 말하니, 오 국태가

"어찌하여 너는 우리 형님인 오 태부인이 임종 시에 하신 말씀을 생각하지 못하느냐."

하고 한마디 일깨워 준다.

손권은 마치 취했다가 술이 깨고 꿈을 꾸다 잠을 깬 듯 그 말을 생각해 내었다.

    국모가 임종 시에 하신 말씀 생각하고
    주랑을 끌어내어 공을 세우게 하였구나.

필경 그 말이란 어떠한 것인고.

삼고초려

| 44 |

이때 오 국태는 손권이 그처럼 마음에 주저하여 좀처럼 결단을 내리지 못하고 있는 양을 보자

"우리 형님이 돌아가실 때 하신 말씀이 있지 않으냐. '백부가 임종 시에 이르기를, 안의 일에 결단하지 못할 것이 있거든 장소에게 물어보고, 바깥일에 결단하지 못할 것이 있거든 주유에게 물어보라고 했느니라' 하시지 않았느냐. 그런데 이제 어찌하여 공근을 불러다가 물어보려고 아니 하느냐."

하고 일깨워 주었다.

손권은 그 말을 듣고 크게 기뻐하여 즉시 파양호로 사자를 보내서 주유를 청해다가 일을 의논하려고 하였는데, 이보다 앞서 주유는 파양호에서 수군을 훈련하고 있다가 조조의 대군이 한상에 이르렀다는 말을 듣고 그 즉시 군기대사를 의논하려고 밤을 도와서 시상구로 돌아온 까닭에 손권의 사자가 미처 떠나기 전에 주유 편에서 먼저 왔다.

노숙이 주유와 가장 가까운 사이라 남보다 먼저 와서 만나 보고 그동안의 경과를 자세히 이야기하니, 듣고 나자 주유가

"자경은 너무 염려하시지 마오. 내게 주장하는 바가 있으니 자경은 속히 공명이나 청해다가 한 번 만나 보게 해 주시오."
하고 말한다. 노숙은 곧 말을 타고 갔다.

주유가 바야흐로 혼자 자리에 앉아 쉬고 있노라니까 문득 보하되 장소·고옹·장굉·보질 등 네 사람이 찾아왔다고 한다. 주유는 곧 그들을 당중으로 맞아들였다.

피차 인사들을 나누고 나자, 장소가 먼저

"도독은 오늘 강동의 긴박한 정세를 아시고 계신지요."
하고 물어서, 주유가

"모릅니다."
하고 대답하니, 그는 곧 말을 이어

"조조가 백만 대병을 거느리고서 한상에 둔치고 앉아 일전에 우리한테 격문을 전하고 한 번 강하에서 함께 모이자고 주공을 청했소이다. 물론 우리 강동을 병탄해 볼 뜻이 그에게 있으면서도 아직 그 본색을 드러내지는 않았다고 하겠습니다. 그래 우리들이 주공께 항복을 하셔서 어찌했든 강동의 화를 면하도록 하여 보시라고 권했던 것인데, 노자경이 강하에 갔다가 유비의 모사 제갈량을 데리고 올 줄은 과연 생각도 못했소이다. 저편에서는 제 분을 풀어 보자고 변설을 놀려서 주공을 격동시켜 놓은 것이건만, 똑 자경이 이것을 깨닫지 못하고서 공연한 고집을 부리고 있는

삼고초려

까닭에 마침내 이처럼 도독을 청해다가 결단을 구하기로 된 것이 외다."

한다.

주유는 듣고 나서

"여러분의 뜻이 모두들 같으신가요."

라고 한마디 묻자, 고옹의 무리가

"서로 의논을 해 보았는데 다 같습니다."

하고 대답하자,

"나 역시 항복을 하려고 생각한 지가 오랩니다. 그럼 여러분은 그만들 돌아가시지요. 우리 내일 아침에 주공을 뵙고 의논을 정하기로 하십시다."

하고 그는 말하였다. 장소의 무리는 하직하고 돌아갔다.

그로써 조금 지나 또 보하는데 이번에는 정보·황개·한당 등의 장수들이 그를 만나러 왔다고 한다.

주유가 그들을 안으로 맞아들여서 각기 안부를 묻고 나자, 정보가 대뜸

"도독은 우리 강동이 이제 머지않아서 남의 수중으로 들어가게 된 것을 알고 계십니까."

하고 묻는다.

주유가

"모릅니다."

하고 대답하니, 정보가 곧 다시

"우리들이 손 장군을 모시고 기업을 세워 이제까지 수백 번 크고 작은 싸움을 해 온 끝에 겨우 강동의 육군 성지를 얻은 것인

데, 이번에 주공께서 모사들의 말을 들으시고 조조에게 항복을 하려고 하시니 이는 참으로 수치스럽고 애석한 일이외다. 우리들은 차라리 죽으면 죽었지 이 욕은 당하지 않겠으니 부디 도독은 주공께 권해서 계책을 결단하고 군사를 일으키시게 하여 주십시오. 그러면 우리들은 한 번 죽기로써 싸우리다.”

하고 말한다.

주유가

“장군들의 소견이 다들 같으십니까.”

하고 물으니, 황개가 먼저 분연히 자리에서 일어나 손을 들어 자기의 이마를 딱 치며

“내 머리를 자르면 잘랐지 맹세코 조조에게 항복은 하지 않겠소.”

하고 맹세하고, 여러 사람들도 모두

“우리도 다들 항복하기를 원하지 않습니다.”

하고 말하였다.

이것을 보고 주유는

“나도 바야흐로 조조와 한 번 자웅을 결해 보려는 터이니 어찌 적에게 항복할 법이 있으리까. 부디 장군들은 그만 돌아가십시오. 내가 주공을 뵈옵고 의논을 정하오리다.”

하고 말하여 정보의 무리는 작별하고 돌아갔다.

그로써 또 얼마 지나지 않아 제갈근·여범 등의 문관 패들이 그를 찾아왔다.

주유가 맞아들여서 피차 예를 베풀고 나자, 제갈근이 먼저 입을 열어

“내 아우 제갈량이 한상에서 와서 유 예주가 동오와 손을 잡고

삼고초려

함께 조조를 치고 싶어 한다고 말을 내어 문무 관원들 사이에 아직 의논을 정하지 못하고 있는 형편인데, 나로 말씀하면 아우가 바로 사자로 온 통에 감히 여러 말씀을 못하고 오로지 도독께서 오셔서 이 일을 결단 내리시기만 기다리고 있는 터입니다.”
하고 말한다.

주유는 한마디 물었다.

“공변되게 말씀을 한다면 어떻게 말할 수 있을까요.”

제갈근이 대답한다.

“항복을 하면 편안하고 싸우면 보전하기 어렵다고 할 수 있겠지요.”

듣고 나자 주유는 웃으며

“내게도 생각이 있습니다. 내일 함께 부중에 들어가서 의논을 정하기로 하십시다.”
하고 말하였다. 제갈근의 무리는 하직하고 물러갔다.

그러자 또 보하되 여몽·감녕 등의 한 패가 만나러 왔다고 한다. 주유가 청해 들이니 역시 이 일을 가지고 의논하러 온 것인데, 싸워야만 한다는 사람도 있고, 항복을 해야만 한다는 사람도 있어서 서로 제 주장을 내세워 다툰다.

그러다가 주유가

“구태여 여러 말씀들 할 것이 없이 내일 모두 부중에 들어가서 공론해 보기로 하십시다.”
하고 말하여, 그들은 마침내 하직을 고하고 돌아갔다. 뒤에 주유는 혼자서 냉소하기를 마지않았다.

그러자 밤이 되어 사람이 들어와서 보하기를 노자경의 인도를 받아 공명이 뵈러 왔다고 한다. 주유는 중문에 나가서 그를 맞아 들였다. 피차 인사를 마치고 주객이 자리를 나누어 좌정하자 노 숙이 먼저 주유에게 물었다.

"이제 조조가 대군을 거느리고 남으로 침노해 오는데 저와 화 친하느냐 또는 싸우느냐, 두 가지 방책을 가지고 주공께서 능히 결단을 내리시지 못하여 오로지 장군에게 물으려고 하시는데, 대 체 장군의 의향은 어떠하십니까."

주유가 대답한다.

"조조가 천자의 이름을 내세우니 그 군사를 어떻게 거역하겠습 니까. 더욱이 그 형세가 크니 경솔하게 대적하지는 못할 것이외 다. 사세가 싸우면 반드시 패하고 항복을 하면 편안할 수 있을 것 이라 내가 뜻을 이미 결단했으니 내일 주공을 뵈옵거든 즉시로 조조에게 사자를 보내서 항복을 드리도록 하겠소이다."

뜻밖의 말을 듣고 노숙이 악연히 놀라서

"장군의 말씀이 옳지 않습니다. 우리 강동의 기업이 이미 삼대 를 전해 내려온 터에 어찌 일조에 남에게다 내어 준단 말씀이오 니까. 백부 유언에 바깥일은 장군에게 부탁한다고 하셨으매 바야 호로 오늘날 모든 사람이 장군 한 분을 태산처럼 믿어 국가를 보 전하려 하는 터에 어찌하여 또 저 겁 많은 자들의 의논을 좇으려 하십니까."

라고 하니, 주유가 말하였다.

"그것은 강동 육군의 수많은 생령이 만약에 난리를 만나 참혹 한 화를 입는 날에는 누구나 할 것 없이 반드시 나를 원망하겠기 에 내 이제 계책을 정해서 항복을 청하려는 것이오."

삼고초려

“그렇지 않습니다. 장군 같으신 영웅이 우리 동오의 험고한 지세를 이용하여 한 번 일어나 싸우신다면 아마 조조도 그리 수월하게 제 뜻을 펴 보지는 못할 것이외다.”

이렇듯 두 사람이 서로 논쟁을 하는데 공명은 옆에서 다만 팔짱을 끼고 앉아 냉소를 할 뿐이어서, 주유가 있다가

“선생은 어째서 웃고만 계십니까.”

하고 물으니,

“량은 다른 사람을 웃는 것이 아니라 자경이 도무지 세상 형편을 아시지 못하기에 웃을 따름입니다.”

하고 공명이 대답한다.

노숙은 물었다.

“선생은 어째서 날더러 세상 형편을 모른다고 하시는 겝니까.”

공명이 이에 답하였다.

“공근이 주견을 세워서 조조에게 항복을 하려고 하시는 것이 아주 도리에 맞는 일입니다.”

주유가

“공명은 천하의 대세를 잘 아시는 분이라 필시 나하고 생각이 같으실 것입니다.”

한다.

노숙은 다시 공명에게 물었다.

“어찌하여 공명도 그처럼 말씀을 하시나요.”

공명이 대답한다.

“조조는 극히 군사를 잘 쓰는지라 천하에 감히 대적할 자가 없습니다. 전에 다만 여포·원소·원술·유표 등이 감히 그와 겨루

어 보았던 것인데 이제 이 몇 사람이 모두들 조조에게 멸망을 당하고 다시는 천하에 사람이 없습니다. 홀로 유 예주가 자기 분수도 모르고 억지로 그와 다투다가 지금에는 고단한 신세가 되어 강하에서 능히 존망을 보전하지 못하는 형편이거니와, 장군이 한번 계책을 결단해서 조조에게 항복을 하시고 볼 말이면 가히 처자를 보전할 수 있고 가히 부귀를 온전히 할 수 있을 것입니다. 그까짓 나라의 운수가 변하는 것쯤이야 다 천명에다 맡길 일이니 무어 애석할 것이 있겠습니까.”

듣고 나자 노숙은 마침내 대로하였다.

“그대는 그러면 우리 주공더러 국적에게 무릎을 꿇고 욕을 보시라는 말인가.”

공명이 말한다.

“실은 이 사람에게 계책이 하나 있소이다. 무어 수고스럽게 양을 끌고 가고 술을 지고 가며 땅을 드리고 인수를 바칠 것도 없는 일이요, 또한 친히들 강을 건너실 것도 없이 다만 사자 한 명을 시켜서 일엽편주에 사람 둘만 실어서 강상으로 떠나보내면 그만인 일이니, 만일에 조조가 이 두 사람만 얻는 날에는 수하의 백만 대병이 모두들 갑옷을 벗고 기를 말아 가지고 그대로 물러가 버릴 것입니다.”

주유가 물었다.

“대체 어떤 사람 둘을 쓰면 조조의 군사를 물리칠 수 있단 말씀입니까.”

공명은 말한다.

“강동에서 이 두 사람을 보내는 것은 마치 아름드리나무에서 잎새 하나를 따내고 큰 곳간에서 좁쌀 한 알을 집어내는 것과 같을 뿐이지만 조조는 이 사람들만 얻고 보면 반드시 크게 기뻐서 돌아가고야 말 것입니다.”

주유는 다시 물었다.

“과연 어떤 사람 둘을 쓴다는 말씀이오니까.”

공명은 대답하였다.

“량이 융중에 있을 때 들으니, 조조가 장하 가에다가 새로이 대를 하나 지어 놓고 이름을 동작이라 하여 극히 장려하며 천하의 미녀들을 널리 뽑아서 그 안에 두었다고 하는데, 조조는 본래 호색하는 무리라 강동의 교공(喬公)이란 이가 딸 형제를 두어 큰딸 대교(大喬)와 작은딸 소교(小喬)가 모두 경국지색이라는 말을 듣고 일찍이 맹세하기를, ‘내 한 가지 소원은 천하를 소탕하여 제업(帝業)을 이루는 것이요 또 한 가지 소원은 강동의 이교(二喬)를 얻어서 동작대에 두고 내 만년을 즐기는 것이니, 이 원만 푼다면 비록 죽는대도 한이 없으리라’ 하였다 하니, 이제 제가 비록 백만 대병을 거느리고 와서 강남을 범처럼 넘겨다보고 있지마는 실상은 이 두 계집을 얻기 위함이니 장군은 곧 교공을 찾아보시고 천금으로 두 계집을 사서 사람을 안동하여 조조에게로 보내십시오. 조조가 이 두 계집만 얻고 보면 그만 다시 없이 마음에 흐뭇해서 그대로 회군해 버릴 것이니 이는 범려(范蠡)가 서시(西施)[1]를 바치던 계책

---

1) 춘추시대 월나라의 미인. 월왕 구천(勾踐)이 오나라와 싸워 회계에서 패한 뒤에 그 치욕을 씻기 위하여 은근히 국력을 기르는 한편, 오왕 부차(夫差)의 마음을 어지럽게 하려고 절세의 미인 서시를 그에게 바쳤다. 본래 호색한 부차가 서시를 보자 과연 크게 혹해서 정사를 돌보지 않아 나라가 어지러워지니, 이를 보고 구천은 군사를 일으켜서 마침내 오나라를 멸하고 말았다.

인데 왜 빨리 행하시지 않습니까."

주유는 다시 한마디 물었다.

"조조가 이교를 얻고 싶어 하는 것을 대체 무엇으로 압니까."

공명이 이에 대답하였다.

"조조의 어린 아들 조식의 자는 자건으로서 실로 천하 문장인데 조조가 일찍이 그에게 명해서 부(賦)를 하나 짓게 하니 이름은 「동작대부」라 이 글의 뜻으로 말하면 곧 저의 집이 천자 되기에 합당하다는 것과 맹세코 이교를 취하고야 말리라는 그것이외다."

"그 부를 공은 능히 기억하고 계십니까."

"내가 그 글이 심히 아름다운 것을 사랑해서 일찍이 외워 두었습니다."

하고 공명이 말하니, 주유가 듣기를 청해서 공명은 즉시 「동작대부」를 외니, 이러하다.

영명하신 님 모시고 대에 올라 즐겁구나.
눈앞에 열린 천부(天府) 성덕(聖德)의 경영이라
높고 또 높은 전각 쌍궐(雙闕)은 덩그렇고
중천에 우뚝 솟아 비각(飛閣)은 연이었네.
장하(漳河) 물 흐르는데 벌판에 널린 백과(百果)
좌우의 한 쌍 누대 옥룡과 금봉이라
이교(二喬)를 데려다 놓고 조석으로 즐겨 보자.
만호장안은 구름 밖에 아득한데
천하 인재 모였으니 장상 재목 없을쏘냐.
봄바람은 하늘하늘 뭇 새들은 지저귀네.
하늘의 크신 조화 가운이 대통하옵소서.

천하에 인화(仁化) 펴니 만백성이 귀순하네.
환문(桓文)[2]의 패업들도 성명(聖明)에는 못 비하리
아름다워라 아름다워라 혜택(惠澤)이 멀리도 미치셨네
황가(皇家)를 보우하여 천하가 편안하고
천지처럼 법도(法度) 있고 일월처럼 빛나시며
그지없이 존귀하고 길이 수(壽)를 누리소서.
용기(龍旂)를 휘날리며 난가 타고 노니실 제
인화는 사해에 덮이고 백성은 태평을 즐기리.
누대여 만년토록 그 낙이 무궁하라.

그러나 본래의 「동작대부」에는, '이교를 데려다 놓고 조석으로 즐겨 보자'라는 시구가 없다. '이교를 동서에 연함이여, 장공의 무지개 같도다'라고 있는 것을 공명은 짐짓 그렇듯 고쳐 읊은 것이다. 같은 이교라도 그것은 이교(二橋)지 결코 이교(二喬)가 아닌 것이다.

그러나 주유는 그것을 모른다. 모르는 까닭에 듣고 나자 주유는 발연대로하여 자리에서 벌떡 일어나자, 손을 들어 북쪽을 가리키며

"늙은 도적놈이 나를 너무나 업신여기는구나."
하고 소리친다.

공명이 급히 일어나서 그를 만류하며
"옛적에 선우가 자주 지경을 침노하매 한 천자께서 공주를 내어 주시고 화친하신 일까지 있는데 이제 어찌하여 민간의 두 계

---

2) 제 환공과 진 문공.

집을 아끼십니까."
하고 말하니, 주유가

"그것은 공이 모르고 하시는 말씀입니다. 대교로 말씀하면 바로 손백부 장군의 부인이시고 소교는 곧 내 아냅니다."
한다.

공명은 짐짓 황공해하는 형상을 지으며

"량이 실상 알지 못하고 말씀을 함부로 하였으니, 이런 송구할 데가 없습니다그려."
하고 빌었다.

주유가

"저 늙은 도적놈과는 내 맹세코 양립할 수 없습니다."
하고 분연히 외치니, 공명이

"일이란 모름지기 세 번 생각해 보고 해야만 후회를 아니 하게 되는 법입니다."
한다.

주유는

"내가 모처럼 손백부 장군의 부탁을 받아 온 터에 어찌 몸을 굽혀서 조조에게 항복을 할 까닭이 있으리까. 내가 아까 한 말씀은 짐짓 농으로 한 말씀이외다. 내가 파양호를 떠날 때부터 이미 북벌할 뜻을 가졌으니 비록 칼과 도끼로 이 머리를 친다 할지라도 내 뜻은 고치게 바뀌지 않습니다. 바라건대 공명은 한 팔의 힘을 도와서 나와 함께 조조를 깨뜨려 주십시오."
하고 청한다.

공명이

"만일 버리지 않으신다면 삼가 견마의 수고를 다해서 장군의
영을 받들겠습니다."
하고 대답하니, 주유는
"이 사람이 내일 들어가서 주공을 뵈옵고 즉시로 군사를 일으
키도록 하오리다."
하고 말하였다.
　공명은 노숙과 함께 주유를 하직하고 나오자 서로 작별하고 자
기 처소로 돌아갔다.

　이튿날 이른 아침이다. 손권이 당상에 오르니 좌편에는 문관의
장소·고옹 등 삼십여 인이요, 우편에는 무관의 정보·황개 등
삼십여 인이라 서로 반열을 나누어서 시립하니 의관이 정제하고
허리에 찬 칼과 몸에 찬 패옥은 움직일 때마다 서로 맞부딪쳐 아
름다운 소리를 낸다.
　조금 있다가 주유가 들어와서 뵙고 예를 마치자 손권은 그에게
안부를 물었다.
　수어 인사가 끝나자 주유가 손권을 향하여
"근자에 듣자오니 조조가 한상에다 군사를 둔쳐 놓고서 우리에
게로 글을 보내 왔다고 하옵는바, 주공의 존의는 어떠하십니까."
하고 물어서, 손권은 즉시 격문을 내어 그에게 보여 주었다.
　주유는 한 번 보고 나서
"이 늙은 도적놈이 우리 강동에는 사람이 도무지 없는 줄만 여
겨 이 따위 글을 보내 왔습니다그려."
하고 웃었다.

손권이 그에게

"대체 경의 뜻은 어떠하오."

하고 한마디 묻자

"주공께서는 일찍이 문무 중관들과 이 일을 의논해 보셨습니까."

하고 주유가 그에게 되물어서,

"그러지 않아도 연일 이 일을 가지고 의논을 해 오는데 혹 날더러 항복을 하라고 권하는 사람도 있고 혹 내게 한 번 싸우기를 권하는 사람도 있어서 내가 뜻을 정하지 못한 까닭에 그래 공근을 청해서 한 번 결단을 받아 보자고 한 것이오."

하고 손권은 대답하였다.

"대체 누가 주공께 항복을 권하고 있습니까."

"장자포 등이 모두들 그것을 주장하고 있는 터요."

주유는 즉시 장소를 돌아보고 물었다.

"어찌하여 항복을 주장하시는가 어디 한 번 그 까닭을 듣고 싶습니다."

장소가 대답한다.

"조조가 천자를 옆에 끼고 사방을 정벌하매 툭하면 내세우는 것이 조정인데다 근자에는 또 형주를 얻어서 그 위세가 더욱이나 큽니다. 우리 강동이 조조를 항거할 수 있는 것은 오직 장강뿐인데 지금 조조 수군의 전선들이 대체 얼만 줄을 모를 형편이니 저희가 이대로 수륙병진해서 내려오면 도저히 당할 길이 없겠기에 우선 항복을 해 놓고서 다시 계책을 세우느니만 못하리라는 것입니다."

들고 나자 주유는

"그런 말은 시세에 맞지 않는 유생들이나 할 소리외다."
라고 한마디로 물리치고,

"우리 강동이 개국 이래로 이제까지 삼대를 전해 내려온 터에 어찌 일조에 내버릴 법이 있단 말입니까."
하고 말하였다.

손권이 물었다.

"만일 그렇다면 장차 어떠한 계책을 써야 하오."

주유는 대답하였다.

"조조 제가 이름은 비록 한나라의 승상이라 하나 실상은 한나라의 역적입니다. 장군께서 출중하신 무예와 뛰어나신 재능으로써 부형이 남겨 놓으신 기업을 이으시고 강동에 웅거하시어 휘하에 군사들은 정예하고 양식은 넉넉하니 바야흐로 한 번 천하를 횡행하시며 국가를 위해서 저 잔포한 무리들을 초멸해 버리셔야 마땅할 터에, 어찌 도리어 도적에게 항복을 하신단 말씀입니까. 또한 조조가 이번에 이리로 오는 데는 병가에서 꺼리는 수를 수다히 범하고 있으니, 아직 북방이 평정되지 않아 마등과 한수가 그 후환이 되건마는 조조가 오래 남정하러 나와 있으니 이것이 첫째로 꺼리는 바요, 북쪽 군사들이 수전에 익지 못한 터에 조조가 말을 내버리고 배를 의지해서 우리 동오와 싸우려고 하니 이것이 둘째로 꺼리는 바요, 또한 지금 철이 엄동설한이라 말을 먹이려도 꼴이 없으니 이것이 셋째로 꺼리는 바요, 중원 땅의 군사들을 몰고서 멀리 강호를 건너 와서 수토불복으로 병들이 많이 날 것이니 이것이 넷째로 꺼리는 바입니다. 조조의 군사가 이렇듯이 여러 가지 병가의 꺼리는 바를 범하고 있으니 저희가 비록 수효는 많다고 해도 반드시 패하고 말 것입니다. 장군께서 조조를 사로잡으시는 것이 바야흐로 오늘에 있으니 유에게 정병 수천 명만 내어 주시면 곧 나가서 하구에 둔치고 장군을 위해서 적을 깨치겠습니다."

들고 나자 손권은 벌떡 자리에서 일어나며

"저 늙은 도적놈이 한나라를 폐해 버리고 제가 대신 서고자 마음먹은 지가 오래나 다만 두려워하는 바는 원소·원술·여포·유표 그리고 나였는데 이제 여러 영웅들이 이미 죽고 오직 나 하나가 남아 있을 뿐이라, 내 맹세코 저 늙은 도적과는 양립할 수 없소. 마땅히 조조를 쳐야만 하리라는 경의 말은 바로 내 마음과 같으니 이는 바로 하늘이 경으로써 내게 주신 것이오."

하고 말하였다.

들고 나서 주유는 다시 한마디 하였다.

"장군을 위해서 신은 한 번 저들과 결전을 단행하여 만 번 죽는다더라도 사양하지 않을 생각입니다마는, 다만 장군께서 종시 마음에 의심하시고 대사를 결정 못하실 것이 두렵소이다."

이 말을 듣자 손권은 곧 차고 있던 검을 쑥 빼어 앞에 놓인 주안(奏案)의 한 모서리를 내리쳐서 끊어 버리고

"문관이거나 무장이거나를 막론하고 다시 조조에게 항복을 하자고 말을 내는 자가 있으면 마땅히 이 주안과 같이 되리라."

라고 외치고, 말을 마치자 그는 즉시 그 검을 주유에게 내리면서 곧 주유로 대도독을 삼고 정보로 부도독을 삼고 노숙으로 찬군교위를 삼은 다음, 주유에게 이르되

"문관이나 무장이나 호령을 듣지 않는 자가 있거든 곧 이 검으로 참하라."

삼고초려

하였다.

주유는 검을 받고 나서 여러 사람들을 대하여 말하였다.

"내 이제 주공의 명을 받들어 여러 사람들을 거느리고 나가서 조조를 치려 하니 모든 장수와 관리들은 내일 다 함께 강변 행영(行營)에 와서 영을 듣도록 하라. 만일에 시각을 어기는 자가 있으면 곧 칠금령(七禁令)에 의하여 오십사참(五十四斬)을 시행할 줄로 알라."

말을 마치자 그가 곧 손권에게 하직을 고하고 몸을 일어 부중에서 나오니, 문무 중관들은 다 각기 말없이 흩어져 버렸다.

주유는 하처로 돌아오자 그 길로 일을 의논하러 사람을 보내서 공명을 청하였다. 공명이 이르자 주유가

"오늘 부중에서 의논을 이미 정하였으니 바라건대 선생은 조조를 격파할 좋은 계책을 말씀해 주십시오."

하고 청하니, 공명이

"손 장군이 아직도 마음이 편안치 않아 하시니까 계책을 정할 수가 없습니다."

하고 말한다.

"어찌하여 손 장군의 마음이 아직도 편안치 않으시다 말씀하십니까."

주유의 묻는 말에 공명은

"손 장군이 마음에 조조의 군사 많은 것을 종시 겁내셔서 도저히 적은 병력으로 대적해 낼 수 없으리라는 생각을 품고 계실 것이니 한 번 장군이 군사의 수효를 가지고 풀어서 그 의심을 완전히 없애게 한 연후에야 대사를 가히 이룰 수가 있을 것이외다."

하고 대답한다.

주유는

"선생의 말씀이 심히 좋습니다."

하고 곧 다시 들어가서 손권을 보았다.

"공근이 이처럼 밤에 들어왔으니 필시 무슨 연고가 있는 모양이오그려."

하고 손권이 말해서, 주유가 곧

"내일 군마를 조발하려고 하옵거니와 혹시 주공께서는 아직도 마음에 의혹을 품고 계시지나 않습니까."

하고 물으니, 손권이

"꼭 한 가지 조조의 군사가 원체 많아서 우리의 적은 병력으로 능히 대적할 수 있을까 근심이 될 뿐이지 다른 의혹은 없소."

하고 대답한다.

주유는 웃으며

"그러지 않아도 유가 특히 이 때문에 주공의 의혹을 풀어 드리고자 온 길입니다. 주공께서는 조조가 보낸 격문에 수륙 대군 백만이라 말한 것만 보시고는 그만 마음에 송구스러우셔서 정작 한 번 그 허실을 알아보려고는 생각조차 안 하십니다마는, 이제 실지로 따져 본다면 원래 중국 군사라는 것이 십오륙만에 불과한데 그것들은 이미 피폐하였고 뒤에 원씨의 군사를 얻었다는 것이 역시 칠팔만에 지나지 않는데 그들의 태반은 아직도 의심을 품고 조조에게 복종하지 않는 형편이라, 대저 피폐한 군사를 데리고 의심하는 무리들을 어거하고 있으니 비록 수효는 많다 하더라도 족히 두려울 것이 없지 않습니까. 유가 군사 오만만 가지면 넉넉

삼고초려

히 쳐 무찌를 수 있으니 부디 주공께서는 아무 근심 마십시오.”
하고 아뢴다.

들고 나자 손권은 주유의 등을 손으로 어루만지며

“공근의 그 말 한마디가 그대로 내 의혹을 확 풀어 주는구려. 자포는 무모해서 이번에 나를 크게 실망하게 했는데 홀로 경근과 자경이 나하고 마음이 같소. 경은 부디 자경·정보와 함께 즉시로 군사를 선발해 가지고 앞으로 나가 주면 내가 곧 뒤따라 나가기로 하되 제반 군수 물자와 군량을 많이 싣고서 경을 위하여 후응이 되어 줄 것이니, 만약에 경이 거느리는 전군이 적과 싸워서 형세가 여의하지 않은 때에는 곧 내게로 돌아와서 합세하도록 하오. 내 한 번 친히 조조 도적과 승패를 결해 보려니와 이제야 다시 무슨 의혹이 있겠소.”
하고 말하였다.

주유는 그에게 사례하고 밖으로 물러나오면서 ‘공명이 이미 오후의 마음속을 환히 들여다보듯 알고 있으니 그 생각하는 바가 나보다 한수 높지 않은가. 오래 두었다가는 반드시 우리 강동의 화가 될 것이니 진작 없애 버리느니만 못할까 보다’ 하고 속으로 생각한다. 그러다 마침내 주유는 그 밤으로 사람을 보내서 노숙을 장중으로 청해다가 공명을 죽여야만 하겠다고 이야기하니, 노숙이 듣고

“그것은 옳지 않소이다. 아직 조조를 멸하지 못하였는데 먼저 어진 선비를 죽이는 것은 바로 자기를 도와주는 사람을 제 손으로 없애 버리는 것입니다.”
하고 반대한다.

“그렇지만 이 사람이 유비를 돕고 있으니 필경은 강동의 화가 될 것이오.”

주유가 다시 한마디 하니, 노숙이 있다가

“제갈근이 바로 공명의 친형이니 그를 시켜서 이 사람을 불러다가 함께 동오를 섬기게 하는 것이 묘하지 않을까요.”

하고 의견을 내어 놓는다. 주유는 그 말을 좋다고 하였다.

그 이튿날 해가 떠오를 무렵에 주유가 행영으로 나가서 중군장에 높이 앉아 좌우에 도부수들을 늘어세우고 문관과 무장을 모두 모아 영을 듣게 하는데, 원래 정보는 주유에 비해서 나이가 훨씬 위건만 이제 주유의 관작이 도리어 자기보다 위에 있으므로 마음에 즐겁지 않아서 이날 병을 칭탁하고 나오지 않고, 자기 대신 맏아들 정자(程咨)를 내어 보냈다.

주유는 여러 장수들에게 영을 내렸다.

“왕법(王法)에는 추호도 용서가 없는 터이니 제군은 각기 자기의 직분을 지키도록 하라. 방금 조조가 나라 권세를 희롱함이 동탁보다 심해서 천자를 허창에 가두어 두고 군사를 지경 위에 둔쳐 놓고 있으매 내 이제 명을 받들어 그를 치려고 하니 제군은 모두 힘을 합해서 앞으로 나가되 대군이 이르는 곳에 행여나 백성을 놀라게 하지 마라. 앞으로 공로 있는 자에게 상을 내리며 죄를 지은 자에게 벌을 주기로 하되 일호 사정을 두지 않으리라.”

영을 다 내리고 나자 주유는 곧 한당과 황개로 전부 선봉을 삼아서 본부 전선을 거느리고 즉일 기행하게 하되 삼강구(三江口)로 나아가 하채한 뒤 별로 장령을 기다리게 하고, 장흠과 주태로 제이대를 삼으며, 능통과 반장으로 제삼대, 태사자와 여몽으로 제

삼고초려

사대, 육손과 동습으로 제오대, 여범과 주치로 사방순경(四方巡警使)를 삼고 육부 관군을 재촉해서 수륙 병진하여 정한 기일에 일제히 다 모이게 하였다.

군사 조발이 끝나자 모든 장수들이 각자 선척과 군기들을 수습해 가지고 떠나는데, 이때 정자가 돌아가서 저의 부친 정보를 보고서 주유의 군사 조발하는 것이 법수가 있더라고 말하자, 정보는 크게 놀라서

"나는 본래 주랑의 나약한 것을 마음에 업신여겨 장수 재목이 못 된다고 했는데 이제 그처럼이나 능하다고 하니 그야말로 대장의 재목이로구나. 그렇다면 내가 어찌 제게 복종하지 않을 도리가 있겠느냐."

하고 친히 행영으로 나가서 사죄를 하니, 주유도 또한 겸사하였다.

그 이튿날 주유는 제갈근을 청해다가

"영제 공명이 능히 임금을 보좌할 만한 재주를 가지고 있으면서 어찌하여 몸을 굽혀 유비를 섬기는지 모르겠는데, 이제 다행히 강동에 오셨으니 수고스러우셔도 선생이 한 번 말씀을 아끼지 마시고 영제로 하여금 유비를 버리고 동오를 섬기게 하시면 우리 주공께서는 좋은 보필을 얻으시고 선생 형제분은 또한 한자리에 서로 모이시게 되니 어찌 아름다운 일이 아니겠습니까. 부디 선생은 곧 한 번 다녀오시지요."

하고 권하였다.

듣고 나자 제갈근은

"이 사람이 강동에 온 뒤로 아무 공도 세운 것이 없어서 참괴하

기 짝이 없는 터에 이제 도독께서 그처럼 분부가 있으시니 어찌 수고를 아끼겠습니까.”

하고 즉시 말께 올라 바로 관역으로 공명을 찾아갔다.

공명이 형을 맞아들여서 울며 절하고 피차에 오래 보지 못한 정리를 호소하고 나자, 드디어 제갈근은 눈물을 흘리며

“너는 백이(伯夷)·숙제(叔齊)3)를 아느냐.”

하고 말을 내었다.

공명은 속으로 ‘이는 필시 주랑이 시켜서 형님이 나를 달래러 오신 게로구나’ 생각하며,

“백이·숙제야 옛적 성현이시죠.”

하고 대답하니, 제갈근이 다시

“백이와 숙제가 비록 수양산 아래서 굶어 죽기는 하였으나 형제가 그래도 한곳에 있었는데 너와 나는 한어머님 젖을 먹고 자랐으나 각기 다른 주인을 섬기고 있어서 조석으로 한자리에 모이지 못하니 백이·숙제 보기에 어찌 부끄럽지 않단 말이냐.”

하고 말한다.

공명은 곧 그 말에 대답하였다.

“형님께서 말씀하시는 바는 정이요 제가 지키는 바는 의리입니다. 저나 형님이나 다 같은 한나라 사람인데 이제 유황숙으로 말씀하면 곧 한실 종친이시니 만일에 형님께서 동오를 떠나셔서 저와 함께 황숙을 섬기신다면 위로는 한나라 신하되기에 부끄러울 것이 없고 아래로는 또한 형제가 함께 모일 수 있으니 이는 바로

---

3) 중국 은나라 말년, 고죽군(孤竹君)의 두 공자. 은나라가 망하자 수양산(首陽山)으로 들어가서 고사리를 캐어 먹으며 지내다가 형제가 모두 굶어 죽었다.

삼고초려

정과 의리를 다 온전하게 할 계책입니다. 그래 형님 의향은 어떠하십니까."

제갈근은 속으로 '내가 저를 달래 보려고 왔는데 도리어 제 편에서 나를 달래는 것이 아닌가' 생각하고 마침내 대답할 말이 없어서 그대로 일어나 작별하고 돌아가서 주유를 보고 공명이 하던 말을 자세히 이야기하니, 주유가 듣고 나서

"공의 뜻은 어떠하십니까."

하고 묻는다.

"내가 손 장군의 두터운 은혜를 입고 있는 터에 어찌 저버릴 법이 있겠습니까."

하고 제갈근이 대답하니, 주유는

"공이 이미 충성으로 주공을 섬기시는 바에야 구태여 여러 말씀할 것이 없겠고 공명을 항복받을 계책은 내게 또 있습니다."

하고 말하였다.

슬기와 슬기는 만나면 합하고
재주와 재주는 다투면 상극이라

필경 주유는 어떠한 계책으로 공명을 항복받으려 하는고.

| 45 |

이때 주유는 제갈근의 말을 듣고 공명에게 한을 품어 그를 모살하려고 마음먹었다.

이튿날 군사와 장수들을 점고한 다음에 주유가 들어가서 손권에게 하직을 고하니, 손권이

"경은 먼저 가오. 내 곧 군사를 일으켜 뒤미처 나가리다."
하고 말한다.

주유는 하직하고 나와서 정보·노숙과 함께 군사들을 거느리고 떠나는데 공명더러도 같이 가자고 청하였다. 공명은 흔연히 그들을 따라나섰다.

일행은 배에 올라 돛을 달고 하구를 향해서 나아가 삼강구에서 오륙십 리 상거한 곳에 이르자 차례로 닻을 내리고 주유는 중앙에 하채하며, 언덕 위에는 서산을 의지해서 영채들을 세워 주위

에 군사들을 둔쳐 놓고 공명은 한 척 작은 배 안에서 거처하게 하였다.

주유는 이렇듯 분별을 하고 나자 공명에게로 사람을 보내서 의논할 일이 있으니 와 달라고 청하였다. 공명은 중군장으로 왔다.

주유는 그와 인사를 마치자 곧 말하였다.

"전에 조조는 군사가 적고 원소는 군사가 많았건만 조조가 도리어 원소를 이긴 것은 허유가 꾀를 써서 먼저 오소의 양초를 끊었기 때문입니다. 이제 조조의 군사는 팔십삼만이요 우리 군사는 단지 오륙만이니 무슨 수로 항거해 보겠습니까. 내 이미 조조 군사의 양초가 모두 취철산(聚鐵山)에 쌓여 있다는 것을 탐지했는데 선생은 한상에 오래 계셔서 지리를 환히 아실 것이라 수고스러우시나마 관우·장비·자룡의 무리를 데리시고 밤을 도와 취철산에 가서서 조조의 양도(糧道)를 끊어 주시지요. 내 또한 군사 천 명으로 도와 드리겠는데 이것이 피차 주인을 위해서 하는 일이니 선생은 부디 사양하지 마십시오."

공명은 속으로 '이는 바로 나를 달래 보다가 안 되니까 계교를 써서 나를 해치자는 것인데 내가 만일 사양하고 보면 반드시 웃음거리가 될 것이라 우선 가겠노라 해 놓고 달리 계책을 쓰느니만 못하겠다' 생각하고, 마침내 흔연히 응낙하니 주유가 크게 기뻐한다.

공명이 하직하고 나가자 노숙이 가만히 주유를 보고

"공이 공명을 시켜서 양초를 겁략하게 하시는 것이 무슨 뜻인가요."

하고 물으니, 주유가

“내 공명을 죽이고 싶어도 남이 혹시 웃을까 두렵기에 조조의
손을 빌려서 저를 죽여 후환을 없애려고 한 것이오.”
하고 대답한다.

그 말을 듣고 노숙은 즉시 공명을 찾아갔다. 그가 주유의 흉계
를 알고 있나 모르고 있나 보자는 것이다. 가 보니 공명은 조금도
전과 다른 기색이 없이 장차 떠나려고 군마를 정돈하고 있다.

노숙은 차마 그대로 두고 볼 수가 없어서

“선생은 이번에 가시면 성공하실 수 있겠습니까.”
하고 한마디 건네어 보았다.

공명이 웃으며

“나는 수전·보전(步戰)·마전(馬戰)·거전(車戰)에 모두 오묘한
수단을 가지고 있으니 어찌 공을 못 이룰까 근심하리까. 강동의
공이나 주랑같이 능한 거라고는 한 가지밖에 없는 사람에다가는
비할 바가 아니지요.”
하고 대답한다.

“나와 공근이 어째서 한 가지 능한 것밖에 없다고 하십니까.”

“내 들으매 강남의 어린아이들이 노래를 부르는데 ‘관문을 지
키는 덴 자경이 능수되고, 물에서 싸우는 덴 주랑이 으뜸이라’ 합
디다. 그러니 공 같은 분은 그저 육지에서 군사나 매복하고 관을
지키는 데만 능하시고 공근은 오직 수전만 하실 줄 알았지 육전
에는 능하지 못한 것이지요.”

노숙이 그대로 이 말을 주유에게 가서 고하니, 주유가 노해서

“제가 어찌 날더러 육전에는 능하지 못하다고 업신여긴단 말인
고. 저보고 가랄 것 없이 내가 몸소 마군 일만을 거느리고 취철산

에 가서 조조의 양도를 끊어 놓겠소.”

하고 말한다.

노숙이 다시 이 말을 공명에게 가서 하니 공명이 웃으며

“공근이 나를 시켜 양도를 끊게 함은 기실 조조의 손을 빌려서 나를 없애자는 것이라, 그래 내가 실없는 말을 한마디 한 것인데 공근이 그처럼 노여워하는군요. 지금은 한창 사람을 써야 할 때니 오직 오후와 유 사군이 동심 협력하셔야 공을 이룰 수 있지 만일에 서로 모해하려 든다면 대사는 틀어지고 맙니다. 조조 도적놈이 꾀가 원체 많아서 평생에 남의 양도 끊기를 잘하는 터에 어찌 저의 군량 쌓아 둔 곳의 방비를 엄하게 아니 했으리까. 만일 공근이 갔다가는 반드시 사로잡히고 마시리다. 지금은 오직 수전으로 먼저 북방 군사의 예기를 꺾어 놓고 달리 묘계를 서서 깨뜨려야 할 것이니 자경은 부디 공근에게 말씀을 잘 드려 주십시오.”

하고 당부한다.

노숙이 드디어 그 밤으로 돌아가서 주유를 보고 공명이 한 말을 낱낱이 전하니 주유는 머리를 흔들고 발을 구르며 말하였다.

“이 사람의 식견이 나보다 십 배나 나으니 이제 없애 버리지 않았다가는 뒤에 반드시 우리 나라의 화가 될 것이오.”

그러나 노숙이

“지금은 사람을 써야 할 때니 바라건대 나라를 중히 여기시고 우선 조조를 깨뜨린 뒤에 도모하더라도 늦지는 않으리다.”

하고 좋은 말로 권하자 주유는 그의 말을 좇기로 하였다.

한편 현덕은 유기에게 분부하여 강하를 지키게 하고 자기는 여

러 장수와 군사를 거느리고 하구로 갔는데 멀리 장강 남쪽 언덕
을 바라보니 기치와 창검이 중중첩첩하게 둘러 있다.
　동오에서 이미 군사를 일으킨 줄 짐작하고 마침내 강하 군사를
모조리 옮겨다가 번구(樊口)에 둔친 다음에 현덕이 여러 사람을
모아 놓고
　“공명이 동으로 한 번 간 뒤 소식이 묘연해서 사세가 어찌되었
는지 모르겠으니 누가 가서 허실을 알아 가지고 오겠소.”
하고 물으니, 미축이
　“제가 갔다 오겠습니다.”
하고 나선다.
　현덕은 곧 고기와 술 등 예물을 준비해 주고 미축으로 하여금
동오에 가서 호군하러 왔노라 하고 허실을 알아 오게 하였다.
　미축은 분부를 받자 배를 타고 순류로 내려가서 바로 주유의
대채 앞에 이르렀다. 군사가 들어가서 주유에게 보해서 주유가
불러들이자 미축은 재배하고 현덕의 정중한 인사를 전한 다음에
술과 예물을 바쳤다.
　주유가 받고 나서 잔치를 베풀어 미축을 대접하는데, 미축이
　“공명이 여기 오신 지가 이미 오래 되었으니 이번에 함께 모시
고 돌아갔으면 합니다.”
하니, 주유가
　“공명은 나와 함께 조조 깨칠 계책을 의논하셔야 할 텐데 어떻
게 가시게 한단 말이오. 내 또한 유 예주를 뵙고 좋은 계책을 의
논하고 싶건만 대군을 거느리고 있는 몸이라 잠시도 떠날 겨를이
없으니 만약에 예주께서 이리로 왕림해 주신다면 그만 다행이 없

을까 보오."

하고 말한다. 미축은 응낙한 다음에 하직을 고하고 돌아갔다.

노숙이 주유를 보고 물었다.

"공이 현덕을 보려고 하시니 무슨 의논하실 일이 있어서 그러십니까."

주유가 대답한다.

"현덕은 당세의 효웅이라 불가불 없애 버려야 하오. 내 이번 기회에 저를 유인해다가 죽이는 것이 실상 국가를 위해서 한 가지 후환을 더는 것이오."

노숙은 재삼 간하였으나 주유는 끝내 듣지 않고, 드디어 은밀히 영을 전해서

"현덕이 만약 오거든 먼저 도부수 오십 명을 휘장 뒤에 매복해 두었다가 내가 술잔을 던지거든 그것을 군호 삼아 곧 나와서 하수하도록 하라."

하였다.

한편 미축이 돌아가서 현덕을 보고

"주유 말이 주공께서 한 번 제게로 오셨으면 따로이 상의할 일이 있다고 합니다."

하고 고하니, 현덕은 곧 쾌선 한 척을 수습하라 분부하고 바로 떠나려 하였다.

운장이 이것을 보고

"주유는 꾀가 많은 사람이요 또한 공명의 서신이 없으니 무슨 간계가 있을지 압니까. 경솔히 가실 일이 아닙니다."

하고 간하였으나,

“내가 지금 동오와 손을 잡고 함께 조조를 치려고 하면서 주랑이 나를 보려고 하는데 내가 안 가 본다면 이것은 동맹한 본의가 아닐세. 서로 의심하고 시기해서야 일이 되겠나.”
하고 듣지 않았다.
　운장이 다시
　“형님께서 기어이 가시겠으면 제가 같이 모시고 가겠습니다.”
하고 말하니, 장비가
　“나도 따라가겠소.”
하고 나선다. 그러나 현덕은
　“운장만 나와 함께 가고 익덕은 자룡하고 영채를 지키고 있고, 악현(鄂縣)은 간옹을 시켜서 고수하게 해라. 내 갔다가 곧 돌아오마.”
한다.
　분부하기를 마치자 즉시 운장과 함께 배에 올라 종자 이십여 명을 데리고 노를 바삐 저어 강동으로 내려갔다.
　이르러 보니 강동의 몽동전함(艨艟戰艦)과 정기갑병(旌旗甲兵)이 좌우에 정제하게 벌려 있다. 현덕은 마음에 심히 기뻐하였다.
　군사가 나는 듯이 들어가서
　“유 예주께서 오셨소이다.”
하고 보하자,
　“대체 배를 몇 척이나 가지고 왔더냐.”
하고 주유는 한마디 묻고,
　“단지 배 한 척에 종자가 이십여 명 뿐이외다.”
하고 군사가 아뢰는 말에 그는 빙긋이 웃으며, ‘이 사람이 이제

삼고초려

는 다 살았구먼’ 하고 마침내 도부수들을 매복해 놓은 다음에 대체에서 나가 그를 영접하였다. 현덕은 운장 등 이십여 인을 데리고 바로 중군장으로 들어갔다.

인사가 끝나자 주유는 현덕을 상좌로 청하였으나, 현덕이

“장군의 명성이 천하에 떨쳤는데 유비 같은 사람이 어찌 감히 상좌에 앉으리까.”

하고 사양해서, 마침내 손과 주인이 자리를 나누어 앉은 다음에 주유는 연석을 배설하여 그를 대접하였다.

이때 공명은 우연히 강변에 왔다가 현덕이 이곳에 와서 도독과 서로 모였다는 말을 듣고 깜짝 놀라 급히 중군장으로 들어가서 가만히 동정을 살피니 주유의 면상에는 살기가 가득하고 양편 휘장 뒤에는 도부수들이 꽉 차 있다. ‘이 노릇을 어찌하면 좋을꼬.’ 공명이 크게 놀라 현덕을 돌아보니 그는 바로 태연하게 앉아서 웃으며 이야기하고 있는 것이다. 그러나 다시 보니 현덕의 등 뒤에 한 사람이 칼을 안고 서 있다. 곧 관운장이다.

공명은 기뻐서 ‘우리 주공께서 위태하시지 않구나’ 하고 드디어 들어가지 않고 도로 나와 강변으로 가서 등대하였다.

주유는 현덕과 술을 마셨다. 술이 서너 순배 돌았을 때 주유는 자리에서 일어나 잔을 잡다가 문득 운장이 칼을 안고 현덕의 등 뒤에 서 있는 것을 보고 황망히

“저 사람이 누굽니까.”

하고 물었다.

“내 아우 관운장이외다.”

주유가 놀라서

“전일에 안량·문추를 벤 사람이 아닙니까.”

하고 다시 물으니, 현덕이

“그렇소이다.”

하고 대답한다. 주유는 마음에 너무나 송구하여 잔등에 식은땀이 쫙 흘렀다. 그는 황망히 술을 따라서 운장에게 권하였다.

그러자 노숙이 들어왔다. 현덕은 그를 보고

“공명이 어디 있습니까. 자경은 부디 그를 청해다가 한 번 만나 보게 해 주시지요.”

하고 청하였다.

그러나 주유가

“조조를 깨친 다음에 공명과 서로 보시더라도 늦지는 않을 것입니다.”

하고 말해서, 현덕은 감히 다시 두 번 청하지 못하였다.

이때 운장이 현덕에게 눈짓을 하였다. 현덕은 그 뜻을 알아차리고 즉시 자리에서 몸을 일어 주유를 보고

“오늘은 이만 하직을 고하고 돌아가고, 앞으로 적을 깨쳐 공을 거두신 뒤에 전위해서 하례 말씀을 드리러 다시 오겠소이다.”

하고 작별 인사를 하니, 주유가 또한 굳이 붙들지 못하고 원문 밖까지 그를 배웅하였다.

현덕이 주유를 작별하고 운장 등과 강변으로 나오니 공명이 배 안에서 기다리고 있다. 현덕은 크게 기뻐하였으나, 공명이

“주공께서 오늘 위태하셨던 것을 아십니까.”

하고 물어서, 그는 악연히 놀라며

“모릅니다.”

삼고초려

하고 대답하니,

"만일에 운장이 없었더라면 주공께서는 그만 주랑 손에 해를 입으셨을 것입니다."

하고 일러 준다. 현덕은 그제야 비로소 깨닫고 곧 공명더러 함께 번구로 돌아가자고 청하였다.

그러나 공명은 말한다.

"량은 비록 호구(虎口)에 있어도 편안하기가 태산 같습니다. 이제 주공께서는 선척과 군마를 수습해 두시고 십일월 이십일 갑자(甲子) 후를 기약해서 자룡으로 작은 배를 타고 남쪽 강변에 와서 등대하게 하시되 행여 어김이 없도록 하여 주십시오."

현덕이 그 뜻을 물었으나 공명은

"다만 동남풍이 일어나는 것만 보면 량은 곧 돌아갑니다."

할 뿐이다. 현덕이 다시 물으려 하자 공명은 그더러 빨리 떠나라고 재촉하고 말을 마치며 바로 돌아가 버렸다.

현덕이 운장과 종인들로 더불어 배를 내어 돌아가는데 몇 리를 안 가서 문득 상류로부터 오륙십 척 배가 내려오니 뱃머리에 창을 비껴 잡고 서 있는 이는 곧 장비다. 그는 현덕에게 무슨 일이 생겼을 때 운장이 혼자 감당해 내기 어려울 것을 염려해서 특히 접응하러 오는 길이었다.

이리하여 세 사람은 함께 영채로 돌아갔는데 이 이야기는 더 하지 않기로 한다.

한편 주유가 현덕을 배웅하고 나서 대체 안으로 돌아오니 노숙이 들어와서 묻는다.

"공이 이미 현덕을 이곳까지 유인해다 놓으시고 어찌하여 하수 하려 안 하셨습니까."

주유는 대답하였다.

"관운장은 범 같은 장순데 현덕이 서나 앉으나 그 곁을 떠나지 않으니 만일에 내가 하수하려 했다가는 제가 반드시 나를 해치려 들 것이 아니겠소."

그 말을 듣고 노숙이 악연히 놀라는데 이때 문득 사람이 보하되 조조에게서 사자가 글을 가지고 왔다 한다. 주유는 그를 불러 들였다.

그러나 막상 사자가 들어와서 올리는 글을 주유가 받아서 보니, 겉봉에 '한 대승상이 주 도독에게 부치노라(漢大丞相付周都督開拆)' 이라고 씌어 있다.

주유는 크게 노해서 서신을 펴 보려고도 하지 않고 그대로 북북 찢어서 땅에 내던진 다음에 사자를 내다가 목을 베라고 호령 하였다.

노숙이 있다가

"두 나라가 서로 싸울 때에도 사자는 베지 않는 법이외다."
하고 말하였으나,

"사자를 베어서 위엄을 보이자는 것이오."
하고 주유는 마침내 사자를 베어 그 수급을 종인에게 주어서 돌려보냈다. 그리고 그는 즉시 감녕으로 선봉을 삼고 한당으로 좌익을 삼고 장흠으로 우익을 삼고 주유 자기는 여러 장수들을 거느리고서 접응하기로 한 다음, 이튿날 사경에 밥 지어 먹고 오경에 배를 내어 북치고 고함지르며 앞으로 나아갔다.

한편 조조는 주유가 자기의 글을 찢고 사자를 벤 것을 알자 크게 노해서 즉시 채모·장윤 등 형주의 항복한 장수들로 전군을 삼고 조조 자기는 후군이 되어 전선들을 재촉하여 나아갔다.

삼강구에 이르러 보니 이때 벌써 동오의 전선들이 강을 까맣게 덮고 오는데 앞을 선 일원 대장이 뱃머리에 앉아서

"나는 감녕이다. 누가 감히 와서 나 하고 한 번 싸워 보겠느냐." 하고 큰 소리로 부른다. 채모는 제 아우 채훈에게 영을 내려서 앞으로 나가게 하였다.

두 배가 서로 가까워지자 감녕은 곧 활에 살을 먹여서 들고 채훈을 겨누어 힘껏 쏘았다. 시위 소리를 응해서 채훈이 살을 맞고 거꾸러진다.

감녕은 그 즉시 배를 몰아서 급히 나가며 사수들을 시켜서 일시에 쇠뇌를 쏘게 하였다. 조조의 군사들이 능히 막아 내지를 못하는데 오른편의 장흠과 왼편의 한당이 바로 조조의 함대 한가운데로 쳐들어갔다.

조조 군사의 태반이 청주와 서주 출신들이라 본래 수전에는 익지 못해서 대강 위에 전선이 한 번 흔들리자 몸을 바로 가누고 서지들을 못하는 형편인데 감녕 등 동오의 삼로 전선들은 물 위를 가로 세로 마음대로 왕래하며 주유가 또한 배들을 재촉해서 싸움을 도우니 조조 수하의 군사들로서 화살에 맞고 돌 쇠뇌에 맞은 자가 부지기수다.

사시부터 미시까지 그대로 들이쳐서 주유가 비록 이기기는 하였으나, 끝내 중과부적임을 두려워하여 마침내 징을 쳐서 전선들을 거두어들이게 하였다.

조조의 군사들이 패해서 돌아가자 조조는 한채(旱寨)로 올라가
서 다시 군사를 정돈한 다음, 채모와 장윤을 불러

"동오 군사는 적은데 우리가 도리어 패하고 말았으니 이는 너
희들이 마음을 쓰지 않기 때문이 아니냐."
하고 꾸짖었다.

채모는 곧

"형주 수군이 오랫동안 조련을 못 받은 데다가 청주와 서주 군
사들은 또한 본시 수전에 익지 못해서 그래 그만 패한 것이외다.
이제 마땅히 수채(水寨)부터 먼저 세워 놓은 다음에 청주와 서주
군사들은 안에 있게 하고 형주 군사는 밖에 있게 하여 매일 가르
치고 익혀서 정숙해진 뒤에라야 비로소 쓸 수 있을까 보이다."
하고 아뢰었다.

듣고 나서 조조는

"너희들이 이미 수군 도독으로 있는 바에야 편의대로 할 일이
지 구태여 내게 품할 것이 무엇이냐."
하고 말하였다.

이에 장윤과 채모 두 사람은 물러나와 수군을 훈련하는데 장강
연안 일대에다가 수문 스물네 개를 만들어 놓고 큰 배들은 밖에
다가 늘어 세워서 성곽을 삼고 작은 배들은 안에서 왕래하게 하
며 밤이면 일제히 등불을 켜게 하니 하늘과 물 위가 낮같이 밝고
한채 삼백여 리에 봉화가 그치지 않았다.

한편 주유는 싸움에 이기고 대체로 돌아오자 삼군을 호상하고
일변 사람을 오후에게로 보내서 첩보를 올리게 하였다.

삼고초려

이날 밤 주유가 높은 데 올라 바라보니 서쪽 연안에 화광이 충천을 하는데 좌우가 고하는 말이

"저것이 모두 북군 등화가 비치는 것이올시다."

한다. 주유도 마음에 놀라워하였다.

그 이튿날 주유는 조조의 수채를 친히 한 번 가서 살펴보려고 누각선 한 척을 수습해서 징과 북을 싣게 하고 수하에 따르는 건장한 장수 사오 명에게 각각 센 활과 쇠뇌들을 들려서 일제히 배를 타고 앞으로 나아갔다.

조조의 수채 근처에 이르자 주유는 닻을 내리고 풍악을 잡게 한 다음에 가만히 조조의 수채를 엿보다가 크게 놀라서

"이는 깊이 수군의 묘리(妙理)를 얻었구나."

하고 좌우를 돌아보며,

"수군 도독이 누구냐."

하고 물으니, 좌우가

"채모와 장윤입니다."

하고 아뢴다.

주유는 속으로 '두 사람이 오래 강동에 있었으므로 수전에 숙련된 것이니 내 반드시 계책을 써서 이 두 사람을 없앤 뒤라야 가히 조조를 깨칠 수 있을 것이다' 생각하며 한창 수채 안을 엿보고 있는데, 이때 군사가 나는 듯이 조조에게 가서

"주유가 우리 수채를 엿보고 있소이다."

하고 보하여 조조는 곧 배를 놓아서 사로잡으라고 영을 내렸다.

주유는 수채 안의 기호가 움직이는 것을 보자 급히 닻을 들고 일제히 노질을 하게 해서 중류를 바라고 나는 듯이 달아났다. 조

조의 수채에서 배가 나올 무렵에는 주유가 탄 누각선은 이미 십여 리나 멀리 가 버린 뒤여서 쫓다가 잡지 못하고 그대로 돌아와 조조에게 보하였다.

　조조는 여러 장수들을 보고 물었다.

　"어제는 싸움에 패해서 우리의 예기가 꺾였는데 오늘은 또 제가 우리 수채를 엿보고 갔으니 장차 무슨 계책을 써서 적을 깨칠꼬."

　그 말이 미처 끝나기 전에 장하의 한 사람이 나서며

　"제가 어렸을 때부터 주랑과 더불어 동문수학한 정의가 있으니 한 번 강동에 가서 세 치 혀끝을 놀려 이 사람을 달래서 항복을 하러 오게 하겠습니다."

하고 말한다. 조조가 크게 기뻐하여 눈을 들어 보니 그는 곧 구강 사람으로서 성은 장(蔣)이요 이름은 간(幹)이요 자는 자익(子翼)이라 당시 장하에 막빈으로 있었다.

　조조는 그에게 물었다.

　"자익이 주공근과 교분이 두텁소."

　장간이 대답한다.

　"승상은 심려 마십시오. 간이 강동에 가면 반드시 성공할 것입니다."

　"그래 무엇을 가지고 가려오."

　"수종할 동자 한 명과 배 저을 노복 두 명 외에는 아무것도 소용되지 않습니다."

　조조는 심히 기뻐하며 술을 권해서 장간을 배웅하였다. 장간은 머리에 갈포 두건 쓰고 몸에 베 도포 입고 한 척 작은 배에 올라 바로 주유의 채에 이르자 옛 친구 장간이 찾아왔노라고 보하게 하였다.

이때 주유는 한참 장중에서 일을 의논하고 있다가 장간이 왔다는 말을 듣자 여러 장수들을 보고 웃으면서

"세객(說客)이 왔소그려."

하고 드디어 음성을 낮추어 그들에게 이리이리 하라고 계책을 일러 주었다. 여러 사람들은 명을 받고 돌아갔다.

그 뒤에 주유가 의관을 정제하고 종자 수백 명을 모두 금의화모(錦衣花帽)로 호사시켜서 전후로 옹위하게 하고 나가니 장간이 청의 소동 한 명을 데리고 앙연히 들어온다.

주유가 정중이 영접하자, 장간이

"공근은 그간 평안하시오."

하고 안부를 묻는 것을, 주유가 대뜸

"멀리 강을 건너 조씨를 위해서 세객이 되어 오느라고 자익이 수고를 하시오그려."

라고 한마디 던지니, 장간이 악연히 놀라서

"내 족하를 못 본 지 오래라 특히 옛 정회를 펴려고 온 것인데 어째서 나를 세객으로 의심한단 말이오."

하고 뚝 잡아뗀다.

주유가 웃으며

"내 비록 귀가 밝기 사광(師曠)[1]만은 못하나 거문고 소리를 들으면 그 그윽한 뜻을 짐작한다오."

---

1) 춘추시대 진(晉)나라의 악사. 음을 잘 판별하기로 유명하다.

하니, 장간은

"족하가 옛 친구 대접을 이렇게 하니 나는 곧 물러가겠소."

하고 하직을 고한다.

주유는 웃으며 그의 팔을 잡고

"나는 다만 형이 조씨를 위해서 세객으로 왔는가 두려워할 뿐인데 이미 그렇지 않다면 속히 가실 것이 무어 있소."

하고 드디어 함께 장중으로 들어가서 손과 주인이 인사를 마치고 좌정하자 주유는 곧 영을 전해서 강동의 영걸들을 모조리 불러 자익과 서로 보게 하였다.

잠시 지나서 문관 무장은 각기 비단 옷을 몸에 걸치고 장하의 편장 · 비장들은 모두 은빛 갑옷을 입고서 두 줄로 나뉘어 들어왔다.

주유가 인사들 하라고 일러서 모두들 서로 본 다음에 양편에 줄느런히 자리 잡고 앉자, 연석을 크게 배설하고 군중의 승전한 풍악을 울리며 차례로 술잔을 돌리는데, 주유는 여러 사람을 보고

"이 분은 나와 동문수학한 옛 친구요. 비록 강북에서 여기를 오시긴 했으나 조씨 집의 세객이 아니니 공들은 행여 의심하지들 마오."

하고, 드디어 허리에 찬 칼을 풀어서 태사자에게 주고

"공은 내 칼을 차고 술자리를 보살피되 오늘 잔치는 다만 붕우 간의 정회를 풀기 위한 것이니 만일에 조조와 동오의 군정을 이야기하는 사람이 있거든 그 자리에서 참하시오."

하고 말하였다. 태사자는 응낙하고서 칼을 안고 석상에 가 앉았다. 장간은 마음에 놀라워서 감히 여러 말을 못하였다.

주유가 다시 입을 열어

“내가 군사를 거느린 이래 술이라고는 한 방울도 입에 대지 않았는데 오늘은 옛 친구를 만났고 또한 의심하고 꺼릴 일이 없으니 한 번 취토록 마시겠소.”

라며 말을 마치자 크게 소리 내어 웃고 잔을 기울여 마시니 좌상에 술잔이 연해 오고가며 잔치는 어우러졌다.

한동안 마셔서 술이 거나해지자 주유는 장간의 손을 잡고 함께 장막 밖으로 나왔다. 좌우 군사들이 군복을 갖추어 입고서 과극(戈戟)을 손에 잡고 서 있다.

주유가

“내 군사가 장하지 않소.”

하고 물어서, 장간은

“참으로 범 같은 군사들이오.”

하고 대답하였다.

주유는 또 장간을 끌고 중군장 뒤로 갔다. 둘러보니 군량과 마초가 산같이 쌓여 있다.

“내 양초가 이만하면 넉넉하지 않소.”

주유가 묻는 말에 장간은 다시

“군사는 정예하고 양초는 풍족하니 과연 소문이 헛되지 않소.”

하고 대답하였다.

주유가 짐짓 취한 체하고 크게 웃으며

“유가 일찍이 자익과 함께 공부하던 시절에야 어찌 오늘이 있을 줄을 생각이나 하였겠소.”

하니, 장간이 다시

"형의 높은 재주로서 본다면 실상 과할 것이 없소."
하고 말한다.

주유는 장간의 손을 쥐며

"대장부가 세상에 처하매 자기를 알아주는 주인을 만나 밖으로는 군신의 의리가 있고 안으로는 골육의 은혜를 맺어, 말은 반드시 행하고 계책은 반드시 좇아서 화복을 한 가지로 하니 소진·장의·육가(陸賈)·역생(酈生)이 다시 나와서 구변이 거칠 데가 없고 혀끝이 칼날처럼 날카롭대도 내 마음을 동하게는 못하리다."
하고 말을 마치자 껄껄 웃으니, 장간은 그만 얼굴이 흙빛이 되고 만다.

주유는 다시 장간을 데리고 장중으로 들어가서 여러 장수와 또 한 차례 마시며 인하여 손을 들어 여러 사람을 가리키고

"이들이 모두 강동의 영걸들이니 오늘 이 모임을 가히 군영회(羣英會)라 할 수 있으리다."
하고 말하였다. 함께 술을 마셔 어느덧 날이 저물자 등촉을 밝히고, 주유는 일어나서 검무를 추며 노래를 지어 부르니 그 노래는 이러하다.

장부가 세상에 처함이여 공명을 세우리라.
공명을 세움이여 평생을 위로하리.
평생을 위로함이여 내 장차 취하리라.
내 장차 취함이여 미친 노래를 부르네.

노래를 부르고 나자 좌중은 모두 즐거워 웃었다.

이날 밤이 이슥하여 장간이

"이제는 술을 더 이겨 내지 못하겠소."

하고 술을 사양하니, 주유가 자리를 그만 치우라고 분부해서 모든 장수들은 하직을 고하고 돌아갔다.

주유는

"오랫동안 자익과 한자리에서 자 보지 못했는데 오늘 밤은 우리 함께 쉽시다."

하고 짐짓 대취한 모양으로 장간을 끌고 장중으로 들어가서 함께 자는데 옷을 입은 채 자리에 가 그대로 쓰러져서 어지러이 토해 놓으니 장간이 어떻게 잠을 자 보랴.

자리에 누워서 들노라니 군중의 북소리가 이경을 보한다. 미구에 꺼질 등불이 아직도 밝은데 자리에 일어나 앉아 보니 주유의 코고는 소리는 우레 같고 장막 안 탁자 위에는 문서 뭉치가 쌓여 있다.

장간은 침상에서 내려와 가만히 살펴보았다. 모두가 왕래 서신들인데 그 가운데 한 봉투 글에 「채모·장윤 근봉(謹封)」이라 씌어 있다. 장간이 소스라쳐 놀라서 가만히 도적해 읽어 보니 그 글의 사연은 대강 다음과 같다.

저희들이 조조에게 항복한 것은 결코 작록을 도모함이 아니요 오직 사세가 부득이하였기 때문이외다. 이제 북군을 속여서 이미 수채 안에 가두어 놓았으매 틈을 얻는 대로 즉시 조조의 수급을 가져다가 휘하에 드리려 하오며, 조만간에 사람이 이르는 대로 다시 소식을 알려 드릴까 하오니 다행히 의심하지 마옵소서. 우선 두어 자 올리나이다.

읽고 나자 장간이 '원래 채모와 장윤이 동오와 기맥을 통하고 있었구나' 속으로 생각하며 드디어 서신을 옷 속에 감추고 다시 다른 문서들을 뒤져 보려고 하는데, 마침 침상 위에서 주유가 몸을 뒤쳐 돌아눕는 통에 장간은 그만 급히 불을 끄고 자리에 누워 버렸다.

그러자 주유가 입 속으로 중얼중얼
"자익, 내 이제 수일 내로 조적의 수급을 보여 줄 테야."
하고 잠꼬대를 한다.

장간이 마지 못해 대답을 하는데, 주유가 또다시
"자익, 조금만 기다리라고, 이제 조적의 수급을 보여 줄 테니."
하고 말해서 장간이 한마디 물어보려니까 주유는 다시 잠이 깊이 들고 말았다.

장간은 그대로 자리 위에 엎드려 있었다. 그러자 사경쯤 하여 웬 사람이 장중으로 들어와서 부르는 소리가 들렸다.
"도독은 그저 주무십니까."

주유는 꿈을 꾸다 문득 깨어난 사람 모양으로 그 사람을 보고
"자리에서 자는 사람이 누군고."
하고 물으니, 그 사람이
"도독께서 자익과 함께 쉬자고 하시고서 잊으셨습니까."
하고 말하자, 주유는
"내가 평소에 술을 먹고 취한 적이 없었는데 어제는 그만 만취가 되어서 대체 무슨 말을 했는지 모르겠구먼."

하고 뉘우쳤다.

이때 그 사람이

"강북에서 사람이 왔소이다."

하고 고하는 것을, 주유는

"쉿."

하고 제지하더니, 곧

"자익, 이보게 자익."

하고 불렀다. 장간은 자는 체해 버렸다. 주유는 발자취를 감추고 장막 밖으로 나갔다.

장간이 귀를 기울이고 엿들으려니까 밖에서 사람의 말소리가

"채모·장윤 두 분 도독의 말씀이 '졸연히 하수할 수가 없다'고 합니다."

하고 들려오고 그 다음은 음성이 낮아서 무슨 소린지 알아들을 수가 없었다.

조금 있다가 주유가 장중으로 들어오더니 또 한 번

"자익."

하고 부른다. 장간은 대꾸 않고 머리 위까지 이불을 들쓰고 그저 자는 체하였다. 주유도 옷을 벗고 자리에 누워 버린다.

장간은 속으로 '주유는 자세한 사람이라 날이 밝은 뒤에 글을 찾아보아서 없으면 필연 나를 해칠 것이야' 생각하고 오경에 이르러 자리에서 일어나자 주유를 불러 보니 주유는 잠이 들어 대답이 없다. 장간은 두건을 쓰고 발소리 나지 않게 가만히 걸어서 밖으로 나왔다.

그가 동자를 불러서 데리고 바로 원문으로 나오는데, 문 지키

는 군사가 있다가

"선생은 어디를 가십니까."

하고 묻는다.

그러나 장간이

"내가 이곳에 있다가는 도독의 소간사를 그르치기 쉽겠기에 하직하고 돌아가는 길이야."

하고 말하니, 군사들도 그를 막으려고는 아니한다.

장간은 배에 오르자 노질을 재촉해서 나는 듯 돌아가 조조를 보았다.

"그래 자익이 보러 갔던 일은 어찌되었소."

하고, 조조가 물어서

"주유가 원체 사람이 고명하고 지조가 견고해서 여간 말쯤으로 달래서 움직여 볼 것이 아니더이다."

하고 장간이 대답하니, 조조가 노하여

"그러면 일은 일대로 되지도 않고 도리어 저들의 웃음만 샀소 그려."

하고 말한다.

장간은 조용히

"비록 주유는 달래지 못하였습니다마는, 그 대신에 꼭 승상께 말씀을 드려야만 할 일을 한 가지 탐지해 가지고 왔습니다. 부디 좌우를 물리쳐 주십시오."

하고 곧 서신을 내어 놓고 자기가 보고 들은 일을 낱낱이 조조에게 고하였다.

조조는 크게 노하여

삼고초려

"두 도적놈이 이렇듯 무례할 법이 있단 말이냐."

하고, 즉시 채모와 장윤을 장하로 불러들여서

"너희 두 사람이 곧 진병하도록 해라."

하고 분부를 내리니, 채모가

"아직도 군사들이 숙련되지 못해서 경솔히 나갈 수 없소이다."

하고 아뢴다. 조조는 노하여

"만약에 군사들이 숙련되고 보면 곧 내 수급을 갖다가 주랑한
테 바칠 작정이로구나."

하고 소리쳤다.

채모·장윤 두 사람이 무슨 뜻인지를 몰라서 그만 어리둥절 대
답을 못하는데 조조는 무사들을 꾸짖어서 그들을 잡아내어다가
목을 베게 하였다.

잠시 뒤에 무사가 그들의 머리를 가져다가 장하에 바친다. 그
제야 조조는 비로소 깨닫고 '아차 내가 그만 주유 꾀에 넘어갔구
나' 하고 뉘우쳤다.

후세 사람이 시를 지어 탄식하였다.

조조의 간사함이 세상에 짝 없거늘
어이하여 하루아침 주랑에게 속단 말가.
채모·장윤이 주인 팔아 영화를 구하더니
오늘 아침 칼 아래서 죽을 줄을 몰랐구나.

여러 장수들은 채모·장윤 두 사람이 참을 당한 것을 보자 들
어와서 그 까닭을 물었다. 조조는 비록 속으로는 계교에 떨어진

줄을 알고 있었으나, 자기 잘못을 드러내고 싶지 않아서 마침내 여러 사람을 대하여

"두 사람이 군법을 태만히 하기에 내 참하라 한 게야."

하고 말하였다. 여러 사람들은 듣고 모두 한탄하기를 마지않았다.

조조는 수하 장수들 가운데서 모개와 우금을 뽑아내어 수군 도독을 삼고 채모 · 장윤 두 사람이 맡아 보던 일을 대신하게 하였다.

세작이 이 소식을 탐지해다가 곧 강동에 보하니, 주유는 듣고 크게 기뻐하여

"내가 마음에 꺼리던 바는 그 두 사람뿐이었는데 이제 다행히 없애 버렸으니 다시는 아무 근심이 없소."

하고 말하였다.

노숙이 있다가

"도독이 용병하시기를 이렇듯이 하시니 어찌 조조 도적을 깨뜨리지 못할까 근심하리까."

하고 치하하자, 주유는 그에게

"내가 생각하기에 여러 장수들은 다 이 계책을 알고 있지 못할 것이나 다만 제갈량은 그 식견이 나보다 나으니까 아마 이 꾀도 그를 속이지는 못했으리다. 자경은 가서서 한 번 말을 걸어 그가 이 일을 아나 모르나 눈치를 보시고 곧 회보해 주셨으면 좋겠소."

하고 당부하였다.

삼고초려

반간계로 성공하고 마음에 꿴 듯싶어
이 꾀야 제가 알랴 남의 눈치 보러 간다.

노숙이 공명에게로 알아보러 간 일이 대체 어찌 될 것인고.

이때 노숙이 주유의 말을 듣고 바로 선중으로 공명을 찾아가니 공명이 그를 배 안으로 맞아들인다.

마주 대하여 앉자 노숙은 말하였다.

"연일 군무를 처리하느라고 그간 선생의 가르치심을 받으러 오지 못하였습니다."

공명이 또한 말한다.

"그렇기로 말하면 량도 아직 도독께 치하 말씀을 못했는걸요."

"무슨 치하하실 일이 있습니까."

"공근이 선생더러 량이 아나 모르나 가서 알아보라고 말씀한 그 일이 바로 치하할 만한 일이 아니겠습니까."

노숙이 그만 깜짝 놀라서 낯빛까지 변하며

"선생은 어떻게 아셨습니까."

하고 물으니, 공명이 이에 대답하여

"그 계책이 용하게 장간을 농락했소이다. 조조가 비록 한때 속아 넘어가기는 했으나 필시 바로 깨달았을 터인데 다만 제가 잘못 안 것을 인정하려고 아니 할 뿐이지요. 이제 채모·장윤 두 사람이 이미 죽어 강동에 근심이 없게 되었으니 어찌 치하할 일이 아니겠습니까. 내 들으니 조조가 수군 도독을 모개·우금으로 갈았다고 하던데 이제 이 두 사람 손에 허다한 수군 목숨이 없어지게 되고 마오리다."

하고 말한다.

노숙이 듣고 나자 할 말이 없어서 한동안 딴 수작만 하다가 공명에게 하직을 고하고 돌아가는데, 공명이 그를 보고

"부디 자경은 공근의 면전에서 량이 이번 일을 먼저 알고 있더라고 말씀하지 마십시오. 공근이 투기해서 또 일을 꾸며 가지고 량을 해치려 들까 두렵소이다."

하고 당부해서 노숙은 응낙하고 돌아갔다.

그러나 돌아가서 주유를 보자 그는 이 일을 다 사실대로 이야기하여 버렸다.

주유는 크게 놀라

"이 사람을 결단코 그대로 두지 못하겠소. 나는 죽여 버리기로 이미 뜻을 정했소."

하고 말하였다.

노숙이

"만일에 공명을 죽인다면 한갓 조조의 웃음만 사게 되지 않으리까."

하고 만류하였으나,

"제가 죽어도 원망하지 못하도록 내가 공도(公道)를 써서 참하겠소."

하고 주유가 말해서,

"어떻게 공도로 그를 참하시렵니까."

하고, 노숙이 다시 물으니

"자경은 더 묻지 마시오. 내일이면 다 아시게 되리다."

하고 주유는 더 말하지 않았다.

그 이튿날이다.

주유는 장하에 여러 장수들을 모아 놓고 공명에게 사람을 보내서 의논할 일이 있으니 좀 와 달라고 청하였다. 공명은 흔연히 왔다.

좌정하고 나자 주유는 곧 공명에게

"이제 불일내로 조조 군사와 교전하게 될 터인데 물에서 싸우려면 대체 어떤 병장기를 먼저 써야 하겠습니까."

하고 한마디 물었다.

공명이 대답한다.

"대강(大江) 위에서는 화살을 먼저 써야지요."

"선생의 말씀이 바로 내 생각과 꼭 같습니다그려. 그러나 다만 지금 군중에 화살이 넉넉지 못하니 적과 싸울 준비로 수고스러우셔도 선생께서 화살 십만 개만 만들어 주셨으면 좋겠습니다. 이것이 공사니 선생은 행여 사양하지 마십시오."

"도독께서 맡기시는 일이니 수고를 아끼지 않겠습니다마는 대

삼고초려

체 화살 십만 개를 어느 때 쓰시려고 하십니까.”

주유가 말한다.

“열흘 안으로 다 해 놓으시겠습니까.”

“조조 군사가 당장에라도 쳐들어 올 판에 만일 열흘씩이나 기다리다가는 필시 대사를 그르치게 되오리다.”

“그럼 선생은 며칠이나 가지시면 다 해 놓으실 것 같습니까.”

공명은 대답하였다.

“사흘만 주시면 화살 십만 개를 갖다가 바치겠습니다.”

주유가

“군중에는 실없는 말씀이란 없는 법입니다.”

한마디 하니, 공명이

“어찌 감히 도독께 실없는 말씀을 하겠습니까. 아주 군령장(軍令狀)을 들여 놓고 사흘 동안에 못해 놓으면 중한 벌을 달게 받기로 하오리다.”

하고 나선다.

주유는 크게 기뻐하여 군정사를 불러 그 자리에서 문서를 받아 놓고 술을 내서 대접하며

“싸움이 끝난 뒤에 선생의 수고를 사례하오리다.”

하고 말하니, 공명이

“오늘은 늦었으매 아니 되겠고 내일부터나 시작하겠으니 사흘째 되는 날 군사 오백 명만 강변으로 보내서 화살을 나르게 하십시오.”

하고 술을 서너 잔 마시고는 하직하고 돌아갔다.

“이 사람이 거짓말을 하는 것이나 아닐까요.”

라고 노숙이 묻자, 주유는

"제가 죽고 싶어서 그러는 것이지 내가 저를 핍박한 게 아니오. 이제 여러 사람 앞에서 명백하게 문서를 들여 놓았으니 제가 두 겨드랑이 밑에 날개가 돋치더라도 날아가지는 못할 것이오. 내가 군중의 장인(匠人)들한테 분부해서 고의로 일을 지연시키게 하며 또 소용되는 물자들을 일절 갖추어 주지 않고 보면 필연 제 날짜에 해 놓지 못할 것이니 그때 죄를 다스린다면 제게 무슨 발명할 말이 있겠소. 공은 한 번 가서 그의 허실을 탐지해다가 회보해 주시오."

하고 말하였다.

노숙이 명을 받고 공명을 가서 보니, 공명이

"내 그처럼 자경더러 공근 보고 말씀을 말라고 하지 않았습니까. 말씀을 하면 그가 반드시 나를 해치려 들 것이라고 안 했습니까. 그런데 자경이 나를 위해 숨기려 아니 하고 바로 말씀을 해서 오늘 과연 일이 또 나고 말았으니 대체 사흘 안으로 화살 십만 개를 무슨 수로 만들어 낸단 말씀이오. 자경은 부디 나를 구해 주십시오."

하고 말한다.

"공이 자초하신 화를 내가 무슨 수로 구해 드린단 말씀입니까."
하고 노숙이 말하자, 공명은 다시 그에게 청하였다.

"부디 자경은 내게 배 스무 척만 빌려 주시되 매 선에 군사 삼십 명씩 싣고 선상에는 청포장을 둘러치고 각각 제웅 천여 개씩 배 양편에다 벌려 세워 주시면 내가 묘하게 써서 사흘째 되는 날에 장담하고 화살 십만 개를 마련해 놓겠는데 다만 공근에게 또

삼고초려

이 말씀을 하셔서는 아니 됩니다. 만일 공근이 아는 날에는 내 계책은 깨어지고 맙니다.”

노숙은 어인 영문을 모르는 채 응낙하고 돌아가서 주유에게 회보를 하는데, 과연 배 빌리라던 말은 쏙 빼고 다만 공명이 살대와 살깃이며 아교와 칠 따위는 하나도 쓰지 않고 화살을 만들어 낼 도리가 있다고 하더라고만 말하였다.

주유는 마음에 못내 의아해하며

“어디 제가 사흘 뒤에 내게다 어떻게 대답을 하는가 두고 보자.”

하였다.

한편 노숙은 사사로이 쾌선 스무 척을 내어 배마다 사람 삼십여 명과 포장·제웅 등물을 다 준비해 놓고 공명이 쓰기만 기다리는데 첫날은 공명에게 아무 동정이 없었고 둘째 날도 역시 그러하였다.

그러자 사흘째 되는 날 사경에 이르러 공명은 노숙을 선중으로 청하였다.

“공은 나를 왜 부르셨습니까.”

하고, 노숙이 물으니

“함께 화살을 가지러 가시자고 특히 자경더러 오시랬습니다.”

하고 공명이 대답한다.

“어디로 가지러 가시나요.”

라고 노숙이 묻자, 공명은

“자경은 묻지 마시오. 이제 보시면 압니다.”

하고 드디어 배 스무 척을 기다란 노로 서로 연해서 바로 북쪽 언덕을 바라고 나아가게 하였다.

이날 밤 안개가 자욱하게 하늘을 덮어서 장강 위는 더욱 심했으니 서로 낯을 마주 대하고도 보이지 않을 형편이다. 공명은 배를 재촉해서 그대로 앞으로 나아가는데 과연 대단한 안개였다.

예전 사람에게 「대무수강부(大霧垂江賦)」 한 편이 있다.

크도다 장강이야!
서쪽은 민산(岷山)·아산(峨山)에 접하고
남방은 삼오(三吳)를 바라보며 북편은 구하(九河)를 둘렀구나.
네가 일백 강물을 한데 모아서 바다로 들어갈 제
만고를 내려오며 물결을 일으킨다.

용백(龍伯)과 해약(海若), 강비(江妃)와 수모(水母)[1]
장경(長鯨)은 길이가 천 장이요, 천오(天蜈)는 머리가 아홉이라
온갖 마귀와 요괴가 이곳에 다 모였거니
여기는 귀신들이 자리 잡고 사는 곳
여기는 영웅들이 싸우며 또 지키는 곳.

때로 음양이 제자리를 바로 찾지 못해서
명암이 서로 나뉘지 않으면
만 리 장공은 한 빛으로 변하고
자욱한 안개는 홀연 사면을 내리 덮나니
산처럼 수레 위에 쌓인 나뭇더민들 눈에 보이랴
다만 징소리 북소리만 아련히 귀에 들려올 뿐.
처음은 몽롱하니 남산의 표범이나 숨겨 주다가

---

1) 용백은 키가 삼십 장이나 된다는 상상 속의 거인, 해약은 해신(海神), 강비는 선녀, 수모는 해파리를 일컫는다.

삼고초려

차차로 짙어가서 북해의 곤어(鯤魚) 눈을 가려 놓고
마침내는 위로 하늘에 닿고 아래로 땅에 드리우나니.
멀고 멀어서 창망하고 넓고 또 넓어 가이 없구나.
경예(鯨鯢)는 물 위로 나와서 물결을 일으키고
교룡(蛟龍)은 못 가운데 잠겨 기운을 내뿜는다.

또는 매우(梅雨)[2]가 더위를 거둘 때나
봄철 흐린 날씨가 음산할 때면
명명막막(溟溟漠漠)하고 또 호호만만(浩浩漫漫)하여
동쪽을 바라보나 시상의 언덕은 안 보이고
남쪽을 돌아보나 하구의 산도 간 곳 없다
전선 천 척은 모두 바위틈에 처박혔는가.
어인 어선 한 척만 거친 파도 속에 출몰하누나.

심하면 창천도 빛이 없고 조양(朝陽)조차 무색하여
백주는 황혼으로 돌아가고 단산(丹山)은 벽수(碧水)로 변하나니
대우(大禹)[3]의 슬기로도 그 심천을 헤아리지 못하려든
이루(離婁)[4]가 눈이 밝기로니 제 어이 지척을 분변하랴.

어시호·풍이(馮夷)[5]는 물결을 잠재우고
병예(屛翳)[6]는 공을 거두도다

---

2) 매화나무의 열매가 익을 때 오는 비.
3) 고대 하나라의 시조, 즉 하우씨(夏禹氏). 치수에 큰 공을 세워 순임금의 선위를 받
  았다.
4) 중국 고대의 눈이 밝기로 유명한 사람. 그는 백 보 밖에서 털끝을 볼 수 있었다고
  전한다.
5) 물을 다스리는 귀신.
6) 귀신의 이름. 운사(雲師)라 하고 혹은 우사(雨師)라 하고 혹은 뇌사(雷師)라 하고
  그 밖에 풍사(風師)라기도 한다.

고기 떼들 가뭇없고 길짐승 날짐승도 자취를 감추었네
봉래도(蓬萊島)[7]가 어디 메냐 창개궁(閶闔宮)[8]도 간 곳 없다
아 정신이 얼떨떨하구나 바로 소낙비라도 쏟아질 듯
어수선 산란도 하여라 금시에 비구름이 모여들 듯

오 저 속에 독사가 있어 장기(瘴氣)를 뿜는구나
오 저 안에 요귀가 있어 재화(災禍)를 낳는구나
인간에 액(厄)을 내리고 지경 밖에 풍진을 일으켜
소민(小民)은 몸을 상하고 대인(大人)은 느껴 탄식하거니

네 장차 원기(元氣)[9]를 홍황(洪荒)[10]에 돌리고
천지를 혼돈하여 대괴(大塊)[11]로 만들려는가.

이날 밤 오경쯤 해서 배가 조조의 수채 가까이 이르렀는데 이
때 공명이 배들을 머리는 서쪽에 두고 꼬리는 동쪽에 두게 하여
줄느런히 벌려 세워 놓고서 배 위에서 북 치고 고함지르게 한다.

노숙이 있다가 깜짝 놀라서

"만약에 조조 군사가 일시에 내달으면 어찌하려고 이러십니까."
하고 묻는다.

그러나 공명은 웃으며

"내가 요량하건대 조조가 이 짙은 안개 속에 감히 나오지는 못

---

7) 삼신산(三神山)의 하나.

8) 하늘에 있다는 궁궐.

9) 천지자연의 기운.

10) 태고(太古).

11) 이 해석도 구구하여 무(無)를 말하는 것이라 혹 원기(元氣)를 말하는 것이라 혹 혼
   성(混成)이라 혹 천(天)이라 갖가지로 말한다.

삼고초려

할 것이니 우리는 그저 술이나 마시면서 즐기다가 안개가 걷히거
든 그때 돌아가기로 하십시다."
하고 말할 뿐이었다.

　한편 조조의 채 중에서는 이때 어지러이 울려오는 북소리·고
함소리를 듣자 모개와 우금 두 사람이 황망히 조조에게 보하니,
조조는 즉시 영을 전해서

"지금 안개가 자욱하게 강을 덮었는데 적병이 홀지에 이르렀으
니 반드시 매복이 있을 것이라 결단코 경망되게 동하여서는 아니
될 것이매 수군 궁노수들을 내어서 그저 어지러이 활로 쏘도록
하여라."
라고 이르고, 다시 사람을 한채 안으로 보내서 장료와 서황을 불
러 각기 궁노수 삼천씩을 거느리고 급급히 강변으로 나가서 수군
을 도와 함께 활을 쏘게 하였다.

　조조의 호령이 전해졌을 때 모개와 우금은 남쪽 군사들이 혹시
수채 안으로 뛰어 들어올까 겁이 나서 이미 궁노수들을 수채 앞
으로 내어 보내서 활을 쏘게 하였는데, 조금 있다가 한채 안에서
또 궁노수들이 들이닥쳐서 도합 일만여 명의 궁노수들이 모조리
강 한가운데를 바라고 활들을 쏘았다. 안개가 자욱한 장강 위에
화살이 사뭇 빗발치듯 한다.

　공명은 군사들에게 명하여 배들을 빙그르 돌려서 이번에는 머리
를 동쪽에 두고 꼬리를 서쪽에 두게 한 다음, 바로 조조 수채 앞으
로 바짝 다가 들어가서 화살을 받으며 북 치고 고함지르게 하다가
해가 높이 떠올라 안개가 흩어지기를 기다려 영을 내려 배들을 수
습해 가지고 급히 돌아가게 하니, 스무 척 배 좌우편에다 죽 벌려

세운 제웅들 위에 빈틈 하나 없이 쭉 꽂힌 것이 모두가 화살이다.

공명은 각 선상의 군사들을 시켜서 일제히 소리를 질러

"승상이 화살을 주시니 감사하외다."

하고 외치게 하였다.

그러나 조조 수채 안에서 이 일을 조조에게 보할 무렵에는 이편 배들은 가볍고 강물은 빨라서 이미 이십여 리나 하류로 내려가 버린 뒤라 쫓아도 미치지 못해서 조조는 후회하기를 마지않아 하였다.

한편 공명이 배를 돌려 돌아가며 노숙을 보고

"매 선에 화살이 아마 오륙천씩은 될 것입니다. 강동에서 반푼의 힘도 허비하지 않고서 화살 십만여 개를 얻었으니 내일이라도 이 화살들을 가지고 조조 군사를 쏜다면 미상불 재미있는 일이 되겠습니다."

하고 말하니, 노숙이 있다가

"선생은 참으로 신령 같으신 분이시오. 대체 오늘 이처럼 안개가 낄 것은 어떻게 아셨습니까."

하고 물었다.

공명이 이에 대답하여

"장수가 되어서 천문에 통하지 못하고 지리를 알지 못하며 기문(奇門)[12]을 모르고 음양에 어두우며 진도(陳圖)를 보지 못하고 병

---

12) 중국 고대 병법가에게 팔진법(八陳法)이라는 것이 여럿 있는데, 제갈량의 팔진법은 천(天)·지(地)·풍(風)·운(雲)·용(龍)·호(虎)·조(鳥)·사(蛇)의 여덟 진으로 나뉘어 있으며, 그중 천·지·풍·운이 네 정문(正門)이요, 용·호·조·사가 네 기문(奇門)이라고 한다.

삼고초려

세(兵勢)에 밝지 못하다면 이는 용렬한 재주외다. 량이 이미 사흘 전에 오늘 이처럼 안개가 낄 것을 예측하고 있었던 까닭에 감히 사흘 한을 두었던 것입니다. 공근은 나더러 열흘 동안에 다 만들어 놓으라고 합디다마는 장인들과 물자는 하나도 대어 주지를 않으니 필경은 이 소소한 죄과를 가지고서 나를 죽이려고 하는 것이 분명하지 않소. 그러나 내 목숨이 하늘에 매여 있는 터에 대체 공근이 무슨 수로 나를 해치겠습니까."
하고 말하니 노숙은 탄복하였다.

배가 언덕에 닿았을 때 주유가 내보낸 오백 명 군사가 화살을 나르기 위해서 이미 강변에 등대하고 있었다. 공명은 그들에게 분부하여 배 위로 올라가서 모두 거두어 가게 하였다. 십여만 개가 착실히 된다. 그는 이것들을 모조리 중군장으로 가져다 바치게 하였다.

이때 노숙이 먼저 들어가서 주유를 보고 공명이 화살을 취해 온 전후수말을 일장 이야기하니 주유는 크게 놀라서

"공명의 신기묘산(神機妙算)은 내 도저히 못 따르겠소."
하고 개연히 탄식하였다.

후세 사람이 칭찬해서 지은 시가 있다.

안개는 자욱하게 장강을 내리 덮어
원근을 모를레라 강수만 망망한데
전선으로 빗발치듯 날아드는 저 화살
공명이 오늘에사 주랑을 항복받다.

그로서 조금 지나 공명이 주유를 보러 영채로 들어가니, 주유

가 장상에서 내려와 그를 맞아들이며

"선생이 신기묘산은 사람으로 하여금 경복하게 합니다."

하고 칭선하여, 공명은

"한낱 조그만 궤계를 어찌 기이하다고 하겠습니까."

하고 겸사하였다.

주유는 공명을 장중으로 맞아들여 함께 술을 마시며 말하였다.

"어제 우리 주공께서 사자를 보내서 곧 진군하라고 재촉을 하셨으나 주유에게 아직 묘한 계책이 없으니 원컨대 선생은 좀 가르쳐 주십시오."

공명은 겸사하였다.

"량과 같이 용렬한 사람이 무슨 묘계를 가졌겠습니까."

"내가 일전에 조조의 수채를 보았는데 극히 정연하여 법도가 있습디다. 결코 등한히 칠 것이 아니기에 한 계책을 생각해 보았으나 가부를 알지 못하겠으니 선생은 부디 나를 위해 한 번 결단을 내려 주십시오."

"도독은 아직 말씀을 마시고 우리가 각자 손바닥에다 써서 서로 같은가 같지 않은가를 보기로 하십시다."

공명의 말에 주유는 크게 기뻐하여 붓과 벼루를 가져오라고 하여 자기가 먼저 손바닥에 가만히 쓰고 나서 붓을 공명에게 내주었다. 공명도 또한 남이 보지 못하게 살짝 썼다.

다들 쓰고 나자 두 사람은 걸상 가까이 자리를 옮겨 각기 손바닥을 내어 놓고 그 위에 씌어 있는 글자를 서로 들여다보았다. 그리고 두 사람은 함께 크게 웃었다. 원래 주유 손바닥에 씌어 있는 글자는 '불 화(火)'자 한 자였는데 공명 손바닥에 씌어 있는 글자 역시도 ‘화’자였기 때문이다.

“이미 우리 두 사람의 소견이 서로 같으니 다시 의심할 바가 없습니다. 그러나 부디 누설하시지 마시지요.”

주유가 말하자, 공명은

“두 집의 공사를 어찌 누설할 법이 있으리까. 내가 요량컨대 조조가 나의 그 계책에 두 번이나 속았으면서도 필연 방비를 하지 않고 있을 것이매 도독은 상관 마시고 그대로 행하시는 것이 좋겠습니다.”

하고 술을 마시고 나서 헤어져 돌아가니, 모든 장수들은 다 그 일을 알지 못하였다.

한편 조조는 화살을 십오륙만 개나 턱없이 잃고 나서 심사가 자못 민울했는데, 순유가 있다가

“강동에는 주유 · 제갈량 두 사람이 있어서 계책을 쓰는 터이라 졸연히 깨뜨리기가 어려우니 사람을 강동으로 보내서 거짓 항복을 드리고, 세작으로 내응이 되어 소식을 서로 통하게 한 뒤에라야 바야흐로 도모할 수 있을 것입니다.”

하고 계책을 드려서, 조조가

“이 말이 바로 내 뜻에 맞는데 군중에 누가 이 계책을 행할 수 있을 것 같소.”

하고 묻자, 순유는

“채모가 참을 당하고 채씨의 종족이 모두 군중에 있는데 채모의 먼 촌 아우 채중 · 채화가 지금 부장으로 있는 터이니, 승상께서 은혜로 그 마음을 맺으신 다음에 동으로 보내서 거짓 항복을

드리게 하시면 필연 의심을 받지 않을 것입니다.”
하고 말하였다.

조조가 그 말을 좇아 이날 밤에 가만히 두 사람을 장중으로 불러들여서 일을 부탁하는데,

“너희 두 사람은 약간의 군사를 데리고 동오에 가서 거짓 항복을 드린 다음에 무슨 동정이 있는 대로 곧 사람을 보내서 비밀히 통보하도록 해라. 그러면 성사한 뒤에 작록은 후하게 내릴 것이니 행여 두 마음을 품지 말렷다.”
하고 이르니, 두 사람은

“저희들의 처자가 모두 형주에 있는데 어찌 감히 두 마음을 품사오리까. 승상께서는 의심하지 마십시오. 저희 두 사람이 반드시 주유와 제갈량의 머리를 베어다가 휘하에 바치오리다.”
하고 아뢰어 조조는 그들에게 후히 상을 내렸다. 두 사람은 이튿날로 오백 군사를 거느려 사오 척 배에 나누어 타고 순풍에 돛달고 남쪽 언덕을 바라고 내려왔다.

이때 주유는 바야흐로 진병할 일을 생각하고 있었는데 문득 보하는 말이, 강북에서 배가 내려와 강구에 닿았는데 채모의 아우 채화·채중이 특히 투항하러 왔노라 말하고 있다 한다.

주유가 불러들이니 두 사람이 절하고 울면서

“저희 형이 죄 없이 조적의 손에 죽어서 저희 둘이 형의 원수를 갚으려고 특히 와서 항복을 드리는 터입니다. 부디 군중에 거두어 주십시오. 선봉 되기가 원이올시다.”
하고 아뢴다. 주유는 크게 기뻐하여 두 사람에게 중상을 내리고 즉시 감녕과 함께 군사를 거느려 전부가 되게 하였다.

두 사람은 절하여 사례하고 주유가 저희들의 계책에 속은 줄만 여겼던 것이나, 이때 주유는 가만히 감녕을 불러서

"이 두 사람이 처자를 데리고 오지 않았으니 참으로 항복하러 온 것이 아니라 곧 조조가 보낸 세작들이오. 내 이제 장계취계해서 저희들을 시켜 소식을 통보하게 하려 하니 그대는 은근히 대접하며 속으로 방비를 하고 출병하는 날에 먼저 저희 둘을 죽여서 기를 제지내기로 하되 그대는 부디 조심하여 일을 그르치지 않도록 하오."

하고 분부하였다. 감녕은 명을 받고 나갔다.

그러자 노숙이 들어와서 주유를 보고

"채중·채화의 항복이 아무래도 거짓일 성부르니 거두어 쓰셔서는 아니 될까 보이다."

하고 말한다.

그러나 주유는

"조조가 저희 형을 죽였기 때문에 이 사람들이 원수를 갚으려고 투항해 온 것인데 무슨 거짓이 있다고 그러오. 만일 이처럼 의심이 많다면 어떻게 천하의 선비들을 용납한단 말이오."

하고 그를 책망하였다.

노숙은 그대로 묵묵히 물러나오자 그 길로 공명을 가 보고 이 일을 이야기하였다. 공명은 말은 없이 웃기만 한다.

노숙은 물었다.

"공명은 어째서 웃으십니까."

공명이 대답한다.

"공근이 계책 쓰는 것을 자경이 알지 못하고 계시기에 량은 웃

는 것입니다. 대강을 멀리 격해서 세작들이 극히 왕래하기가 어려운 까닭에 조조가 채중·채화를 시켜서 거짓 항복하고 가만히 우리 군중의 기밀을 탐지하게 한 것인데, 공근은 장계취계해서 저들로 하여금 소식을 통보하게 하려 하는 것이니 병불염사(兵不厭詐)라 공근의 계교가 옳소이다.”

노숙은 그제야 비로소 깨달았다.

한편 주유가 밤에 장중에 앉아 있으려니까 홀연 황개가 자기를 보려고 가만히 중군으로 들어온다.

“공복이 밤에 오셨으니 필시 내게 일러 주실 좋은 계책이 있으신 게요.”

하고 주유가 먼저 한마디 하니, 황개가

“적병은 많고 우리 군사는 적어서 오래 상지하고 있는 것이 불리한데 어찌하어 화공을 쓰려고 안 하시나요.”

하고 말한다.

“누가 공더러 이 계책을 드리라고 일러 드리던가요.”

“내가 혼자 생각해 낸 것이지 남이 일러 준 것이 아니외다.”

“나도 바로 그러려고 생각해서 거짓 항복해 온 채중·채화 같은 사람을 받아 두고 소식을 통하려는 것이지만 단지 나를 위해서 사항계(詐降計)를 써 줄 사람이 없는 것이 한이외다.”

하고 주유가 말하니, 황개가 듣고 선뜻

“이 사람이 한 번 이 계책을 써 보고 싶소이다.”

하고 자원해 나선다.

주유가

"고통을 받지 않고는 아무래도 적이 믿지를 않을 것이외다."
하고 한마디 하자,

"내가 손씨의 두터운 은혜를 입었으니 비록 간뇌도지한대도 또한 후회하지 않으리다."
하고 황개가 말해서, 주유는 곧 그에게 절을 하고

"공이 만일에 이 고육계(苦肉計)를 써만 주신다면 실로 강동에 이만 다행이 없사오리다."
하고 사례하였다.

"이 사람은 죽는 한이 있어도 또한 원망하지 않겠소이다."
하고 황개는 마침내 사례하고 물러갔다.

그 이튿날이다.

주유는 북을 쳐서 모든 장수들을 다 장하에다 모았다. 이때 공명도 자리에 있었다.

주유는 입을 열어

"조조가 백만의 무리를 거느리고 영채가 삼백여 리에 연해 있어서 일조에 이를 깨뜨릴 수가 없으매 이제 내가 영을 내리는 터이니 여러 장수들은 다 각기 삼 개월 간의 양초를 마련하여 놓고서 적을 막도록 준비하라."
하고 말하였다.

그러나 그의 말이 미처 끝나기 전에 황개가 앞으로 썩 나서며,

"삼 개월은 말도 말고 설사 삼십 개월의 양초를 마련한다 하더라도 일은 되지 않을 것이니 만약에 이달 안으로 적을 쳐서 깨뜨리겠으면 깨뜨리는 것이고 만약에 이달 안으로 깨뜨리지 못한다면 장자포의 말대로 갑옷을 벗고 창대를 거꾸로 잡아 북면해서

항복하는 것이 좋을까 보이다.”

하고 말한다.

주유는 금시에 안색이 홱 변하며 대로하여

“내가 주공의 명을 받들어 군사를 거느리고 조조를 치매 감히 항복하자고 다시 말하는 자가 있으면 반드시 참하리라 하였거늘, 이제 양군이 상지하고 있는 때에 네가 감히 이 말을 내어 내 군심을 해이하게 하니 네 목을 베지 않고는 여러 사람을 복종케 하기 어렵다.”

하고 좌우를 꾸짖어 황개를 내다가 베라고 하였다.

황개가 또한 노해서

“내가 파로장군(破虜將軍, 손견)을 모시기 시작한 때부터 동남으로 횡행해서 이미 삼대를 지냈는데 네가 언제 있었더냐.”

하고 소리친다.

주유가 대로하여 빨리 내다가 베라고 꾸짖는데, 감녕이 앞으로 나와

“공복은 동오의 오랜 신하이니 부디 용서해 주십시오.”

하고 고하니, 주유는

“네가 어찌 감히 여러 말을 해서 내 법도를 문란하게 하느냐.”

라고 꾸짖고 좌우에 영을 내려 먼저 감녕을 난장질해서 밖으로 내쳤다.

여러 관원들이 모두 꿇어앉아서

“황개의 죄가 죽어 마땅하나 다만 군중에 이롭지 못하니 도독은 너그러이 용서하시고 아직 죄를 기록해 두셨다가 조조를 깨뜨린 뒤에 참하시더라도 늦지는 않을까 보이다.”

黃蓋　　황개

苦肉計誠高	고육지책이 진실로 훌륭하지만
曹兵禍所招	조조의 군대가 재앙을 불렀도다
阿瞞雖有智	아만이 비록 지모가 있다 해도
一炬自難逃	한바탕 불길을 피하기는 어려웠으리

하고 고하였다.

그러나 주유의 노여움이 풀리지 않아서 여러 관원들이 극력 용서를 비니, 주유는

"만일 여러 관원의 낮을 보지 않는다면 기어이 참수할 것이로되 아직 목숨을 붙여 준다."

하고 좌우에 명하여 그를 끌어내어다 엎어 놓고 척장 백 도를 쳐서 그 죄를 다스리게 하였다.

여러 관원들은 다시 용서를 빌었다. 그러나 주유는 안탁(案卓)을 밀어 엎으며 여러 관원을 꾸짖어 물리치고 어서 치라고 호령하였다. 좌우는 황개의 옷을 벗겨 젖힌 다음에 땅에다 엎어 놓고 척장 오십 도를 쳤다.

여러 관원들이 또다시 나서서 굳이 용서를 빌자 주유는 자리에서 벌떡 일어나 황개를 손가락으로 가리키고

"네 감히 나를 우습게볼까. 오십 도는 아직 달아 두어라. 다시 태만하는 일이 있으면 두 죄를 함께 처벌하겠다."

라며 벼르기를 마지않으며 장중으로 들어갔다.

여러 관원들이 황개를 붙들어 일으켜 보니 가죽이 터지고 살이 헤어져서 상처마다 선혈이 흐른다. 부축해 가지고 본채로 돌아가는데 혼절하기를 여러 차례나 해서 위문 온 사람으로서 눈물을 아니 흘리는 이가 없었다.

노숙도 그를 찾아가 본 다음에 공명의 배로 가서

"오늘 공근이 노해서 공복을 통책(痛責)하는데 우리는 다들 그의 부하라 감히 끝까지 나서서 간하진 못하였으나 선생은 손으로 와 계신 터에 어찌하여 수수방관하시며 한마디도 말씀을 아니 하

셨나요.”

하고 공명을 책망하였다.

　그러나 공명이 웃으면서

　“자경이 나를 속이십니다그려.”

하고 말하여, 노숙이

　“내가 선생과 강을 건너 온 뒤로 일찍이 서로 속인 일이 없는데 어찌하여 이제 그런 말씀을 하십니까.”

하고 물으니, 공명이

　“자경은 그럼 공근이 오늘 황공복을 독하게 매질한 것이 계책인 줄을 알지 못하십니까. 그걸 아시면서 어떻게 나더러 말리지 않았다고 하시나요.”

한다. 노숙은 그제야 깨달은 바가 있었다.

　공명은 다시 말을 이어

　“고육계를 쓰지 않으면 무슨 수로 조조를 속이리까. 이제 반드시 황공복을 시켜서 거짓 조조에게 항복을 드리게 하고 채중·채화로 하여금 이 일을 통보하게 하려니와, 자경은 공근을 보시거든 행여 량이 이 일을 먼저 알고 있더라고 마시고 다만 량도 도독을 원망하더라고 말씀을 해 주셨으면 좋겠습니다.”

하고 말하였다.

　노숙은 하직하고 물러나와 중군장으로 주유를 보러 갔다. 주유가 장중으로 맞아들이자 노숙은

　“오늘 왜 황공복을 통책하셨나요.”

하고 한마디 물었다.

　“여러 장수들이 원망들을 합디까.”

하고, 주유가 되물어서

"마음에 불안해하는 사람들이 많소이다."

하고 노숙이 대답하니, 주유가

"공명의 생각은 어떤 모양입디까."

하고 재우쳐 묻는다. 노숙이

"그도 도독을 너무 인정이 없다고 원망을 하더군요."

하고 대답하자, 주유는

"이번에는 저를 감쪽같이 속였군."

하고 웃는다.

"어떻게 하시는 말씀인가요."

노숙이 묻는 말에

"오늘 황개를 매질한 것은 계책이외다. 내가 그를 시켜서 거짓 항복을 하게 하되 먼저 고육계를 써서 조조를 속이고 그 가운데 화공을 써서 이겨 보자는 것이오."

하고 주유가 실정을 토파한다. 노숙은 속으로 공명의 고견에 탄복하였으나 감히 입 밖에 내어 말은 하지 못했다.

한편 황개는 장중에 누워 있었다. 여러 장수들이 모두 와서 위문하는데 그는 도무지 말이 없이 오직 길이 한숨만 지을 뿐이었다. 그러자 홀연 참모 감택(闞澤)이 찾아왔다고 보해서 황개는 그를 침실로 청해 들이게 하고 좌우를 물리쳤다.

감택이 대뜸

"장군이 도독과 원수진 일이 있는 것이나 아니오."

하고 묻는다.

삼고초려

“아니오.”
하고 황개가 대답하니, 감택이
“그렇다면 공이 형벌을 받은 것이 고육계나 아니오.”
하고 재우쳐 묻는다.
“어떻게 아시오.”
“내 공근의 거동을 보고 팔구분 짐작이 갔소.”
황개가 말하였다.
“내가 오후의 삼대 후은을 받았으나 갚을 길이 없기에 이 계책을 드려서 조조를 깨치자는 것이라 비록 모진 매는 맞았으나 또한 한 될 바가 없소. 내가 군중을 둘러보아도 가히 심복지인이라 할 사람이 하나도 없고 오직 공이 충의의 마음을 품고 계신 줄 아는 까닭에 감히 진정을 말씀하려는 것이오.”
감택이 곧
“공이 내게 할 말씀이란 나더러 사항서(詐降書)를 드려 달라는 것이 아니겠소.”
라고 한다.
황개가
“바로 그 뜻인데 들어 주시겠소.”
라고 하니, 감택은 흔연히 응낙하였다.

　　　장수가 몸을 돌보지 않고 주인에게 보답하려 하매
　　　모사가 또한 나라를 위해서 마음을 한 가지로 하는구나.

감택이 무어라고 말을 하려는고.

| 47 |

원래 감택의 자는 덕윤(德潤)이니 회계 산음 사람이다. 집안이 가난하였으나 학문을 좋아해서 남의 집에 고용살이를 하면서도 그는 곧잘 남에게서 책을 빌려다가 읽고는 하였는데 한 번 본 것은 다시 잊어버리는 법이 없었다. 게다가 그는 구변이 좋고 남 유달리 담력이 있어서 손권은 그를 불러다가 참모를 삼았으며 황개와 가장 친하게 지내 오는 터인데 황개는 그가 말을 잘하고 담력이 있는 것을 아는 까닭에 그의 손을 빌려 사항서를 드리려고 하였던 것이다.

이때 감택은 흔연히 응낙하고

"대장부가 세상에 처해서 공을 세우고 업을 이루지 못한다면 초목과 함께 썩는 것이나 무엇이 다르겠소. 공이 이미 몸을 돌보지 않고 주공께 보답하려 하는 터에 택이 또한 이 구구한 목숨을 어찌 아끼리까.”

하고 말하였다. 황개는 침상에서 분주히 내려와 그에게 절을 하고 사례하였다. 감택이

“일을 지체해서는 안 되겠으니 지금 곧 가겠소.”

하고 말하니, 황개가

“글은 내 벌써 써 놓았소.”

하고 대답한다.

감택은 그에게서 글을 받아 가지고 그 밤으로 늙은 어부처럼 차린 다음에 작은 배를 타고서 북쪽 언덕을 바라고 떠났다. 이날 밤에 하늘은 차고 별은 총총하였다.

삼경쯤 해서 조군 수채에 이르렀는데 강에서 순을 돌던 군사가 그를 붙잡아 놓고 그 밤으로 조조에게 보하였다.

“그게 세작이나 아니냐.”

하고 조조가 물어서, 군사가

“단지 어옹 한 사람뿐인데 제 말로 동오 참모 감택이라고 하오며 기밀사가 있어서 뵈러 왔다고 합니다.”

하고 아뢰니, 조조가 곧 데리고 오라고 분부한다.

감택이 군사에게 끌려서 들어가 보니 장상에 등촉이 휘황한데, 조조가 서안을 의지하여 단정하게 앉아서

“그대가 이미 동오의 참모라면 여기는 대체 무슨 일로 왔는고.”

하고 묻는다.

감택은

“사람들이 모두 이르기를 조 승상이 어진 사람 구하기를 마치 목마른 이가 물 찾듯 한다고 하더니 이제 묻는 것을 보매 듣던 바

와는 아주 다르구나.”

라고 한마디 한 다음에

“황공복아, 자네가 생각을 잘못했네.”

하고 괴탄하였다.

그 말에 조조가 다시 한마디 한다.

“내가 수일 내로 동오와 더불어 싸우려고 하는 터에 그대가 사사로이 여기를 왔으니 어찌 묻지 않을꼬.”

감택은 드디어 말하였다.

“황공복으로 말씀하면 삼대 동오를 섬겨 오는 오랜 신하인데 이번에 아무 까닭 없이 주유에게 모진 매를 맞았소이다. 그래 분함을 이기지 못하여 승상께 투항하고 원수를 갚아 볼까 해서 특히 내게다 의논을 하더이다. 내 본래 공복과는 정의가 골육이나 진배없는 까닭에 밀서를 바치러 이렇듯 왔으니 승상은 받아 주시겠습니까.”

하고 말하였다.

“글이 어디 있소.”

하고 조조가 묻는다. 감택은 글을 내어 바쳤다. 조조가 글을 펴들고 등불 아래서 읽어 보니 그 사연은 대강 다음과 같다.

황개가 손씨의 후한 은혜를 받았으니 도리에 어찌 두 마음을 품어서 되오리까.

그러나 오늘의 사세로써 논하면 강동 육군의 군사를 가지고 중국의 백만 대병과 겨루는 것이 중과부적임은 천하가 다 함께 보는 바요 동오의 모든 장수와 관원들도 현우(賢愚)를 막론하고 그 불가함을 알고 있는 터이외다.

그러하건만 주유 어린아이가 천성이 편협하고 우준해서 스스로 저의 재주를 믿고 알을 가지고 돌을 치려 할뿐더러 겸하여 위복을 제 마음대로 해서 죄가 없어도 형벌을 내리며 공이 있어도 상을 주지 않는 형편이라, 황개가 오랜 신하로서 아무 까닭 없이 제게 욕을 당했으니 이 맺힌 원한을 어찌하오리까.

엎드려 듣자오매 승상께서는 사람을 성심으로 대하시며 선비를 허심하게 용납하신다 하기로 황개가 무리들을 거느리고 항복을 드려서 공을 세우고 부끄러움을 씻으려 하옵거니와 양초와 수레들은 배가 가는 때 함께 헌납하겠나이다.

피눈물을 뿌리며 엎드려 사뢰오니 행여나 의심을 두지 마옵소서.

조조는 그 글을 서안 위에 놓고서 이리 뜯어보고 저리 뜯어보고 하기를 십여 차나 되풀이하더니, 홀연 대로해서 눈을 부릅뜨고 서안을 치며 꾸짖기를

"황개가 고육계를 써 너를 시켜 사항서를 바치게 하여, 네 이제 감히 내게 와서 나를 농락하려 드는구나."

하고 즉시 좌우로 하여금 끌어내다가 목을 베게 하니, 좌우는 감택에게로 달려들어 그를 잡아 끌어내었다.

그러나 감택은 안색을 고치지 않고 오직 하늘을 우러러 크게 웃을 뿐이다.

조조는 도로 끌어 오라 해서

"내 이미 네 간사한 계교를 터파했는데 네 어찌하여 웃느냐."

하고 꾸짖었다.

“내가 너를 웃는 것이 아니라 황공복이 사람을 알아보지 못한 것을 웃을 따름이다.”

하고 감택이 말한다.

“어째서 그가 사람을 알아보지 못한다고 하느냐.”

감택이 화를 더럭 내며 말하였다.

“네가 죽이겠으면 곧 죽일 것이지 무슨 말이 그리 많으냐.”

“내가 어려서부터 병서를 숙독해서 간교한 수단들을 다 알고 있다. 네 이 계책으로 다른 사람들이나 속이지 어떻게 나를 속이겠느냐.”

“대체 그 글 속에 어떤 것을 가지고 간계라는 게냐. 어디 말을 좀 해 보아라.”

“네 계교에 어디 파탄이 있는가 말을 해서 네가 죽어도 원한이나 없게 해 주마. 너희가 이미 진심으로 글을 바치고 항복을 하는 것이라면 어째서 어느 날이라고 날짜를 분명하게 정하지 않는단 말이냐. 이제도 무슨 할 말이 있느냐.”

듣고 나자 감택은 어이없다는 듯 웃었다.

“흥, 네가 그러고도 감히 병서를 숙독했노라고 자랑을 한단 말이냐. 어서어서 군사를 거두어 가지고 돌아가거라. 만약 이대로 싸웠다가는 영락없이 주유에게 사로잡히고 만다. 이 무식한 놈아, 내가 네 손에 억울하게 죽는 것이 분하다 분해.”

조조가 묻는다.

“어째서 나더러 무식하다고 하느냐.”

“네가 계책을 모르고 도리에 밝지 못하니 어찌 무식하지 않단

삼고초려

말이냐.”

“네 어디 말을 해 보아라. 내가 무엇을 모른단 말이냐.”

“네가 어진 선비를 대접할 줄 모르는데 내가 말을 해 무얼 하랴. 다만 이대로 죽을 뿐이다.”

“네가 만약 말을 해서 이치에 닿기만 하면 내 자연 경복할 것이 아니냐.”

“‘인군을 배반하고 도적질을 하는 데는 기한을 정하지 못한다’는 말도 듣지 못했는가. 만약 이제 날짜를 미리 약속해 놓았다가 기일에 미처 하수하지 못하고 이편에서는 도리어 접응하러 온다면 일이 반드시 누설되고 말 것이니 오직 방편을 보아 가며 행할 일이지 어떻게 미리 기일을 정해 놓는단 말이냐. 네가 이 이치를 모르고 좋은 사람을 애매하게 죽이려고 하니 참말 무식한 놈이다.”

그 말을 듣자 조조가 낯빛을 고치고 자리에서 내려와

“내 과연 사리에 밝지 못해서 잘못 위엄을 범했으니 행여 마음에 품지 마오.”

하고 사과하니, 감택도 말을 고쳐

“나와 황공복이 마음을 기울여 투항하는 것이 마치 어린아이가 부모를 바라는 것 같은 터에 어찌 거짓이 있으리까.”

하고 말하였다. 조조는 크게 기뻐하였다.

“만약에 두 분이 능히 대공을 세운다면 후일 작록이 반드시 남보다 위에 있으리다.”

조조가 말하니, 감택은 이에 대답하여

“우리들은 작록을 위해서 온 것이 아니요, 실로 천의와 인심에 순응했을 뿐이외다.”

하였다.

　조조가 술을 가져 오라고 하여 그를 대접하는데 조금 있다가 웬 사람이 장중으로 들어와서 조조의 귀에다 대고 무어라 가만히 속살거렸다.

　"어디 서신을 보자."

하고 조조가 말하자, 그 사람이 밀서를 내어서 바치니 조조는 보고 얼굴에 희색을 띠었다.

　감택이 속으로 '이는 필시 채중·채화로부터 황개가 형벌 받은 소식을 통보해 온 것일 게다. 그래 조조가 우리들의 항복을 참말로 알고 좋아하는 모양이다' 하고 생각하려니까, 조조가 있다가

　"선생은 수고스러워도 다시 강동으로 돌아가서 황공복과 약속을 정하고 먼저 이리로 소식을 통해 주면 내가 군사를 내어 접응하기로 하리다."

하고 말한다.

　"나는 이미 강동을 떠나와서 다시 돌아갈 수 없으니 승상은 달리 기밀인(機密人)을 보내시지요."

하니, 조조가

　"만약 다른 사람이 갔다가는 일이 누설될까 두렵소."

한다. 감택은 재삼 사양하다가 한참만에야

　"만일 가기로 하면 오래 여기 있는 것이 부질없으니 지금 곧 가겠소이다."

하고 말하였다.

　조조가 상급을 내렸으나 감택은 받지 않고 그에게 하직을 고한 다음에 영채에서 나와 다시 쪽배를 타고 강동으로 돌아가자 황개

를 가 보고 이 일을 자세히 이야기하였다.

듣고 나서 황개가 말한다.

"공의 그 능한 구변이 아니었다면 내가 매 맞은 것이 헛일이 될 뻔했소."

감택이

"내 이번에는 감녕의 영채로 가서 채중·채화의 소식을 좀 알아볼까 하오."

하고 말하니, 황개도

"그거 참 좋소."

하고 찬동해서 감택은 감녕의 영채로 갔다.

감녕이 맞아들이자 감택은 한마디 하였다.

"어제 장군이 황공복을 구하려다가 주공근에게 욕을 보아 내 마음이 평온하지가 못하외다."

그 말에 감녕이 웃고 대답을 아니 하는데 마침 채화와 채중이 들어왔다. 감택이 감녕에게 눈짓을 하자 감녕은 곧 그 뜻을 알아차리고

"주공근이 다만 제 능한 것만 믿고 전혀 우리들은 안중에 없소그려. 내 이번에 욕을 보았으니 강동 사람들을 대하기가 부끄럽소이다."

하고 말을 마치자 이를 갈며 안탁을 손으로 치고 소리를 버럭 질렀다. 감택은 곧 그의 귀에다 입을 대고 무어라 속삭이는 체하였다. 감녕이 고개를 숙이고 말은 없이 한숨만 두어 번 길게 쉰다.

채화와 채중은 감택과 감녕에게 다들 모반할 생각이 있는 것을 보자 속을 한 번 떠 보려고

"장군은 왜 그처럼 번뇌하시며 선생은 또 무슨 불평이 있으십
니까."
하고 말을 걸었다.
"우리 심중의 괴로움을 그대들이 어찌 알겠나."
하고 감택이 한마디 하자, 채화가 재우쳐
"오를 배반하고 조로 가시려는 것이나 아닙니까."
하고 물었다.
그 말에 감택은 안색이 획 달라지고 감녕은 바로 칼을 뽑아 손
에 들고 일어서며
"우리 일을 너희가 이미 알고 있으니 불가불 죽여서 입을 봉해
버려야겠다."
하고 얼렀다.
채화와 채중이 그만 당황해서
"두 분은 아무 염려 마십시오. 저희도 심복의 말씀을 고하겠습
니다."
하고 말한다.
"어서 말해라."
감녕이 재촉하니, 채화가
"저희 양인은 조공의 분부를 받고 거짓 항복해 온 사람들이올
시다. 두 분에게 만약 귀순하실 마음이 있으시다면 저희가 인진
(引進)해 드리겠습니다."
하고 실토한다.
"그게 참말인가."
하고 다시 물으니, 두 사람이 동시에

"언감 거짓 말씀을 할 리가 있겠습니까."

한다.

감녕이 짐짓 희색을 띠고

"만약 그렇다면 이것은 바로 하늘이 우리를 도와주신 게로구나."

하고 말하자, 두 사람은 또

"황공복과 장군께서 욕들을 보신 것도 저희가 벌써 승상께다 통보했답니다."

하고 공치사하듯 말한다.

감택이 있다가

"내 이미 황공복을 위해서 승상께 항서를 바치고 왔는데 이번에는 특히 흥패(興覇, 감녕의 자)를 찾아보고서 같이 항복하자고 상약하러 온 길이라네."

라고 한마디 하고, 감녕이 또한

"대장부가 이미 영명한 주인을 만난 바에야 마땅히 마음을 기울여서 섬겨야 할 것이 아닌가."

하고 말하였다.

이에 네 사람은 한자리에 앉아서 술을 마시며 다 같이 생각하는 바를 이야기하였다.

채중과 채화는 그 즉시 감녕이 저희들과 함께 내응하기로 되었다는 사연으로 글을 써서 가만히 조조에게 보하였다.

감택은 또 저대로 따로 글을 써서 사람을 시켜 은밀히 조조에게 보하게 하였는데, 그 글에서 그는

"……황개가 곧 가려고 하면서도 아직 틈을 얻지 못해서 이러고 있사온데 다만 뱃머리에 청룡아기(靑龍牙旗)를 꽂고 가는 자가

있거든 그가 곧 황개인 줄 아옵소서."

하였다.

이때 조조가 연하여 두 통의 글월을 받고 마음에 의혹을 정하지 못해서 여러 모사들을 모아 놓고

"강동의 감녕은 주유에게 욕을 보고 내응이 되겠노라 자원하고, 황개는 중책을 받아 감택을 시켜서 항서를 보내 왔으나 다 깊이 믿을 일이 못 되니 누가 한 번 주유의 채 중으로 바로 들어가서 사실을 탐지해 올꼬."

하고 물으니, 장간이 나서며

"제가 전일에 모처럼 동오에 갔다가 공을 이루지 못하고 돌아와서 참괴하기 짝이 없으니 이번에 몸을 아끼지 않고 다시 가서 기어이 사실을 탐지해 가지고 돌아와 승상께 보하오리다."

하고 말한다. 조조는 크게 기뻐하여 즉시 장간더러 배 타고 떠나라 분부하였다.

장간이 작은 배를 타고 바로 강남 수채 가에 다다라 곧 사람을 시켜서 자기가 온 것을 알리게 하니 주유는 장간이 또 왔다는 말을 듣자 크게 기뻐하여 '내 성공이 오직 이 사람 몸에 있다' 생각하고, 드디어 노숙에게

"방사원(龐士元)을 청해다가 나를 위해서 이러이러하게 해 달라고 일러 주오."

하고 당부하였다.

원래 양양 방통의 자는 사원(士元)이니 난리를 피해서 강동에 임시 거접하고 있었다. 노숙이 일찍이 그를 주유에게 천거하였으나

방통이 미처 가 보지 못했는데, 주유가 먼저 노숙을 보내서 방통에게

"조조를 깨뜨리려면 어떤 계책을 써야 할까요."

하고 계책을 물어 보게 하였더니, 방통이 노숙에게 하는 말이

"조조의 군사를 깨뜨리려면 모름지기 화공을 써야 하겠는데 다만 대강 위에서 한 배에 불이 붙으면 나머지 배들은 다 사면으로 흩어지고 말 것이매 '연환계(連環計)'를 써서 배들을 한데 붙들어 매 놓게 하지 않고는 공을 이룰 수 없을 것이외다."

한다.

노숙이 그대로 주유에게 보하니 주유는 그의 말에 깊이 감복하여, 노숙을 보고

"나를 위해서 이 계책을 행할 사람은 방사원밖에 없소."

하고 말하였다.

그러나 노숙이

"조조가 원체 교활하니 어떻게 갈 수가 있으리까."

하고 말하여, 주유는 결단을 못 내리고 그럴 기회가 오기를 고대하며 답답해하던 차에 장간이 또 왔다는 보도를 받은 것이었다.

주유는 크게 기뻐하여 일변 방통에게 기별하여 계책을 쓰라고 이르고 일변 장상에 앉아 사람을 보내서 장간을 청해 오게 하였다.

장간은 주유가 몸소 나와 영접하지 않는 것을 보고 마음에 의려해서 타고 온 배를 구석진 강변에다 매어 놓은 다음에 들어가서 주유를 보았다.

주유가 얼굴에 노기를 띠고

"자익은 어째서 나를 그처럼 속이는고."

하고 묻는다.

장간이 웃으며

"나는 그대를 옛날 형제로 생각해서 특히 진정을 토로하려고 온 터인데 어째서 속인다고 그러오."

하니, 주유는 곧

"자네가 나를 달래서 항복을 드리게 해 보려 하지만 바다가 마르고 돌이 문드러지기 전에는 아니 될 줄 알게. 전번에 나는 옛날 정의를 생각하고서 모처럼 자네와 취토록 마시고 잠자리까지 함께하였던 것인데 자네는 도리어 내게 온 사신(私信)을 훔쳐 가지고 돌아가서 조조에게 보하고 채모와 장윤을 죽여서 내 일을 낭패하게 해 놓지 않았나. 그리고는 오늘 아무 연고 없이 또 왔으니 필시 호의로 온 것이 아닐 게야. 만일 내가 옛날의 정의를 생각하지 않는다면 벌써 일도양단을 내어 버렸을 것일세. 본래 자네를 그냥 돌려보내고 싶으나 일양 일간에 내가 조적을 쳐야겠으니 아니 되겠고, 그렇다 해서 자네를 이대로 군중에 두어 두자니 반드시 또 일을 누설하고 말 것이라."

하고, 그는 즉시 좌우를 불러서

"자익을 서산 암자로 데리고 가서 편히 쉬게 하라."

라고 분부하고, 다시 장간에게

"내가 조조를 깨뜨린 뒤에 자네를 강을 건너게 하여 줌세. 그래도 늦을 것은 없겠지."

하고 말하였다.

장간이 다시 입을 열려 할 때 주유는 벌써 장막 뒤로 들어가 버리고 좌우는 말을 가져다가 그를 태워서 서산 뒤의 한 조그만 암자로 데리고 가서 쉬게 하며 군사 두 명을 남겨 두어 시중을 들게 하여 준다. 장간은 암자 안에서 심사가 뒤틀려 침식이 모두 불안하였다.

이날 밤 별빛이 하늘에 가득하였다. 장간이 홀로 걸어서 암자 뒤로 나가 보니 어디에선가 글 읽는 소리가 들려온다. 그 편을 더듬어서 찾아가 보니 바위 아래 두어 간 초옥이 있고 그 안으로부터 등잔 불빛이 새어 나온다.

장간이 앞으로 다가가서 가만히 들여다보니 한 사람이 칼을 걸어 놓고 등잔 아래서 손오(孫吳) 병서를 외고 있는 것이다.

장간은 속으로 그가 필시 이인이리라 생각하여 문을 두드리고 만나 보기를 청하였다. 그 사람이 곧 문을 열고 나와서 맞는데 의표가 속되지 않았다.

장간이 그의 성명을 물으니 그 사람이

"내 성은 방이요 이름은 통이요 자는 사원이외다."
하고 대답한다.

"그러면 바로 봉추(鳳雛) 선생이 아니신가요."

"그러하외다."

장간은 기뻐서 다시 물었다.

"대명을 듣자온 지 오랜데 어째서 이런 궁벽한 곳에 계십니까."

"주유가 스스로 제 재주를 믿고 남을 용납하지 않으므로 내 이곳에 숨어 있거니와 공은 대체 누구신가요."

"나는 장간입니다."

방통이 곧 그를 초옥 안으로 맞아들여 함께 자리에 앉아서 흉금을 털어 이야기하는데, 장간이 있다가

"공의 재주로 어디를 가시면 불리하겠습니까. 만일에 조공에게
로 돌아가실 의향이 있으시다면 내 마땅히 인진해 드리오리다."

하고 권해 보니, 방통이

"나 역시 강동을 떠나려고 생각한 지가 오래외다. 공에게 이미
인진해 주실 생각이 있으시다면 지금 바로 함께 가시지요. 만약
지체하다가 주유가 알게 되면 반드시 해를 입고 말 것입니다."

한다. 장간은 방통과 함께 그 밤으로 산에서 내려왔다.

그는 강변으로 나오자 타고 왔던 배를 찾아서 방통과 같이 타
고 강북을 향해서 나는 듯이 노를 저어 돌아갔다.

조조의 영채에 당도하여 장간이 먼저 들어가서 지난 일을 자세
히 이야기하니 조조는 봉추 선생이 왔다는 말을 듣고 친히 장막
에서 나와 그를 영접해 들였다.

손과 주인이 자리를 나누어 좌정하고 나자, 조조가 입을 열어

"주유가 나이가 어려서 제 재주를 믿고 사람을 업신여겨 좋은
계책을 쓰려고 아니 합니다그려. 내가 선생의 성화를 들은 지 오
랜데 이번에 이처럼 찾아 주셨으니 부디 가르침을 아끼지 마십
시오."

하고 말하니, 방통은 곧

"내 일찍이 들으매 승상의 용병하심이 법도가 있다고 하던데 어
디 한 번 군용(軍容)을 보게 하여 주십시오."

하고 청하였다. 조조는 말을 준비하게 하여 먼저 방통을 한채로
데리고 갔다.

방통은 조조와 함께 말머리를 가지런히 하고 높은 데 올라가서
이윽히 바라보다가

삼고초려

"산과 숲을 의지하고 전후가 서로 바라보며 출입에는 문이 있고 진퇴에는 곡절이 있으니 비록 손무와 오기(吳起)가 재생하고 사마양저(司馬穰苴)[1]가 다시 나온대도 역시 이에서 더 하지는 못할까 보이다."

하고 말하였다.

"선생은 과도히 칭찬 마시고 부디 가르쳐 주십시오."

하고 조조는 그와 또 수채를 보러 갔다.

조조의 수채에는 남으로 향해서 스물네 개의 문이 있는데 밖으로는 몽동전함들을 죽 늘어 세워서 성곽을 삼았고 그 안에는 작은 배들이 들어 있어서 오고가는 데는 길이 있고 일어나고 엎드리는 데는 차서가 있었다.

방통은 다 둘러보고 나자 웃으면서

"승상께서 용병하심이 이 같으니 과연 명불허전(名不虛傳)이외다."

하고, 인하여 손을 들어 강남을 가리키며

"주랑, 주랑아. 네 이제 곧 망하느니라."

하고 말하였다.

조조는 크게 기뻐하여 대채로 돌아오자 방통을 장중으로 청해 들여서 함께 술을 마시며 한 가지로 병기(兵機)에 대해서 이야기하였다. 방통이 고담웅변으로 응답이 마치 흐르는 물과 같은 것을 보고 조조는 깊이 경복해서 더욱 은근하게 그를 대접하였다.

그러자 방통은 거짓 취한 체하고

"군중에 용한 의원이 있는지요."

---

1) 춘추시대 제나라의 유명한 장수. 세상에서 사마양저라고 부르나 본래 성은 전(田) 씨요, 그가 대사마 벼슬을 지냈으므로 그렇게 부르는 것이다.

라고 한마디 묻자, 그 말에 조조가

"의원은 왜 찾으십니까."

하고 되물으니, 방통은

"수군에는 으레 병이 많으니까 마땅히 용한 의원이 있어야만 치료해 줄 수 있지 않겠습니까."

하고 말하였다.

이때 조조의 군사들이 수토불복으로 모두 구토병이 나서 죽는 자가 많았으므로 그러지 않아도 조조가 근심 중에 있던 터이라 어찌 묻지 않으랴.

방통은

"승상께서 수군 조련하시는 법이 심히 묘하기는 하나 다만 완전하지는 못한 것이 가석하외다."

라며 한마디 하고, 조조가 재삼 묻자

"내게 한 가지 계책이 있는데 그대로만 하시면 대소 수군이 다들 병에 걸리는 일 없이 안온하게 공을 이룰 수 있을까 합니다."

하고 말하였다.

조조가 크게 기뻐하여 그에게 묘책을 물어서 방통은 마침내 조조에게 계책을 일러 주었다.

"대강 가운데 조수가 밀려들고 밀려나가느라 풍랑이 그칠 사이가 없는데, 본래 배에 익지 못한 북방 군사들이 여기 몹시 시달려서 병들이 나는 것입니다. 만약에 큰 배, 작은 배를 각각 배합하되 혹 삼십 척을 가지고도 하고 혹 오십 척을 가지고도 해서 이물과 고물을 쇠고리로 연쇄해 놓고 그 위에다 넓은 판자를 깔아 놓을 말이면, 사람들이 건너다닐 수 있는 것은 차치하고 말들도 능

히 그 위로 달릴 수 있을 것입니다. 이것을 타고 나간다면 제아무
리 풍랑이 일고 조수가 오르내린다 하더라도 무엇이 또 두렵겠습
니까."

들고 나자 조조는 자리에서 일어나 그에게 사례하였다.

"선생의 좋은 계책이 아니면 어떻게 동오 군사를 깨뜨릴 수 있
겠습니까."

방통은 겸사하였다.

"어리석은 소견을 말씀했을 뿐이니 승상께서 자량해 하십시오."

조조는 그 즉시 영을 전해서 군중의 대장장이를 불러들여 밤을
도와 쇠고리와 큰 못을 만들어 선척들을 서로 연쇄하게 하였다.
모든 군사들은 이 소식을 듣고 다들 좋아하였다.

후세 사람이 지은 시가 있다.

> 적벽대전(赤壁大戰)에 화공을 쓰자,
> 전술 계책은 모두들 같다지만
> 만약 방통의 연환계가 아니었다면
> 공근이 무슨 수로 큰 공을 세워 보랴.

방통은 다시 조조를 보고 말하였다.

"내가 보매 강동의 호걸들이 주유에게 원한을 품고 있는 자가
많으니 내 승상을 위해서 세 치 혀끝을 놀려 그들을 달래서 모두
항복하러 오게 하겠습니다. 주유가 고립무원하면 반드시 승상에
게 사로잡히고 말 것이요 주유가 잡히고 보면 유비가 무엇을 해
보겠습니까."

龐統　　방통

鳳雛仙羽	봉추의 신선 깃털
自非近玩	애초부터 구경거리 아니었네
展其驥足	기린 발 뻗듯 능력 펼치니
南士之冠	남군 선비 가운데 으뜸이라네

조조가 치하한다.

"선생이 과연 그처럼 큰 공을 세우신다면 내가 천자께 주달해서 삼공의 반열에 서시게 하겠습니다."

방통이

"내가 부귀를 바라서 하는 일이 아니라 오직 만백성을 구하려하는 것이니 승상께서는 강을 건너시거든 행여 백성을 살해하지 마십시오."

하니, 조조가

"내 하늘을 대신해서 도를 행하는 터에 어찌 백성을 살육할 법이 있으리까."

라고 답하니, 방통은 조조를 보고 자기의 종족을 보호하게 방문(榜文)을 하나 써 달라고 청하였다.

"선생의 가권이 지금 어디 계신가요."

하고 조조가 묻자, 방통이

"강변에 있습니다. 만약 방문만 얻고 보면 보전할 수 있습니다."

하고 대답하니, 그는 좌우에 명해서 방문을 만들게 하고 수결을 두어 방통에게 주었다.

방통은 절을 해서 사례하고

"내가 간 뒤에 속히 진병하도록 하십시오. 주랑이 알아서는 아니 되겠습니다."

하고 권하였다. 조조는 그러마고 하였다.

방통이 조조를 작별하고 강변에 이르러 막 배에 오르려 하는데, 문득 도포 입고 대나무 관을 쓴 사람 하나가 언덕 위에서 방통의 팔을 덥석 잡으며

“네 참 대담하구나. 황개는 고육계를 쓰고 감택은 사항서를 바치더니 너는 또 와서 연환계를 드려 그저 모조리 다 태워 죽이지 못할까 보아 겁을 내는구나. 너희들의 그 독한 수단이 조조는 속일 수 있어도 나는 못 속이느니라.”
하고 말한다. 방통은 그 말에 그만 간담이 서늘하였다.

　　　동남이 우세하다고 함부로 말을 말라
　　　누가 서북에는 사람이 없다 이르더냐.

필경 그 사람이 누군고.

(5권에 계속)